情人 1942
The Piano Teacher

[美]李允卿/著
张小意/译

新星出版社 NEW STAR PRESS

献给我的父母

目录
CONTENTS

第一部分

第一章 一九五二年五月 /3

第二章 一九四一年六月 /24

第三章 一九五二年六月 /43

第四章 一九四一年九月 /57

第五章 一九五二年九月 /66

第六章 一九四一年十二月 /84

第七章 一九五二年十一月 /96

第二部分

第八章 一九四一年十二月九日 /107

第九章 一九四一年十二月十五日 /113

第十章 一九四一年十二月二十六日 /129

第十一章 一九四二年一月四日 /143

第十二章 一九四二年一月二十一日 /161

目 录
CONTENTS

第三部分

第十三章 一九五三年五月二日 /227

第十四章 一九五三年五月五日 /236

第十五章 一九五三年五月七日 /238

第十六章 一九五三年五月八日 /244

第十七章 一九五三年五月十二日 /259

第十八章 一九五三年五月十三日 /261

第十九章 一九五三年五月二十日 /270

第二十章 一九五三年五月二十日 /277

第二十一章 一九四三年四月十日 / 284

第二十二章 一九四三年五月二日 /288

第二十三章 一九五三年五月二十七日 /291

第二十四章 一九四三年 /300

第二十五章 一九四三年五月十日 /307

第二十六章 一九五三年五月二十八日 /309

第二十七章 一九五三年六月二日 /313

第二十八章 一九五三年七月三日 /324

第二十九章 一五五三年七月五日 /326

第三十章 一九五三年五月二十七日 /333

第三十一章 一九四二年四月 /337

第三十二章 一九五三年五月二十七日 /344

第三十三章 一九五三年七月五日 /352

第三十四章 一九五三年七月十二日 /356

第三十五章 一九五三年 /360

尾声 /369

第一部分

第一章
一九五二年五月

开始是个意外。那只赫伦①小兔子意外地掉进了克莱尔的包里。它原本搁在施坦威钢琴上,下课后她收琴谱,把它碰下来了。它从布垫上掉下来,直接跳进了她的大包里。之后的事儿就不太清楚了,连她自己都不知道。那会儿,小锁正看着钢琴键,没注意到她。然后?然后克莱尔就走了……她下了楼,直到等公交车的时候,才发现自己干了些什么,但为时已晚。她回到家,把这个昂贵的瓷兔子藏进了一堆毛衣之中。

克莱尔和她的丈夫九个月前到的香港。政府给了马丁这次机会,给他提供了一个水务署的职位。收到调令的时候,正逢

---

① Herend,产于匈牙利的顶级陶瓷品牌。

丘吉尔结束了食物配给制度，一切都开始恢复正常。在此之前，她做梦也没想到要离开英格兰。

马丁是个工程师，负责监督大榄涌水塘的修建。要是水塘盖好了，就算是枯水期，也不需要像近几年这样，老是限量供水。水库满的时候，储存量是四十五亿加仑。克莱尔简直无法想象这么巨大的数字是个什么概念，不过马丁说，这么多水也只不过刚刚够香港人用。他笃定地说，这项工程结束以后，还得另外建一个水库。"我还会有更多的工作做。"他快活地说。他的工作就是分析山上的地形，为修建雨天用的截水渠做准备。克莱尔清楚地知道，英国政府为这块殖民地做了这么多事儿，当地人的生活越来越好，但他们并不感激。离开英国之前，妈妈提醒她说，中国人都寡廉鲜耻、老奸巨猾，他们一定会利用她的天真和善良。

来的路上，好些天，她一直在观察。空气的湿度越来越大，甚至算得上反常。海风和阳光穿过云层，变得越发沉重、稠密。八月，半岛东方的船终于停泊在香港口岸时，她发现自己确实身处热带。头发翘起了一个个卷儿，脸上的皮肤无时无刻不感到轻微的黏湿，腋下和肘弯也永远是湿润的。从船舱里走出来，热浪打在身上，就像挨了重重的一击，她赶紧找了个阴凉的地方扇扇子。

这段为期一个月的旅程，中间停泊了好几个口岸。不过，经历了在阿尔及尔和塞得港的几小时停靠之后，克莱尔觉得，与其看见可怕的人的可怕习惯，还不如待在船上。她从没想到会见到这些场面。在阿尔及尔,她看见一个男人和驴亲嘴,而她甚至分不清楚,那股强烈的恶臭到底是人身上的,还是驴身上的。埃及的街市则毫无卫生可言,一个鱼贩子掏完了鱼内脏,用舌头舔了舔刀子,就当擦干净了。她去问船上的供给是不是从当地采购的,难道就是这些市场?得到的答案含糊其辞,不知所云。她暗自下定决心要远离这些食物,结果,她几乎是靠午时甲板上分发的牛肉汤维生。每天的菜单大部分内容是一样的:萝卜、土豆,都是些能长期储存的东西。离港后的几天,也会有肉和色拉。马丁把每天早上在甲板上的散步当成晨练,他想让她也这么做,但全然没用。她更愿意扣着一顶大大的亚麻帽子,用船上扎人的毯子裹住自己,坐在沙发上,从无处不在的阳光中讨得一点阴凉。

船上流传着一个丑闻。一个去香港看未婚夫的姑娘,和另一位绅士在甲板上共同度过的月夜,实在多得蹊跷。后来,她干脆和新欢在菲律宾下了船,只给旧爱留了一封信。这封信交给了她的女友,一个名叫莉泽尔的姑娘。可怜的莉泽尔,越靠近香港,她就越紧张。男人们开玩笑说她可以取代莎拉的位置,但她显然一点这种想法也没有。莉泽尔是个严肃的年轻姑娘,她到香港来投奔姐姐和姐夫,打算给不幸的中国姑娘以艺术教育。每当她滔滔不绝地谈起这个话题,克莱尔的脑海里闪过的全是放大的黑体字。

下船前,克莱尔翻出了她所有的薄棉裙子和衬衫,她知道,接下来好一阵子都得穿这些衣服了。他们停靠的码头,正在操办一个热闹的欢迎仪式,飘扬的五彩纸带,喧喧嚷嚷的小贩四处叫卖新鲜的果汁和豆奶,等待的人们还准备了无数俗艳的鲜花。一队队纵酒狂欢的家伙们,已经敲碎香槟,庆祝亲友们的到来了。

"一看见水平线上的船,我们就把香槟敲开了。"一个男人扶女友下船的时候说,"我们已经等了好几个小时啦。这是个盛大的聚会!"克莱尔看到莉泽尔走下舷梯,表情极为不安,然后就消失在人群里了。克莱尔和马丁走在后头,在松软潮湿的木头上一颠一簸。两个衣不遮体的中国男孩扛着他们的行李,跟在后头。看他们的造型,真不知道他们是从哪个世界钻出来的。

马丁的老校友约翰答应来接船,他在天祥洋行名下无数商行中的一个工作。他是和两个朋友一起来的,他们给这两位新人递上了刚榨好的木瓜汁。克莱尔假装在喝,其实只沾了沾嘴唇。她妈妈说,这些地方霍乱很猖獗。三个光棍都是喜气洋洋的人,约翰、奈杰尔、莱斯利,他们介绍说他们住在一起,在同一个伙食团吃饭。这里有许多伙食团,都是以公司名字命名的,天祥、怡和等。他们告诉克莱尔和马丁,天祥办的餐会是最棒的了。

三个人陪他们去了政府批示的酒店,酒店位于尖沙咀,一个长辫子的中国男人领他们进了房间,这个男人穿着一件肮脏的白色长袍,留着吓人的长指甲。他们约好第二天中午一起去吃印度餐,三个人就走了。马丁和克莱尔坐在床上,筋疲力尽,面面相觑。其实他们也不太熟,他们结婚才四个月。

她接受马丁的求婚,是为了逃避家里沉重的气氛。她那怨气冲天的妈妈几乎对一切都心怀不满,并且,随着年龄渐长,还在做一份半死不活的工作,天天在一家保险公司整理文件,于是这种怨气变本加厉地发展起来。马丁年纪大些,已经四十出头了,在女人方面,从来没有走过运。他第一次吻她的时候,她不得不拼命压制自己想擦嘴的冲动。他就像头牛,行动缓慢,脚踏实地。他很善良,她知道。对此,她心怀感激。

她没有太多机会选择男人。她的父母总是待在家里,所以她也老是待在家里。和马丁约会之后——他是她同事的哥哥——才在餐馆吃饭,在酒店的吧台喝酒。在那儿她看见年轻的男人女人谈笑风生,言谈举止中的自信,她一点也不理解。他们有政治观点,他们看过她听都没听过的书,看过外国的电影,他们谈起话来仿佛一切都尽在掌握之中。她情不自禁地就被他们的姿态迷住了。然后马丁来了,严肃地告诉她,他要到东方工作,问她会不会和他一起去。她并不是太喜欢他,但是相比日日听到妈妈的抱怨,她还是宁愿选择他。于是她让他吻了自己,对他说了"我愿意"。

又传来了敲门声,小个子女人进房间的时候,克莱尔正准备洗澡。英国人把这种东方女佣称作阿妈。阿妈要打开他们的行李,被马丁嘘走了。

他们就是这样到香港的。没什么吻合克莱尔之前的想象。一般来说,殖民地给她的印象就是优雅的盆栽棕榈,镶嵌了抛光木头的雪白建筑——但是这里,喧嚣、拥挤、肮脏、杂乱。

一幢幢的建筑紧密相连，中间常常是用竹竿晾晒的衣服。每幢房子上都有乱七八糟的广告牌，挂了按摩院招牌的妓院，酒店或者美发沙龙什么的。有人告诉她，大楼后头的小巷深处还有鸦片馆。马路上常常有粪便，甚至是人的粪便。中环常年有一股刺鼻的辛辣味道，这种味道仿佛有种奇怪的黏性，能深深钻进皮肤，回家得好好把自己擦洗一遍才能消除干净。当地的女人用一种背带背孩子。这里有各种各样的人，印度锡克教徒通常穿上制服当保安——你可以看见他们坐在银行门口的长凳上打瞌睡，裹着头巾的脑袋沉重地挂在胸前，步枪松松垮垮地夹在膝间。当然了，是英国人把这些印度人带到香港的。巴基斯坦人则开地毯店，葡萄牙人都当医生，犹太人开奶牛场，或者做做其他大生意。还有英格兰商人、美国银行家、白俄贵族、秘鲁企业家。所有人都长期漂泊，久经世故。当然还有中国人。人们告诉她，香港的中国人和中国内地的中国人是大不一样的。

让她觉得奇怪的是，她并没像妈妈预言的那样讨厌香港。街道确实拥挤，混乱不堪，和家乡全然不同，但充斥了林林总总之前从未见过的人、商店和货物。她喜欢去品尝当地面包店里的点心，芒果面包，黄色的蛋挞之类。有时信步离开主路，很快就发现自己身处陌生的环境，可能是周围唯一的外国人。水果铺里不光堆了在战后的英国还是奢侈品的橘子和香蕉，还有一些长得很古怪的水果，她尝了，都很喜欢：杨桃，榴莲，荔枝。她习惯于买一块钱的，捧着褐色的蜡纸包，边走边吃。还有一种货摊，用没加工的木材和瓦垅锡架起来的，都是些小型专营户,这个专门卖中国人在签名的地方盖的橡皮图章,那一个专营钥匙,下一个可能只有一把椅子,放在街边租给牙医半天,租给理发师半天。当地人都在一种叫做大排档的小饭铺吃饭,大排档就在马路上。她曾看见三个工人穿着脏乎乎的汗衫和皱巴巴的裤子,蹲在路边吃,盘子里放了一条完整的鱼。他们一边吃,一边往脚底下吐刺。其中一个人发现她在看他们,故意挑出鱼眼珠,朝她晃了晃,咽下去之前还在笑。

克莱尔之前没见过多少中国人,她见过的那些,都是在英国的大城市里,在洗衣店或者餐馆服务的中国人。当然,这里也有很多这类的中国人,但是令她大开眼界的是,在这里见到了有钱的中国人,这些人的言谈举止活脱脱就像个英国人,当然,皮肤的颜色除外。某天,她站在格洛斯特饭店的台阶上,看见一个中国人从一辆劳斯莱斯里出来,顿时大吃一惊。她还震惊地看见穿西装的中国人和英国人共进午餐,谈笑风生,自然得就像彼此没什么不同。她从来不知道还有这样一个世界存在。然后,因为小锁,她被这群中国人带进了他们的世界。

她用了几个月的时间来适应当地的环境,找到了公寓。有了家,克莱尔放出话去,要找一份钢琴教师的工作,就当打发闲暇时光。她这么说。但这不是真的。真相是他们需要钱。她的大半生都在弹钢琴,主要是自学,不过她觉得这不是问题。缝纫小组认识的熟人阿米莉娅答应帮她问问看。

几天后,阿米莉娅果然来了电话。

"一家姓陈的中国人,这家人什么生意都有。他们想替女儿找一个钢琴老师,想找一个英国人。你觉得怎么样?"

"中国人?"克莱尔说,"我从来没想过。没有英国人家吗?"

"没有。"阿米莉娅回答,"我没找到哪个英国人确定用人的。"

"我不知道……"克莱尔并不愿意接受这个建议,她没法想象去教一个中国女孩,"是不是太奇怪了?她会说英语吗?"

"大概说得比你我还要好。"阿米莉娅的声音不耐烦了,"他们付的钱可相当不少。"她说了一个数字,着实不少。

"好吧。"克莱尔慢吞吞地说,"至少见见面不会有坏处。"

维克托和梅洛迪住在梅道中段一幢白色大房子里,二层楼,车道两边整齐地摆放了盆栽植物。屋子里头充溢着仆人成群的大宅里那种高效率的静谧的嗡嗡声。克莱尔是坐小巴士来的,仅仅是从大路到白房子那段路,就已经让她汗流浃背了。阿妈把她带进起居室,那儿的风扇吹着幸福的凉风。一个小男仆调了调窗帘,给她搭了一处恰好的阴凉。她的裙子皱了,这条蓝色的亚麻裙是裁缝刚刚送来的。衬衫是白纱的,已经被汗水浸得斑斑点点。要是姓陈的主人迟点进来,给她一点时间整理自己就好了。她转了一下身,感觉到一滴汗珠掉在了腿上。

可惜运气不好。陈太太突然推门而入,一身清凉的粉红色,端着饮料托盘。这是一个精致小巧的女人,头发修剪得恰到好处,恰到好处得以至于每一次晃动都是精确的几何运动。窄小的双肩在无袖的上衣中晃动,看上去非常脆弱。她的脸像一枚小小的鸭蛋。

"嗨,你好。"陈太太的发音是卷舌的,"见到你真高兴。小锁马上就来。"

"小锁?"克莱尔以为自己听错了。

"我女儿。她刚从学校回来,正在换衣服。天气太热了,是不是?"陈太太放下托盘,托盘里的长杯装着冰茶,"喝点凉的吧。"

"你的英语说得太棒了。"陈太太端起杯子时,克莱尔赞美道。

"哦,是吗?"梅洛迪轻松地回答,"韦尔斯利女子学院待了四年,差不多就是这样吧?我想是这样。"

"你在美国上的大学?"克莱尔从不知道,还有中国人到美国上大学。

"在那儿待着太舒服了。"梅洛迪说,"不过食物很可怕。美国人竟然觉得烤奶酪三明治也能算顿饭。你知道,我们中国人吃饭很讲究。"

"那小锁也要去美国上学?"

"我们还没决定呢。对了,我想听听你的学校经历呢。"陈太太说。

"哦!"克莱尔吃了一惊。

陈太太语气欢快,继续说:"就是指,你在哪里学的音乐之类的。"

克莱尔重新坐直了身体。

"好些年,我一直是个勤奋的学生。在苏塞克斯,我跟埃勒维丝·波洛克女士学习。本来打算申请皇家音乐学院,不过,后来,我家发生了一些变故。"

陈太太坐着,脑袋倾斜,双腿微微斜侧,两只鸟儿一般的瘦小的脚踝相互叠压,优雅地等待她说下去。

"所以,我没能再上学。"克莱尔说。她需要对一个陌生人解释其中一切细节吗?她爸爸被印刷公司解雇,在他找到当保险推销员的新工作前的两个月,日子简直是一片黑暗。他的收入很不稳定,他也不是一个天生的推销员——钢琴课这样的奢侈品根本不可想象。

"那你学到什么水平呢?"

"通过了七级考试。"

"小锁只是刚刚开始学。不过我希望有人认真教她,希望是个严肃的音乐家。她必须要以优异的成绩通过所有的考试。"

"当然,我对音乐的态度很认真。至于说要以优异的成绩通过所有考试,这得看小锁了……"克莱尔又补充说,"我自己考试成绩很好。"

小锁走进,或者说,是砸进了房间。她的妈妈精致小巧,她却四肢圆润丰满,下巴肉乎乎的。她的骨架已经比她妈妈大了,光滑的头发扎成了一条粗粗的马尾辫。

"嗨,你好呀。"她打招呼是清晰的英式发音。

"小锁,这是彭德尔顿太太。"梅洛迪摸摸女儿的面颊,"她来看看是不是要当你的钢琴老师,所以,你必须有礼貌。"

"你喜欢钢琴吗,小锁?"克莱尔说话的速度很慢,可能对十岁的孩子来说,实在是太慢了。她突然意识到,自己从来没有和孩子好好相处过。

"不知道,可能吧。"小锁说。

"小锁!"她妈妈叫了起来,"是你自己说要学,我们才给你买了这架施坦威钢琴。"

"小锁这个名字很可爱。怎么想到取这个名字?"克莱尔问。

"不知道。"小锁回答说。她抓起一杯冰茶就喝,水顺着下巴往下淌。她妈妈从银盘子里拿起一块餐巾,帮女儿擦下巴。

"陈先生很快就到了吧?"克莱尔问道。

梅洛迪笑了。"维克托?他太忙了,不管这些家务事,他永远在工作。"

"明白了。"克莱尔不知道接下来该说什么了。

"你能弹点什么吗?"梅洛迪问,"钢琴是新买的,能在这里听到专业的弹奏,那就太好了。"

"好的。"克莱尔不知道自己该再说些什么,只能答应了。她觉得自己像一个庸俗的演员,被强迫表演——梅洛迪声音里有这种东西——但她却想不出有什么优雅的说法可以拒绝。

她弹了一首简单的练习曲,梅洛迪看起来很喜欢,小锁则从头到尾一直局促地扭动。

"相当不错。"陈太太问她,"每个星期四你都有空吗?"

克莱尔有点踌躇,她还没决定是不是接受这份工作。

"只能星期四了,小锁别的时候都有课。"陈太太说。

"好吧。可以的。"克莱尔回答说。

小锁的妈妈是个典型的香港人。克莱尔见过像她这样的女人,在怡东酒店吃饭,笑容可掬地聊天。当地人叫她们"太太"。可以在精美的时装店看见她们的身影,试穿最新款的时装,或者坐进司机开的轿车。有时,陈太太回家来,把纤细的、散发着香水味的手放在小锁肩上,轻快地评论几句音乐。克莱尔忍不住,真的没办法忍住,想,你们这些溺死自己的女儿的人!妈妈告诉过她,中国人只比动物好一点点,他们溺死自己的女儿,就因为想要儿子。有一次,陈太太说要和丈夫去赛马俱乐部参加典礼。她穿了一套黑色的长礼服,涂了鲜亮的口红,看起来一点也不像动物。水务署的头头布鲁斯·卡姆斯托克,也带克莱尔和马丁去过一次,还有他的妻子,他们一行四人,一边看赛马,一边喝苦味杜松子酒,看台上充斥着大呼小叫的赌马人。

瓷兔子掉进克莱尔提包的前一个星期,克莱尔上完课正打算走,维克托和梅洛迪回家了。当时,精美的桃花心木落地座钟恰恰指在五点。钟的底座镶嵌的珍珠母拼成了一串中文字。他们进来时,她已经收拾好了东西。这一对夫妻身材都很小巧,像一对陶瓷娃娃,皮肤滋润光滑,乌黑的眼睛闪闪发亮。"要走了?"陈先生的声音干巴巴的。他一身体面的蓝色条纹西服,口袋里的酒红色的方巾安静地探出头来。"准时五点!"他的英文略带一点中国口音。

克莱尔的脸登时红了。

"我来得早,早了十分钟。"她解释说,为自己的守时感到骄傲。

"哦,别傻了。"陈太太说,"维克托是和你开玩笑呢。行啦。"她说着,小手用力拍了拍丈夫。

"嗯,我和小锁在一起的这一个小时,收获颇丰。"小锁从钢琴凳上滑下来,钻到她爸爸的怀里。

"爸爸好。"小锁羞答答地说,仿佛她还不到十岁。爸爸轻轻拍拍她的肩膀。

"我的小音乐家,怎么样?"他说。

小锁高兴地笑了。

陈太太的高跟鞋咔嗒咔嗒响。"彭德尔顿太太,你愿意和我们一起喝点什么吗?"她的套装像从时装杂志上裁下来的,明显是巴黎货。金色的丝绸外套,领口有精美的扣子,下面,黄色的纱裙飘扬。

"哦,不用了。谢谢你,我得回家做晚饭了。"

"我坚持要邀请你。"陈先生说,"我想听听我的小天才学得怎么样。"他的语气听起来不容反对。

起居室里有一个宽大的天鹅绒沙发,红色的丝绸软垫,配了两张黑漆茶几。克莱尔在一张扶手椅上坐下来,没想到椅子比她想象得更软更滑,她整个人都陷了进去,不得不笨手笨脚地往前移,一直挪到只沾了椅子边,挺直后背坐着,胳膊还得用力撑住扶手。

"香港怎么样?"陈先生问。梅洛迪到厨房吩咐阿妈给他们准备饮料。

"非常好。"她回答说,"不一样的地方,是一种体验。"她朝他微笑。显然他是个被照顾得很好的男人,外表整洁。他的头顶上方,挂了一幅油画。一个穿着中国袍子的中国男人,戴着一顶法官宣判死刑用的黑帽子。"这画很有意思。"

他抬头看了看。"哦,那是梅洛迪的爷爷。他在上海有一家大染厂,很有名。"

"染厂?听起来很吸引人呀。"

"对。她的父亲开办了上海第一家银行。的确做得相当不错。"他笑了,"梅洛迪出身企业家家庭,所有人都在西方接受教育,英国或者美国。"

陈太太回来了。她脱下了外套,露出了镶珍珠的衬衫。

"克莱尔,你想喝什么?"

"苏打水就好,谢谢。"

"我来点雪利酒。"陈先生说。

"我知道!"陈太太转身又走了。

"你先生,也在银行工作吗?"他问。

"他在水务署工作。就是那个新水库。"她犹豫了一下,说,"他负责那儿的管理。"

"哦,相当不错啊。"陈先生漫不经心地说,"水的确非常重要。英国人的工作做得不错,至少我们需要的时候,水龙头里真的有水。"他的身体往后靠,腿跷了起来,突然说,"我怀念英国。"

"哦,你在英国住过?"克莱尔礼貌地接他的话问道。

"我在贝列尔学院上过大学。"他拽起领带给她看看。确实,显然,这是条大学的领带。"梅洛迪读的是韦尔斯利。所以,我们是不同体制的产物。我喜欢英国,梅洛迪热爱美国。"

"真的?"克莱尔轻声附和。陈太太回来了,坐到丈夫的旁边,阿妈也跟着进来,递给克莱尔一张餐巾,上面绣了一朵蓝色的矢车菊。

"真可爱。"她仔细端详这块绣花布。

"爱尔兰的！刚寄来！"陈太太说。

"我刚从中国的百货商店买了几张可爱的中国桌布，缎带非常漂亮。"克莱尔说。

"那和爱尔兰的没法比，太粗糙了。"陈太太回答。

陈先生用一种诙谐的眼神瞅着他太太。

"女人！"他对钢琴老师说。

女仆端了一托盘饮料进来。

克莱尔啜吸着苏打水，感觉到气泡在口中跳动。

"现在共产党成了最大的威胁。"她说。这句话，她在种种聚会上反复听到过。

陈先生笑了。"哦，你和梅洛迪打算拿他们怎么办？"

"闭嘴，亲爱的。这没什么好笑的。"他妻子喝了一口，说。

她丈夫望望她。"亲爱的，你在喝什么？"

"一点鸡尾酒。今天太累了。"她的腔调听起来像在防止他的进一步攻击。

沉默了一会儿。

"小锁是个好学生。"克莱尔说，"她需要多练习。"

"这不是她的错，我本应该多花时间陪她练习。"陈太太说。

陈先生笑了。"没事儿，我保证她知道自己在干什么。"

克莱尔点点头。全世界的父母都一样。如果她有了自己的孩子，绝对不会这样娇纵他。她放下杯子。"我该走了，五点以后上车就没座位了。"

"再等一会儿吧？派太太正在准备点心。"陈太太说。

"哦，不了，我真的得走了。"她犹豫地回答。

"我们让特鲁斯代尔送你回家吧。"陈先生提议道。

"不用不用，不麻烦了。"克莱尔连忙谢绝。

"你认识他吗？他是个英国人。"陈先生问。

"还没这个荣幸呢。"克莱尔客气地回答说。

"香港很小，有时让人厌倦。"陈先生说。

陈太太解释说："这对特鲁斯代尔来说不麻烦的，他反正是要回家的。你住哪里？"

"跑马地。"克莱尔非常尴尬。

"他住的离那儿不远！"陈太太叫道，这个巧合让她高兴，"好啦，就这么办吧。"她用广东话叫派太太去找司机。

"中文真是一种充满魅力的语言。我希望趁着在这里，能学一点。"

陈先生扬了扬眉毛。

"广东话很难学，一个发音有九种音调。这可比英语难多了。我一年就学会了基本的英语。我敢说，两倍的时间，也学不会广东话、普通话、上海话。"

"也是，不过希望可以永远是希望。"克莱尔轻快地回答。

派太太走进来，用广东话说了些什么。陈太太点了点头。"真是非常抱歉，司机已经回家了。"

"我可以坐公交车的。没问题。"

她拿起自己的包。陈先生站了起来。"很高兴见到你。"

"我也是。"她走出去的时候，感觉到他们的目光落在她的后背上。

马丁已经到家了。

"你今天回来晚了。"他穿着汗衫和居家的裤子,颜色已经褪了,膝盖的地方磨得闪闪发亮,手里握了个杯子。

她脱了外套,接了一壶水放在炉子上。

"我在陈家,他们叫我多待一会儿谈谈。"

"维克托·陈?他在这里可是大人物。"

"我猜也是。很不一般。完全不像中国人。"她回答说。

"不该这么说话。这话太无礼了。"马丁说。

克莱尔脸红了,磕磕巴巴地解释:"我只是从没见过……他这样的……中国人。"

"你现在是在香港,这里有很多种中国人。"马丁的语气仍然很亲切。

"阿妈到哪里去了?"她想换一个话题。

玉玲从屋后过来了。

"帮我做晚饭好吗?我买了肉。"

玉玲毫无感情色彩地看着她。玉玲就是这样,总有办法让克莱尔不舒服,但又没有解雇她的理由。克莱尔不知道其他主妇都是怎么办的,她们和女仆相处总是泰然自若,克莱尔却完全做不到。她们和女仆开玩笑,对她们就像对待家人,不过这种相处方式是美国人带来的。她的朋友塞西莉娅,每天上床睡觉前,在梳妆台前敷冷霜的时候,女仆就给她梳头。克莱尔把路上买的肉交给玉玲。

阿妈去忙了，克莱尔躺在床上，在眼睛上敷了一对冰袋。她怎么会来到这里呢？住在世界另一头的小公寓里？她回想自己在英国度过的平静的童年。妈妈缝纫的时候，她是唯一一个可以坐在妈妈身边听妈妈絮叨的孩子。经历了生活的变故之后，妈妈变得刻薄起来。生活就是从手到嘴的一种存在而已。所以战后，爸爸开始酗酒。她甚至从没有想过，生活还可以有所不同。

但事情就这么发生了。在香港，她变了。热带的气候让她的外表渐渐成熟，使她身上的一切都和谐起来。在这里，其他的英国女人要在炎热之中枯萎凋谢了，而她则茁壮怒放，就像天然适合在温室生长的花朵。热带的阳光点亮她的头发，直到渐渐融化成真正的金色。少许的汗水，让她的皮肤看上去永远湿润带露，却从来不会湿淋淋的。她瘦了，有了紧凑精致的身材，浅蓝色的眼睛闪闪发光。马丁曾经说过，看来炎热非常适合她。在醉翁轩，或者其他聚会的时候，她常常发现男人的目光停留在她身上，他们过来和她搭讪，故意把手搭在她的肩上。她学习在餐会上如何与人交谈，怎么在饭店点单，要充满自信地做这一切。她的感觉就是，自己终于变成了一个女人，而不是像离开英国的时候，仅仅是个女孩子。她感觉自己刚刚开始，认识这个作为女人的自己。

之后的那个星期，给小锁上完课，陶瓷兔子掉进了她的包里。

兔子事件之后那个星期，正上着课，电话铃响了，小锁跳起来接电话，本来她正在乱敲一首序曲，急着找借口走开呢。她和同学叽叽咕咕闲聊的时候，克莱尔看见了椅子上的丝巾。这是一条美妙的印染丝巾，应该属于雅致的女人。她把丝巾放进了包里。一种愉快的平静笼罩了她。小锁回房间的时候只咕噜了一句"对不起，彭德尔顿太太"。克莱尔笑了笑，根本不在意。回到家里，她锁上卧室的门，取出了丝巾。这是一条巴黎的爱马仕丝巾，还有鲜活的黄褐色图案，一匹斑马和一头狮子。她试着把丝巾围在脖子上，裹在头上，简直像奥黛丽·赫本。她顿时觉得自己光彩照人。

第二个月，陈太太告诉她，精美的织品都是送到新加坡清洗的，因为"这里的女孩子不会洗"，不过，这样就不得不累积到三倍的时候再送洗，很麻烦。然后克莱尔发觉自己出门的时候，衬衫口袋里多了两条漂亮的爱尔兰餐巾。让玉玲手洗之后再熨烫，她和马丁吃饭就可以用了。小锁突然冲进卫生间的时候，她把三个法国产的景泰蓝海龟塞进了口袋——这孩子，难道克莱尔不来，她就不晓得要上厕所吗？路过餐厅的时候，一对英国银制的盐瓶和胡椒瓶也进了她的口袋。客厅里有一个精美的慕兰奴香水瓶，可能是梅洛迪匆匆忙忙去参加酒会，顺手搁在了客厅。克莱尔悄悄地把这个小瓶子握在手心中，放进了裙子口袋。

另一个下午，她走的时候，听见书房里维克托的声音。他讲电话的声音很高，门微微开了条缝。

"可恶的大英帝国。"接着变成了广东话，然后，又回到了英语，"不能让他们得逞。"接着，换成了另一种更复杂的语言，语调像是在发誓,"他们就是在制造动乱,非要把本来该留在棺材里的骨头挖出来。一切都是为了自己能得到好处。首先,皇冠系列藏品根本就不是他们的,那是我们的历史,是我们的文物,他们却想占为己有。要是中国人跑到他们的国家里,把他们的珍品席卷一空,他们高兴吗?太无耻了。我敢打保票,唐宁街就是幕后指挥,他们不过是犯不着现在就出头而已。"他非常激动。克莱尔站在门外,屏住呼吸,偷听。她站了一会儿,派太太突然来了,用一种狐疑的眼神打量她。她假装在看走廊上的画。但直到走出走廊,她仍然能感觉到派太太的目光还在她身上。她走出大门,回家了。

两个星期后去上课,是另一个新来的姑娘替她开的门。

"这是苏梅。"小锁告诉她,"她从内地农村来的,还没结婚。你想喝什么?"

新来的姑娘又黑又小,如果右颊上没有那块大红疤,也算得上漂亮。她的眼睛就没从地板上抬起来过。

"她家人不想要她了,因为脸上的这块疤,嫁不出去。听说这块疤代表霉运。"

"你妈妈告诉你的?"克莱尔问。

小锁犹豫了一下。"是啊……其实我是听她在电话里说的,说就因为这个,特别便宜。苏梅不懂!她还要到外头的灌木丛里上厕所!阿温打了她一巴掌,说她像个畜生。她以前都没见过水龙头,没用过自来水!"

"给我来杯苦柠檬水吧。"克莱尔想换个话题了。

小锁对这个姑娘飞快地讲了两句话,姑娘就安静地出去了。

"派太太偷东西。"这桩丑闻让小锁的眼睛睁得很大,"妈妈只能让她走。她哭天喊地,用拳头砸地板。妈妈说她歇斯底里,扇她耳光,她这才安静下来。妈妈让老王把她架出去。他扛着她的样子,像扛一袋土豆似的。她还不停地用拳头打他的背。"

"哦。"克莱尔差点哭出来,只能发出这一点声音。

小锁好奇地看着她。

"妈妈说,所有的用人都偷东西。"

"是吗?"克莱尔说,"糟糕透了。不过,小锁,我不知道是不是真的。"她还记得自己走在走廊上的时候,派太太用什么样的眼神打量她。她的胸口一阵发紧。

"她去哪里了,你知道吗?"克莱尔问小锁。

"不知道。"小姑娘轻快地说,"能摆脱她挺好。我觉得。"

克莱尔看着小姑娘平静的脸,良心很是不安。

克莱尔声音颤抖。"外头肯定有收容所之类的地方吧,这样的人也有地方去。她不会睡在街上吧?她香港有家人吗?"

"不知道。"

"你怎么会不知道?她和你们一起生活呀!"

"她是个女仆,彭德尔顿太太。"小锁又好奇地看着她,"你了解你的女仆吗?"

克莱尔羞愧难当,不说话了,血涌上了两颊,脸唰就红了。

"算了,别说这些了。你练琴了吗?"

小锁乒乒乓乓砸钢琴。克莱尔看着她胖乎乎的小手渐渐变得模糊不清。她努力睁着眼睛,不让眼泪掉下来。

第二章
一九四一年六月

　　事情是这样开始的。领事酒会。她轻快的笑声。从杯中洒落的酒。湿掉的衣裳和一块急忙递过来的手绢。在众人之中,她修长而灵巧——众人是指,一群同属某一阶层的肥胖而又喧嚣的女人。他并不想认识她,他对她这类型的女人充满怀疑,缎带、香槟、不穿内衣。不过,她一转身,把他的杯子撞翻了。"又是这样,我是全香港最笨的女人了。"然后要求他陪她去盥洗室。在那儿,她一边收拾自己,一边提出一连串的问题活跃尴尬的气氛。

　　她非常有名,因为父母有名。她的母亲是一位葡萄牙美女,父亲则是上海的富翁,财富来自于贸易和放贷。

　　她补口红的时候,他坐在浴缸上。

　　"终于有新人了！我们已经熟得太过分了。就这些人,来来回回相处了好几个世纪似的。这个圈子太小了，我们互相厌倦，到处寻找新鲜血液，几乎想站到码头上把新来的人拽下船来。你坐的是刚来的船吧？有工作了吗？是缺钱找工作，还是闲着无聊才工作？"

"我在亚细亚洋行工作。"被人当做新人消遣，他顿生警惕之心，"肯定是为了钱嘛。"这不是真的，妈妈有钱。

"真不错！我讨厌遇见的全是无聊的人。他们心无知识，毫无野心。"

"没有期望的人，不需要知识和野心。"他回答。

"你脾气暴躁吗？"她说，"穷人的愚蠢，不是更容易被原谅吗？你觉得呢？"她顿了一下，好像是让他好好想想这个问题，"你叫什么名字？你是怎么认识特罗特斯的？"

"我叫威尔·特鲁斯代尔。我和休一起打板球。他认识我的亲戚，是我妈妈那边的。我刚刚到香港，他对我很照顾。"

"嗯，我认识休十年了，从来不认为他是个正派人。你喜欢香港吗？"

"目前还行。"他回答，"我下了船，决定留下来，同时也找到了事情做。似乎已经很走运了。"

"一个冒险家，太有意思了。"她说，但腔调听起来倒像一点兴趣也没有。她结束了清理工作，"啪"的一声合上了小坤包，坚定地握住他的手腕，就像准备跳一曲华尔兹，而音乐一直陪伴着她，走出了化妆室。

意识到自己被她当成片刻的消遣，像宠物狗一样被领出房间，他立刻找借口说要到花园抽烟。但是她没打算让他安生。

她跑出来找他,让他帮她点烟,亲近地靠在他身上。

"告诉我,"她说,"你们那儿的女人怎么结婚后变得那么胖?我要是英国男人,我娶的标致姑娘结婚几个月,或者一生孩子就像爆炸了一样,我可是会吓跑的。你明白我的意思?"她把烟喷向黑暗的天空。

"完全不明白。"他觉得自己装傻装得很可笑。

"我没你想得那么轻浮。我真的喜欢你。明天给你电话,我们好好计划一下。"然后,她就走了。烟雾缥缈,她一路如跳舞般走进了那幢绝对禁烟的房子——房子的主人休·特罗特斯痛恨烟味。一小时后,他又看见了她,从这群人转到那群人中间,欢声笑语。女人在她身边黯然失色,男人则陶醉不已。

第二天,他办公室的电话响了。他之前把酒会的事情告诉了西蒙。

"她是欧洲人吧?"西蒙问,"小心一点儿。比和中国人约会好一点儿,不过,高层不喜欢你和当地人有什么交情。"

"这种说法相当可恶。"他希望西蒙把话说清楚。

"你得知道,香港银行的职员要是和中国人结婚,就得离职。不过这姑娘似乎不太一样,也可能不是本地人。她可不像开面条店的。"

"是不太一样。问题是,我没打算和她结婚。"他接起了电话。

"亲爱的,我是特露迪·梁,你不打算和谁结婚?"她在电话那头说。

"没谁。"他笑了起来。

"这可有点太快了。"

"对你来说也快了吗？"

"难道你不觉得惊讶吗？昨天的酒会只有那几个女人。"她不理会他的问题。殖民地的女人都转移到安全的地方去了。战争越逼越近，就要烧到这个可以说是世界的角落的地方来了。"我是必需人员，我是后勤部的护士。"也是，女人只有注册过必需职业才可能留在这里。

"我没见过像你这样的护士。"

"你要是伤员，肯定不希望我当你的护士。相信我。"她顿了一下，"今天下午赛马，秦家订的包厢，你来不来？"

"秦家？"他反问。

"我的教父教母。"她不耐烦地解释，"你来还是不来？"

"好。"他说。这是一连串默许的开始。

威尔挤过俱乐部的人群，上了楼。楼上的包厢里满是穿夹克或丝裙的人，唧唧喳喳的声音。他走进二十八号包厢，特露迪立刻看见了他，猛然扑过来。她把每个人都介绍给他。秘鲁人，中国人，东京来的波兰人，一个娶了俄国皇族的法国人。大家都讲英语。

特露迪把他推到一边。

"哦，亲爱的，你还像我记得的一样英俊。我想我碰到麻烦了。我敢肯定，你没怎么和女人交往过，要不然，就是和太多女人交往过。"她顿了一下，戏剧化地深呼吸，"我来给你介绍一下这里的情况。这是我表哥多米。"她指着一个手握金表的优雅的中国男人,"他是我最好的朋友,他会保护我的,所以你最好小心点……另外,无论如何要躲着她走。"她指着另一个戴眼镜的欧洲女人,"她花了二十多分钟,就是为了和我谈谈南丫岛上剥了皮的鹿,无聊得难以置信。"

"真的吗?"他望着她的鸭蛋脸,明亮的绿色眼睛。

"还有他。"她指着一个端庄的英国人,"令人讨厌。好像是艺术史学家似的,没完没了地谈什么皇冠藏品。这种东西大部分殖民地都有。有的是当地的,有的是一块块从英国运来的,搁在公共建筑、艺术品、雕像或者其他类似的东西上。显然,香港是个令人难忘的好地方,他非常担心战争会爆发。"她做了个鬼脸,"一个极端偏执的人。"

她的目光在屋里继续搜索,眼睛眯缝起来。

"这是表哥,或者说是表姐夫。"她手指一个穿双排扣西服的矮矮壮壮的中国男人,"维克托·陈。他以为自己是个非常重要的人。不过我觉得他除了乏味也没什么。他和我的表姐梅洛迪结了婚,梅洛迪在遇见他之前,确实挺不错的。现在,她……"她的声音变低了,"算了,看看我,都在瞎扯什么呢。"

她拽他到前头去,在那儿她订了两个最好的座位。他们看比赛,她赢了一千块钱,兴奋地尖叫,非要把钱散光不可。给服务生,给洗手间的侍者,往外走时遇见一个小姑娘也给了。她不以为然地说:"说真的,这可真不是孩子来的地方,你觉得呢?"过了一会儿,她告诉他,她实际上是被循规蹈矩地养大的。

她的真名叫普鲁登丝[1]，"特露迪"是后来才用的名字，因为"普鲁登丝"显然不合适这样调皮的女孩：她恐吓她的阿妈，诱骗仆人帮她弄来不让她喝的泡沫酒水和方糖。

"你也可以叫我普鲁登丝。"她修长的胳膊晃来晃去，浑身散发着一股无孔不入的茉莉清香。

"我不会的。"他回答说。

"我非常强大，希望不会就此毁了你。"她悄悄凑到他耳边说。他笑了。

"别担心。"他说。不过，之后，他想知道这是为什么。

大部分周末，他们在她父亲位于石澳道的大房子里度过。枯瘦的仆人给他们带来一桶桶冰和柠檬水，用来配一盘盘咸虾饼和茅利琴酒。特露迪戴了一顶大软帽晒太阳，她认为，无论时尚泰斗可可·香奈尔如何巧舌如簧，褐色的皮肤仍然是一种粗俗的象征。

"不过，我真喜欢阳光落在身上的感觉。"她凑过来要一个吻。

梁家的大宅位于一个海岬，可以鸟瞰平静的海面。为了吃上新鲜鸡蛋，还养了鸡。当然谈不上真的新鲜，因为这里的味道。一只力气已经耗得差不多，却仍然好斗的孔雀在院中信步徜徉，对随意入侵的人保持高度警觉，不过主人的大丹犬

---

[1] Prudence，审慎。

除外，它们已经达成了友好的双边协议。特露迪的爸爸从来没出现过，据说大部分时间他和中国情妇住在澳门南湾的另一座豪宅里。他为什么不干脆娶了她，没人知道原因。特露迪的妈妈在她八岁的时候就失踪了，这是一桩著名的悬案。最后见到她的目击者说，当时她钻进了一辆停在格洛斯特大酒店外的轿车。这是他最喜欢特露迪的地方：她生命中已经有太多疑问，所以从来不过问他的事情。

特露迪有孩子一般的身体。细瘦的髋骨，微小的双足，身材平板，胸部简直还没开始发芽。她的胳膊和手腕一样粗细，头发是光滑的烟褐色，有一双西方人的宽眼睛，以及褶痕重重的眼睑。她往往穿裁剪合体的外套，有时候也穿旗袍，束腰外衣配紧身裤，总是拖一双丝绸拖鞋。她擦金色或棕色的口红，头发刚好留到肩膀，涂黑色的眼影眼线。她和社交场合的其他女人全然不同，她们都是艳丽滑顺的花裙子，精心烫过的大波浪，红色口红。她痛恨恭维，人们夸奖她漂亮，她总是立刻回击："但是我长胡子了！"这也是真的，是那种你只能在阳光下看见的微弱的金黄色汗毛。她常常在报纸上亮相，她认为这多半是因为她爸爸，而不是因为她漂亮。"香港是个现实的地方。财富可以让女人漂亮。"她常常是酒会上唯一的中国人，虽然她并不真的认为自己是中国人。她什么人也不是，所以也就什么人都是，她说。什么场合都会邀请她。法国运动员俱乐部、美国乡村俱乐部、德国花园俱乐部，她都备受欢迎。她是所有地方的名誉会员。

她最好的朋友是她的二表哥，多米，多米尼克·王，就是赛马时遇见的那个男人。他们每周日晚上在醉翁轩一起吃晚餐，议论周末酒会上发生的闲事趣闻。他们从小一起长大，她的爸爸和他的妈妈就是堂兄妹。威尔开始意识到，在香港每个人似乎都多多少少有关系。特露迪的表姐夫维克托·陈，因为业务往来也总是出现在报纸上，不是他就是他太太梅洛迪的脸，在社会版上冲人们微笑。

多米尼克长了一张轮廓分明的精致的男孩脸，有几分女人气，身边有一长串机敏而又心怀不满的女朋友。特露迪从没邀请过威尔参加她和多米尼克的晚餐。"别介意，你就是去了也会觉得没意思。"她说着，一根冰冷的手指划过他的脸颊，"我们是讲上海话的，你知道，每一句都要对你解释，就太无聊了。反正对我来说，多米尼克也就相当于一个姑娘。"

"我也没想要去。"他努力保持自己的尊严。

"当然了亲爱的。"她笑了，把他往身边拉，"我告诉你个秘密。"

"什么？"她的茉莉清香让他想起蜡一般的黄色花朵，她的皮肤就是这么光滑，水都无法渗透。

"多米生下来有十一根手指，左手是六指。小时候动手术切除了，但是又长出来了！太古怪了，对吗？我跟他说，这是因为身体里有魔鬼，切掉没用，还会长出来的。"她压低声音，"千万不要和别人说哦，我只告诉过你一个人。要是多米知道我告诉了你，会把我脑袋拧下来的。他觉得这是耻辱！"

香港实在是太小了。在皇家空军的舞会上，人们发现理查兹医生和一个酒店女服务员关在布草间里。在斯维尔的晚宴上，布兰卡·摩尔豪斯喝多了就开始脱衣服——你知道她的过去的，对吧？特露迪成了他武断偏执的当地导游，她认定英国人乏味，美国人认真得烦人，法国人无趣而且还自鸣得意，日本人干脆很恐怖。他大声地问她对他的看法。"哦，你有点像杂种，跟我一样，哪里人都不像。"他到香港的时候，身上只有一封写给老朋友家的介绍信，在他自己还不清楚自己是什么人的时候，恰巧碰见一个女人，她什么也没问，只是叫他和她在一起，于是他就得到了这么一个定义。

人们总是在谈论特露迪——她也永远在反感别人，不是这个人就是那个人。人们在他面前提到她，或者跟他谈起她，好像故意让他开口说点什么。他从来不告诉他们有关她的事儿。她来自上海，二十刚出头的那些年，她住在国泰大剧院诺埃尔·科沃德①住过的老套房里，在屋顶的平台上举办奢华的酒会。传说她为了逃离一桩风流韵事离开了上海，对方是一个流氓头头，迷上了她。还有传闻说她在赌场花了太多时间，和歌女舞女交朋友。传闻还说她出卖一夜时间取乐，传闻她是个鸦片瘾君子、同性恋、激进分子。她断然告诉他，这些传闻没一个是真的。她说上海才是个好地方，香港不过是无聊的农村。她说流利的上海话、广东话、普通话、英语，会简单的法语对

---

① Noel Coward，英国剧作家。

话，还会一点儿葡萄牙语。她说，在上海，一天始于下午四点的茶点时间，然后到国泰大剧院或者哪个酒会去喝酒。如果想吃当地的美食，晚上就吃毛蟹和米饭。然后继续喝酒、跳舞、跳舞、喝酒。夜晚是漫长的。到了早餐时间，到地扪吃鸡蛋和烤番茄，然后一觉睡到下午三点，用肉汤面醒酒，盛装打扮再开始新的一轮。这才是生活。只要爸爸同意，她立刻就回去。她说。

比德尔在浅水湾的海滨浴场租了间木屋，请他们去海边玩一天。安吉莉娜抱怨生活的时候，他们就一根接一根地抽烟，喝伏特加杜松子鸡尾酒。安吉莉娜·比德尔是特露迪的老朋友，一个瘦小的毫无吸引力的中国女人。她们在小学就认识了。安吉莉娜嫁了一个聪明的英国商人，她统治他的手法堪称铁腕。他们的儿子在外头上学，他们在太平山过着奢华的生活。她作为一个中国人，住在太平山，让那儿的人们感觉到轻度的不适。那儿只有一户中国人家，他们能成为例外，完全是因为异常富有。这是一种隐秘的情绪。特露迪后来给威尔解释说，在一定意义上，安吉莉娜超过了住那儿的英国人，因此被他们怀恨在心。当然，特露迪也承认，在大部分人眼里，安吉莉娜很难谈得上可爱。特露迪脱掉衣服，晒起了日光浴。和身体的其他部分相比，她小小的乳房格外苍白。

"我以为你觉得晒黑了很土。"他说。

"闭嘴。"她回答。

他听到她和安吉莉娜说话。"我为他疯狂，他是我见过的最无情最坚硬的人。"他猜她是在说他。人往往没有传闻里说得那么讨厌。西蒙承认对她有误解。殖民地的英国女人们很失望。又一个单身汉被抢走了。"她飞扑过去,抓住了他,别人甚至还没来得及知道他来香港。"

他当然还有其他选择——新德里传教士的女儿,她永远病怏怏的,脸色黯然,尽管漂亮、聪明,当时在从槟榔屿来的船上,她是最有希望的未婚姑娘——那些说自己喜欢寻找刺激生活的女人,实际上都不过是寻找丈夫。有段时间,他一直尽力避免爱情带来的不便,不过这一回,似乎爱情在这个不可靠的地方,找到了他。

女人通常都不喜欢特露迪。"一贯如此,对不,亲爱的?"他轻率地提出这个问题的时候,她反问道:"你不觉得把这当问题反倒很奇怪吗?"她捏捏他的下巴,继续调制杜松子酒和柠檬汁,"没人喜欢我。中国人不喜欢,因为我的行为不像中国人;欧洲人不喜欢,因为我长得不完全像欧洲人;我爸爸不喜欢,因为我不算太孝顺。你喜欢我吗?"

他向她保证他喜欢。

"我想知道。"她继续说,"我告诉你人家为什么喜欢你。除了你是个英俊的,还不知道会落在谁手里的单身汉以外,他们在你身上看见了他们想要的东西。他们看我呢,就看见了受不了的东西。"她的手指蘸了蘸酒水,再舔舔手指,脸像菊花一般怒放,"味道太棒了。"她喜欢酸味。

特露迪有一个让她心事重重的小秘密。算命的说她前额上的胎记代表未来丈夫会暴死。以前她订过婚,又神秘兮兮地取消了婚约。她把这个秘密告诉他,又不肯透露细节,说如果告诉了他,他就会离开她。她看起来很严肃。

特露迪有两个阿妈。她们"把头发都拴在一起",她说。两个女人决定不结婚,在报纸上登了个宣言,宣布她们将终生一起生活。阿罗和梅琴都已经老了,差不多六十了,仍然同住在一间小屋里,睡一对单人床。"把你脑袋里的念头马上清除掉。"特露迪懒洋洋地说,"中国人对这类事情向来漠不关心,谁真的在乎呢?"她们是开心的一对,唯一的不同就是她们都是女人。"这是最好的。很多女人都知道自己是不会结婚的,所以这样很好。这是种文明,你觉得呢?到后来,就面临性的问题。这是一种姐妹关系。我会考虑自己满足自己。"每星期她付给她们两角五分,她们愿意为她做所有的事。有一次他进起居室,看见特露迪睡在沙发上,梅琴用按摩乳帮她按摩手。

他总是不能适应这些人。她们完全无视他,和特露迪议论他,甚至当着他的面也议论。她们说他的鼻子大,他笑起来很滑稽,他的手脚长得奇形怪状。他开始有点懂她们的话了,不过实际上她们批判的语调根本用不着翻译。阿罗做的饭太咸,油大,他觉得不健康,味道也不好,特露迪却吃得津津有味——这毕竟是她生下来就习惯的饮食。她声称梅琴负责清洁工作,不过他看见到处都是灰尘。这个老妇人还喜欢收集垃圾——啤酒瓶、冷霜的空瓶子、扔掉的牙刷,她统统放到自己床底下,等待来自上天的启示。这三个女人都生活得凌乱不堪。特露迪对自己的生活环境是视而不见的,完全是生下来被人伺候得太好的态度。她从未打扫过卫生，连指头也用不着抬起来，但阿妈们并不是这样。她们不过是学会了她的习惯——这是一种独特的共生关系。她蛮横地替她们辩护，就像孩子捍卫自己的父母。"她们已经老了，随便吧。我最受不了老挑剔人毛病的人。"

尽管如此，她也挑她们的毛病。卖花的男人来的时候，阿罗只想给他五角钱，特露迪就插嘴说他要多少就给他多少。卖花的男人叫王发，每周来这附近一次，双肩上那装满了鲜花的大花篮来回晃荡，用一种单调的低音吆喝："花园，花园。"人们招手让他进屋。他和阿妈们数年如一日地讨价还价，直到特露迪出现打断他们，付给他钱。然后阿罗就会生气，责备特露迪出手太大方。老太太和年轻可爱的女郎，一起怀抱鲜花走进厨房，在那儿把花放进不同的花瓶，再放到各个房间去。他坐在椅子上看她们，膝上摊放着他的书。他戴着眼罩，装作睡觉——实际上在看她。

这些天以来，他几乎从没一个人待着过，一直是和她在一起。这对他来说，是一种全新的生活，以往他习惯了独处，但是现在，他渴望和她在一起。他太久没有过这样的体验了，早已经忘记了这种感受。当他在办公室里噼噼啪啪敲打字机的时候，脑子里全是她，她笑，她喝茶，她抽烟。电话铃声震碎了她的面孔。"你为什么工作？太无聊了。"

磨炼，他想。千万不要掉进陷阱。但是没用，她老是出现在他面前，她打电话给他，告诉他晚上的计划。每当他望着她,都会感觉到自己虚弱而快乐。这真的很糟糕吗?

他们在浅水湾吃午餐,看星期天的报纸。特露迪抬起头。

"他们怎么能让这些可恶的公司做广告?"她说,"你看看这个,'痔疮为什么让人苦恼?'非得这么说话吗?婉转点不行吗?"她抓着报纸在他眼前晃,"竟然还有一张图!这个男人正在为痔疮苦恼!真有必要这么干吗?"

"我的心肝,"他回答,"我不知道,我真的不知道。"一个身穿无尾礼服的流亡俄国人在他身后弹奏钢琴。

"哦,"她像是突然想起来,"我爸爸想见见你。他就是想见见我和什么男人能在一起待这么长时间。"语气太冷淡了,太冷淡了,"今晚有空吗?"

"当然。"他回答。

他们去了格洛斯特酒店。她告诉过他,她的父母是在这里相遇的。他们都坐在吧台等人,她喝的是白兰地,平常她不喝这个。这让他以为,她可能比她显示出来的更加神经质。她转着酒杯,优雅地喝一小口。吮吸。

"我妈妈是葡萄牙大美女。她在澳门住了很长时间。他们就是在这里碰见的,那时候我爸爸没现在这么成功。不过他家做得不错。他是卖小装饰品起家的,反正是这类东西吧。我爸爸非常聪明,谁知道为什么我是这么一个傻瓜呢!"她突然容光焕发,"他来了!"她跳下椅子,冲上前去吻她爸爸。威尔原本以为自己将要见到的是一个身材高大、自信、头顶光环的男人，但真正的梁先生身材矮小，踌躇不安，穿着裁剪粗陋的西装，给人的感觉很亲切。他似乎被女儿的生命力淹没了，任凭女儿狂风暴雨般地扑到他身上。和任何一个香港人没什么区别，威尔想。侍者主管让他们入座，手臂挥舞的姿态充满热情，不过特露迪和她爸爸似乎根本没留意。他们讲广东话。讲广东话的特露迪看起来完全是另外一个人。

他们甚至还没点餐，食物就已经上来了，好像预订过了似的。"我们点餐吗？"他壮起胆子问。他们看上去吃了一惊。"这里都是固定搭配的菜。"他们说。她要了一瓶香槟。"这是个意义重大的场面。"她宣布说，"我爸爸很少见我的求爱者。你已经赢了第一回合。"

梁万基没打听威尔的生活或者工作。他只是讲笑话，讨论跑马和战争。特露迪去化妆室的时候，她的父亲示意威尔靠近一点。

"你不是个富人。"他说。

"没你那么富，但过得还行。"多奇怪的话。

"特露迪被惯坏了，她要的东西很多。"这个男人不动声色，毫无表情。

"是的。"威尔承认。

"让女人替自己付账，不是太好。"

特露迪的父亲递给他一个信封。"你用这里的钱带特露迪出去。够花一阵子的。不能每一次都让特露迪付账。"

威尔呆住了。"我不能要这钱。我不能拿你的钱。我从来没让特露迪请我吃饭。"

"没关系。"男人挥挥手,"这对你们的关系有好处。"

威尔拒绝了。信封一直放在桌子上。然后他们看见特露迪回来了,她爸爸才把钱放回西装口袋。

"我无意冒犯。"他解释说,"我只是想给特露迪最好的一切。对她好,也就是对你好。这钱对我不算什么,但可能对你们就不同了。"

"谢谢你替我们着想。但,真的不能。"威尔回答。就这样了。

第二个星期,威尔收到了一堆餐馆和俱乐部的信,通知他账户已经开好,随时可以使用。其中一封信的纸角有潦草的附言。"您不需要签名,只需要光临。我们热切期盼您的到来。"言下之意,无非是谦卑地对待客人,尊重他们的所有心愿。

他有点恼火,但不太重,更多的是困惑。他把信放进抽屉。估计在梁万基的眼里,所有人都和叫花子差不多,都需要施舍。中国人真聪明,他想。但也许只是特露迪一家人。

特露迪喜欢巴黎烧烤,她是店主的密友。店主和当地的葡萄牙人结了婚,他从不觉得供应青蛙是一件反讽的事情①。她不愿意和威尔去中餐馆,只愿意和别的中国人去。她说只有中国人才能欣赏中餐的真正滋味。

---

① 青蛙是俚语中对法国人的贬称。

巴黎烧烤的土耳其人,现在的名字叫雅克。上帝才知道他以前叫什么。他喜欢特露迪,几乎把她视为自己的女儿。而他的妻子艾尔斯贝塔,对特露迪则像姐妹。她几乎每天晚上都来这里喝第一轮酒,晚上也基本都是在这里结束。雅克和艾尔斯贝塔对他很礼貌,但态度明显有所保留。他想也许是因为他们见过她太多的情郎。他不喜欢这里红色聚乙烯的狭窄窗座,还有冒烟的白蜡烛烧尽后留下的满是污垢的蜡块。但他从没有说出口。

他们见到了来巴黎烧烤的每一个人。刚来香港的新人往往都要来这里,还有已经待厌了的老家伙们。香港很小,最终大家都得在这里碰头。一天晚上,他们在吧台和一群美国观光客喝酒,美国人邀请他们一起纵酒狂欢。

特露迪告诉她的新朋友,她热爱美国,喜欢他们放纵的言行,喧哗的对话,以及不断发出刺耳号叫时表现出来的自信心。有个人提到战争,她装作没听见,继续谈论她对美国人的素质的看法。她说,美国人总觉得世界无比的大,他们不殖民,他们走遍世界的每一个角落,像洒水一样花钱,既不需要内疚,也用不着责任感。她爱的就是这个。美国男人们高高大大,四肢修长,脸也拉得老长,行动果断,女人们随便他们乱折腾,这不是太神奇了吗?他们还得忙于自己的社会和规划。他们把一切闲杂事等都当成自己的事,他们就算碰见奇迹,态度也像对待土豆色拉和火腿三明治。而且,除非有一个非常特别的英国人在场(她朝威尔指了指自己的脑袋),美国人倾向于贬低屋里的其他人。很奇怪,但是她能领会。你们发现没有?

要是能重活一回，她在餐桌上说，她愿意做美国人。如果不能，就嫁给美国人。或者，要是有人反对她嫁给美国人，搬到美国住也行。说这话时，她装作很严肃。威尔想起来她曾经说过美国人认真得烦人，笑了。他简单地回答说，她是自由的，他永远不会阻挡她做自己想做的事情。美国人欢呼起来。一个明智的男人，在说一个嘴唇红润穿橘色衣服的女人。

生活很轻松。早上九点半他就应该到办公室了。然后午餐时间走开两小时是经常的事。五点钟就到了喝茶时间。他每天晚上都可以出去，整个周末都在玩，想做什么就做什么。特露迪的朋友搬到伦敦去了，想找个人照看公寓，威尔因此搬到了梅道，租金低得滑稽，只要两百港币。这还是争执后的结果，否则她的朋友，苏迪和弗兰克·陈想包揽一切。他们一起去吃晚饭，相当客气。

"你帮了我们大忙啦！"他们一边倒香槟一边说。

"威尔，真的，你帮了他们大忙。"特露迪说，"全香港根本找不出一个人愿意帮他们的。你知道吧？他们的名声太糟糕了。这是他们要走的原因。"

"但是如果可能，我还是想付正常的费用。"威尔回答说。

"我们一会儿再说这个。"他们说。但是之后他们再也没提。他们喝了四瓶香槟，然后一起到海滩上借着烛光找螃蟹。

梅道不同于跑马地。在跑马地，他的邻居都是当地人。而这里则充斥了流亡者、家庭妇女和他们的仆人，就相当于英国的郊区，住的全是中产阶级，不过也许中产阶级的郊区也只是他的想象。孩子们乖巧地走在阿妈身边，司机把车停在路边，女主人钻进后座。相比老环境的喧嚣紊乱，这里实在是太安静了。他怀念跑马地，怀念那儿的活力、嘈杂，怀念粗鲁的当地人，活生生的当地人。

然后还是特露迪。在离他不到五分钟路的地方，她也有一套公寓。他每天下班后，换好衣服，就沿着弯弯曲曲的路散步去她的公寓。

"这样不是很好吗？"还在门口，她就慷慨地吻他，"不住可怕的跑马地了。离我这么近，不是很幸福吗？认识你之前，我去过跑马地一次，去买一双海滩上穿的橡胶底帆布鞋。那家商店相当不错。"

然后她就想别的事儿了，对阿罗说花儿都已经枯了，或者是客厅里有泥。在特露迪家，他们不谈战争，也从不争吵，除了和用人偶尔争执，从来没有什么麻烦。那儿只有安逸，他的小甜心轻松的笑声。他心怀感激，落入了她的世界。

第三章
一九五二年六月

每天晚上，克莱尔都在相同的时间醒来。三点二十二分。现在，她甚至已经不需要看表就知道时间了。每当这时候醒来，她一眼就会看见丈夫睡着时的粗笨模样，这个念头吓她一跳，然后再镇定下来。他的胸膛平静地起伏，鼻子相应地发出轻微的鼾声。睡觉前，他总是喝几瓶啤酒，因此睡得很沉。她坐起来，用力拍两下手。手指太僵硬了，那动静简直像深夜呼啸的子弹。马丁翻了个身，呼吸又平静下来了。这是她妈妈在长期的婚姻生活中悟到的，传授给她的小技巧之一。现在，已经三点二十三分了。

她曾经试过继续睡觉。之前有一两次，趁着还没有太清醒，就又睡着了。躺下来轻轻地呼吸，能感觉到身下亚麻床单的湿气，身上棉被单薄的重量。气候太过黏湿，她只穿了一条薄薄的棉睡裙。即使这样,也只能穿一两天,衣服就变得黏糊糊的。她得买台新风扇,旧的那台上个星期噼啪作响,然后就卡住了,叶片上结了大块的霉斑。风扇,电线,还有灯泡。不能忘记灯泡。在马丁低沉的呼吸声中,她突然又清醒了。要不要把这些东西都记下来?能记得的。她告诉自己。不过她知道自己会起来,记下来,不让自己忘记,或者让自己不再害怕忘记。这样的话,她就彻底清醒了,睡不着了。就这样吧。她蹑手蹑脚地起来,钻出蚊帐。她的动作惊起了一只正在休息的蚊子,它恼火地在她耳边嗡嗡地转了一圈,飞走了。便笺簿就在床边的桌子上,她用铅笔开始列清单。

然后,真正的理由,她摸到橱的深处,感觉到那个包。这是个布包。她从百货商店买来的。包挺大,装得满满的。她悄悄地把它从橱里拽出来。

进了卫生间,拧亮了灯。浴缸里全是水。已经几个月没下过雨了。政府开始限量用水。玉玲每天下午五点到七点,趁有水的时候把浴缸储满,让他们第二天有水用。他们用餐具室里一只旧的戈登杜松子酒酒瓶接饮用水。

克莱尔把包放下来,蘸了一点水,用面巾打湿脸。然后她坐在冰冷的瓷砖地上,拉起睡裙,把包放在两腿之间。

她把里面的东西倒了出来。

远不止三十样东西,在面前闪闪发光。价格不菲的项链、丝巾、小饰品、香水。这些华丽的物什,在浴室粗糙的灯光下乱七八糟地混在一起,贴在白色的瓷砖上。克莱尔铺开一块浴巾,垫在地上,把它们一个个分开,让它们彼此相隔几寸。它们的样子，终于，恢复了原本的昂贵。一枚粗大的金戒指，做工精细，镶了块像是绿宝石的东西。她把它戴在自己的手指上。一块几乎是完全透明的手绢，隔着它依然能看见自己手掌上淡淡的粉红色。她往手绢上喷了点香水。一小瓶叫做爵士的香水，瓶子上有一幅画，两个衣着轻佻的年轻女郎在跳舞。她在空中挥舞散发香气的手绢。茉莉香。味道太重。她用龟壳梳子梳理头发，手指细细地涂抹法国护肤霜，小心翼翼地擦口红，然后把摇摇欲坠的金耳环夹在耳朵上，系了丝巾，站到镜子前。她看见一个成熟而精致的女人，一个走遍世界的女人，一个读过书、懂得艺术、见识广博的女人。

她想变成另外一个人。以前的克莱尔是小地方来的无知少女。她去参加过一次在香港礼宾府举办的酒会，她在醉翁轩喝过香槟，她认识的女人穿着丝绸衣衫在她身边打转，她把脸紧紧地贴在玻璃上，看见了一个完全不同的世界。以前她从不知道，有这样一个世界存在。她无法形容这个世界，但仿佛上天即将给她启示，仿佛她的身体里有另一个克莱尔随时准备呼之欲出。清晨的几个钟头，她穿上别人的服饰，装作自己是那个世界的一部分，住过科伦坡，在法国吃过蛙腿，或者在马德里骑大象，陪伴她的是一位王公。

七点钟，她回了卧室，站在仍然沉睡的丈夫身边，轻轻叫他："醒醒。"

他被弄醒了，翻身过来看着她。

"布谷鸟都叫啦。"她声音稍微抬高了点。

"生日快乐，亲爱的。"他睡意惺忪地说，用一只胳膊支撑着自己，给她一个吻。他的呼吸有点酸，但不惹她讨厌。

今天是克莱尔二十八岁生日。

夏天初到的星期六，不算太热。早晨还有一阵清风，甚至还有丝凉意，午后的阳光蒸热了大地，人们纷纷戴上帽子或者吹起了风扇。星期六马丁要上半天班，然后去太平山参加阿伯加斯特家的酒会。雷吉·阿伯加斯特是一个非常成功的商人。他一再强调，要请每一个在香港的英国人参加他的酒会。他的酒会一向以丰富的食物和极度的慷慨而声名远播。

"一点钟在索道见。"马丁对她说。

一点钟，克莱尔就在那儿等着了。她穿了一件裁缝头天才送过来的、按照巴黎原版仿制的白色府绸衫。她在铜锣湾找到一位姓郝的裁缝，不算贵，而且可以上门量身，一件衣服收八港币。实在很不错。尽管爵士的气味太过浓郁，她还是喷了一点，轻轻抹了之后又用水清洗，希望能淡一些。

一点十分，马丁从索道站出来，吻了吻她。"看上去真漂亮，是新衣服吗？"

"嗯。"

他们坐有轨电车上山。这段路程陡峭得几乎算得上惊险，有时甚至感觉路是垂直的。他们抓着扶手，身体往前撑，看着外头，正好看见住户的房子拉开的窗帘，散放在桌子上的脏杯子和报纸。

"要是我知道每天电车上的人都能看见我的房间,我就会记得把屋子收拾整齐。你呢?"克莱尔说。

下了车,他们发现阿伯加斯特雇了许多黄包车,专门来接客人。克莱尔爬上了车。

她悄悄对马丁说:"我有点同情这些人……我们不是有骡子和马吗?为什么还要人来拉呢?或者这是香港的奇特风俗之一?"

马丁回答:"其实是因为香港的人比马便宜。"克莱尔顿时怒火中烧,闭上了嘴。马丁永远都这么死脑筋,逐字逐句,听不懂她在说什么。

拉车的男人哼了一声,拉紧了绳子。车子颠簸前进,克莱尔努力在并不舒适的座位上坐好。绿色铺天盖地包围了他们,热带树绽开摇摇摆摆的绿叶,九重葛以及其他花种的灌木,纷纷从山腹中冒出头来。有的时候她觉得,香港是个生机过度盎然的地方,控制不住自己似的,昆虫到处爬,豺狗在山坡上出没,蚊子疯狂繁殖。山腹修了路,建筑就拔地而起。不过,大自然仍然保留了自己的界限——永远有一群不穿上衣的大汗淋漓的工人在修剪一夜之间冒出来的杂草。这里不是印度,她想,但显然也不是英国。前头肌肉紧张的车夫汗淋淋的,衬衫瘪瘪的,颜色灰白。

"阿伯加斯特家战后肯定花了不少力气清理这个地方。"马丁说,"史密逊告诉我的。战争时期,这地方被日本人毁了。基本上除了墙,什么也没留下来。这里本来是贝尔公司的商务代理索普住的，战后他被遣返了，就没再回来，卖价很便宜，他早就受够了。"

"战前这里的人的生活方式，非常雅致呢。"克莱尔说。

"阿伯加斯特战时失去了一只手，现在装了个钩子。大家说他对这个很敏感，最好不要看他的手。"

"当然。"克莱尔回答。

他们到的时候，酒会正热闹。大门敞开，通向一间宽敞的接待室，接待室又通往另一间宽敞的休息室。打开的落地门外面就是草坪，在那儿可以看见广阔的、美轮美奂的海港。这幢房子的装饰，是按英国海边的房子风格设计的。波斯地毯，临时搬来用的中国木桌，桌上点缀着缅甸银碗和其他带有异国情调的珍品。女人身着轻柔的棉裙聚在一起，男人则穿着狩猎装或运动夹克，手插在口袋里。仆人们端着放了飘仙酒和香槟的托盘，灵巧地穿梭于人群中间，滴水不漏。

"他为什么这么干？我是指，好像把全世界都邀请来了。"克莱尔问马丁。

"他以前的情况不好，现在做得很好，就想为社会做点什么。我听说。"

阿伯加斯特太太从休息室出来了，跟他们打招呼。"嗨，你们好呀。"一个瘦小端庄的女人，长了一张棱角分明的脸，耳环在耳边叮当晃荡。

"谢谢你邀请我们。这真是莫大的荣幸。"马丁说。

"现在不算认识，也许以后会有这个荣幸。"她转身寻找下一位客人。他们被抛弃了。

"喝点什么吧?"马丁问。

"谢谢。"克莱尔回答。

她看见了阿米莉娅,就朝她走过去。等她看见品特太太也在,只是被一株盆栽植物挡住了一半的时候,已经太晚了。所有人都躲着品特太太。克莱尔曾经被她逼得几乎走投无路。在那忍无可忍的半个小时内,她一直听这个老女人谈蚁群。如今的品特太太则热衷于开创一个世界语的新世界,致力于把不知情的新人卷进这个复杂的白痴计划。她坚信,世界语可以挽救人们于即将爆发的战争。

"我想找一个男管家。"品特太太说,"挑一个中国人,稍加训练,就能做得很好。"

"你打算教他世界语?"阿米莉娅语带戏谑。

"除了共产党以外,我们应该教会每一个人。"品特太太庄严地说。

"难民问题很令人担忧啊。"马乔莉·温特捏着餐巾当扇子扇,装作没听见品特太太的话。她是个胖胖的、和气的女人,一头腊肠般的小鬈发环绕脸庞。"听说成千上万的难民拥进来了。我在组织一个新联合会,帮助难民。这些可怜的中国人像一群群动物一样冲破边境线,逃离可怕的政府。他们的居住条件太差了,必须要帮助他们!我出一间办公室,置办好东西。"

阿米莉娅说:"你记得1950年吧,那些开酒店的人,收容逃出来的亲朋好友。那些人都是比较富裕的,还能自己订票。这已经够不寻常了。"

"他们为什么还要走?"克莱尔问,"打算从这里再走到哪里去?"

"嗯,这是个问题,亲爱的。"马乔莉说,"想想吧,他们根本无处可去。正因为如此,我的联合会才重要。"

阿米莉娅坐了下来。"中国在战争中没落了,他们回去了,昏头昏脑的,其实只不过是变动的巨浪里的小浪花而已。他们讲不同的方言。我觉得普通话最难听,老带喔啊呃啊的古怪发音。"她扇扇子,"太热了,不合适谈什么联合会。你的精力总让我震惊,马乔莉。"

"阿米莉娅,你永远觉得热。"马乔莉的语气毫无同情。

阿米莉娅永远不是热,就是冷,否则就是不知道为什么不高兴。她的身体一直不能适应离开英国的生活。这显得荒唐,因为她并没有在英国生活二十七年。她需要锦衣美食,没有这一切就会马上觉得苦不堪言。她战前就到了香港,是她的丈夫安格斯带她从印度来的。她也一样痛恨印度。1938年,他调任财政部副部长,来到香港。她对那些本地化的英国女人抱有偏执的恶感,愤怒地说忍无可忍——她们用象牙筷子盘头发,穿紧巴巴的旗袍出席各种场合,还雇用当地人教她们说广东话以便和用人交流。她不能理解,也一再警告克莱尔不要变成这种女人。

阿米莉娅把克莱尔置于她的保护之下,介绍人给她认识,请她去吃午餐,可是克莱尔和她待在一起的时候总觉得不舒服。她锐利的眼神,无所不在的侦察,不疼不痒的明嘲暗讽,等等。但是,克莱尔还是和她走得很近,因为只有她帮助克莱尔，让她自如地进入自己身处的这个奇怪的新世界中。她知道她的妈妈会很喜欢阿米莉娅这样的人，知道克莱尔和这种人在一起，会非常高兴的。

外头，击打网球的啪啪声，人群说话的嗡嗡声，以及鸡尾酒杯碰撞的叮当声。克莱尔这伙人挪到了院子边上的大帐篷里。

"大家是来打网球的？"克莱尔问。

"很难相信吧？在这种天气。不过的确如此。"

"难以相信的是他们竟然有网球场。"克莱尔说。

"我难以相信你竟然难以相信。"阿米莉娅顽皮地回答说。

克莱尔的脸刷地红了。"我只是从来没……"

"哦，亲爱的，我知道，你就是个乡村姑娘。"阿米莉娅说这话的时候，挤了挤眼睛。

"你知道那天莎拉·戴维斯干了些什么？"马乔莉说，"她带了个翻译跑到黄大仙祠去算命。她觉得很奇妙，那个老太太竟然什么都知道。"

"很有意思啊。"阿米莉娅说，"我也带云去试试看。克莱尔，咱们一起吧！"

"听起来确实很有意思。"克莱尔说。

"你听说马来亚岛那个小孩的事儿了吗？打嗝打了有三个月？"马乔莉问马丁，他刚端着一杯酒过来，"姓布里格斯的，他爸爸是那儿电气公司的头儿。他妈妈简直要急疯了。他们不知道该把孩子带回英国好，还是交给命运好。"

"你能想象打嗝打得超过一个钟头吗?"克莱尔说,"我会疯掉的。"

马丁跪下来,逗一个迷路的小男孩玩。

"你好呀,你是谁呀?"他说。

"马丁想要孩子。"克莱尔压低声音对阿米莉娅说。她经常发现自己尽管并不信任阿米莉娅,却还是不得不去信任她。她没有别的可说话的人。

"亲爱的,所有的男人都想要孩子。"阿米莉娅回答,"你得和他商量一下要几个,否则男人就会让你不停地生孩子。我自己就是,还没商量呢,就生了两个孩子。"

"哦……听起来,不太浪漫啊。"克莱尔吓了一跳。

"你以为婚后的生活是什么样的?"阿米莉娅问,朝克莱尔扬起眉毛。克莱尔脸又红了,赶紧找借口说要去卫生间。

阿米莉娅走开,去和一个高个子男人说话。克莱尔没见过这个人。阿米莉娅冲她招手,示意她过去。他四十岁左右,手里拿了根粗糙的拐杖,就像哪个孩子折断了松枝自己削出来的。他的脸轮廓分明,五官英俊,一头浓密的黑发,夹杂些许未经修饰的灰头发。

"你见过威尔·特鲁斯代尔吗?"阿米莉娅说。

"没有。"她伸出手去。

"很高兴见到你。"他的手又干又冷,简直像纸做的。

"他在香港待了很久了。"阿米莉娅说,"应该比我们都久,我想。"

"我算得上专家。"他补充说。

他仿佛突然注意到了什么。

"我喜欢这种香水的味道。是茉莉吗?"

"对,谢谢你。"

"刚刚到?"

"刚到了一个月。"

"喜欢这里吗?"

"直到来之前,我做梦也没想过要在东方生活。"

"哦,克莱尔,你应该更有想象力一点。"阿米莉娅转身问侍者再要一杯饮料。

克莱尔脸又红了。阿米莉娅今天的态度真是奇怪。

威尔说话了:"我很高兴能遇见一个没有浑身挂满珠宝的人。你们所有的女士都这么老于世故,我都快累死了。"

阿米莉娅去拿饮料了,没有听见他的话。然后大家都没说话。不过,克莱尔根本没留意。

"今天是克莱尔的生日。"阿米莉娅回来的时候告诉威尔,她边笑边说,口红沾在了牙齿上,"她还是个孩子呢。"

"这多好,这里需要更多的孩子。"威尔回答。

他突然伸出手,慢慢地帮克莱尔把一缕滑下来的头发别到耳朵后面。这是一个充满占有欲的动作,就像他们认识了很久似的。

"抱歉。"他说。阿米莉娅没有看见他这个动作,她正在打量涌动的人潮。

"什么抱歉?"阿米莉娅的脸转了回来,心不在焉地问。

"没什么。"他们异口同声地回答。克莱尔低下头看着地板。一口否定让他们感觉像是在共同密谋什么,因而突然就有了一种奇怪的亲密感。

"什么?"阿米莉娅不耐烦了,"这里这么吵,什么都听不见了!"

"二十八岁。"她说。不知道为什么要说。

"我四十三。相当老。"他点点头。

克莱尔看不出他是不是在开玩笑。

"我还记得去年在赤柱①给你办的庆祝会。那真是一场庆典!"阿米莉娅说。

"是吗?"

阿米莉娅对她在战争时期被拘禁的事儿几乎是绝口不提的,但对自己身上发生的其他不幸,则会抓住任何一个机会来抱怨一下。克莱尔想可能是因为那段经历根本说不出口。她没问过。阿米莉娅也不主动讲。她挪了一下脚,有点尴尬。

"你还和梅洛迪、维克托在一起?"阿米莉娅问威尔。

"是啊,适合我。"他回答。

阿米莉娅露出犹豫的神情。"我听说一些关于皇冠藏品的闲话,说是战争期间失踪的。安格斯说这事儿正在激化。人们都在关注。你听说了吗?"

"听说过。"他说。

"他们想搜查出通敌分子。"

---

① Stanley,在日治时期,敌国国民、港英官员等约三千人,被日军拘困在赤柱监狱等地,统称赤柱拘留营。

"晚了点儿，你觉得呢？"

沉默了一小会儿。"陈家对你还不错吧？"

"没什么可说的。"

"有点奇怪不是吗？你可是一直在那儿工作啊。"

"阿米莉娅，克莱尔对你这些话不感兴趣吧，她会觉得很闷的。"

"哦，没有啊。"克莱尔赶紧反对，"我只是……"

"哦，好吧，是我不感兴趣，我觉得闷了。"他断然回答，"生命太短暂，没有太多时间给人烦。克莱尔，这么美好的殖民地，你都参观了吗？你最喜欢哪里？"

"嗯，我去了一些地方。上环很不错，我喜欢那里的市场。还有，我去了九龙、尖沙咀，天星小轮当然也去了，看见了那儿的船，生机勃勃的，是吧？"

"看看，阿米莉娅，"威尔说，"除了中环和太平山，一个英国女人也可以去别的地方。你应该好好向新来的人学习一下。"

阿米莉娅的眼珠直转。"她自己很快也会烦的。睁大明亮眼睛的新观光客我见多了，最后都只会和我在梅夫人妇女会喝茶，抱怨她们的阿妈。"

"行了行了，别让阿米莉娅这种乐观的态度影响了你，克莱尔。"威尔说，"无论如何，很高兴认识你。祝你在香港走运。"他礼貌地点点头，走了。她感觉到他经过她身边时，身体散发出来的温热。

不知为何，克莱尔顿时感到失落。他认为他们再也不会见面了。

"奇怪的人。"她说。这不仅仅是一句陈述。

"没办法，亲爱的。"阿米莉娅说。

克莱尔的目光悄悄跟随他的背影。他走到网球场那一头去了。尽管他有点跛，还是颇感兴趣地在看彼得·维克汉姆父子的对打。

"他现在太严肃了，和他没法说话。"阿米莉娅说，"战前，他是很爱社交的，你知道，是那种能在所有社交场合看见的人，身边是香港最迷人的姑娘。他是亚细亚石油的高层。战后，他再也没好起来。现在，他在当司机。"她的声音低了下来，"陈家的司机。你知道陈家是什么人吗？"

"阿米莉娅，我教他们的女儿弹钢琴。是你帮我找到的工作。"

"哦，人一老记忆力就先逃跑了。你没碰到过他？"

"从来没有。有一次，他们想让他送我回家来着。"

"可怜的梅洛迪，她太脆弱了。"阿米莉娅故意加重了"脆弱"的语气。

"确实。"克莱尔想起了梅洛迪小口呷酒的样子。飞快，急切。

"威尔其实根本不需要工作。"阿米莉娅犹豫地说，"我敢肯定。"

"什么意思？"克莱尔问。

"我只是知道一些事情。"阿米莉娅神秘地说。

克莱尔不打算问下去了，不能这么容易让她满足。

第四章
一九四一年九月

他还躺在床上看窗外的时候,特露迪就已经在为晚餐梳妆打扮了。她完成了神奇的洗澡典礼,浑身渗透着润肤油的香气,就像春天山谷的气味。她裹了一条桃色的丝绸长袍,优雅地系着腰带,坐在梳妆台前涂抹面霜。

"你喜欢这一件吗?"她站起身来,双手举着一条黑色的长裙。

"很好啊。"她的脸在衣服上头晃来晃去,他根本没法注意到衣服。

"或者这件?"一条及膝的橘色裙子。

"也不错。"

她生气了。她的皮肤乍现微弱的光芒。

"你一点用也没有。"

她告诉他，曼雷·哈弗雷德要举办一个夏末酒会，就是这个周末，在他的乡村别墅。她想去。曼雷是个老顽固，原来是电台谈话节目的主持人，后来娶了一个非常富有同时也非常丑陋的葡萄牙女人。两年后女人很合时宜地死掉了，他隐退到乡下生活，变成了西贡的乡绅。

"非常想去。"她说，"不顾一切地想去。"

"你讨厌曼雷。上个星期你刚告诉我。"

"我知道。不过这个酒会很好玩，他的酒水也大方。我们去吧，咱们面对面直接告诉他，他是个讨厌的人。去吗？行吗？可以吗？好吗？"她没完没了。于是，他们去了。

星期五，他翘班，他们在曼雷家旁边的海边待了一天。游泳。他们开车经过弯弯曲曲的狭窄山路到达海边。路是凿山凿出来的，右边就是蓝色的海水，左边则是郁郁葱葱的山脉。曼雷的房子有一扇荒废的木门，前面是一条漫长的车道，沿着延伸出去的门廊，走下崎岖的石阶，就到了海边。他带着个冷藏箱，装了冰、酒和三明治。阳光和海水让他们食欲大增，他们不停地吃啊吃啊吃啊还咒骂主人给他们带的东西太少。

"我？我以为我请的都是高雅的客人，他们一天吃三顿饭。"主人说。

特露迪的亲戚维克托和梅洛迪，在屋子里休息够了，散步过来了。

"现在我们该干什么了？"梅洛迪问。威尔挺喜欢她，觉得她丈夫不在的时候，她确实相当不错。

有一个他们不认识的女人,是从新加坡来的,提议大家一起玩看手势猜字谜。他们发出一片呻吟声,但都同意了。

特露迪是一组人的头头,新加坡女人是另一组的头头。两组人挤在一起,在湿淋淋的废纸片上写字。他们把纸片全放在原来装三明治的空篮子里。

特露迪是第一个。她看了看纸片,微笑着露出了酒窝。

"太简单了,非常简单。"她一边鼓励自己的队员,一边做了个拍摄的手势,一只手绕着不存在的摄影机操纵杆打转。

"电影!"一个美国人叫道。

她伸出四个指头(意思是四个字),然后突然把手往下沉,快速挥舞着。

"《乱世佳人》(Gone with the Wind)。"威尔说。特露迪行了个屈膝礼。

"这不公平,你们两人是有默契的。"另一组有人说。

特露迪走近他,吻了吻他的额头。

"聪明的男孩。"她坐到他旁边。

新加坡人站了起来。

"她是你的复仇女神。"威尔对特露迪说。

"不用担心,她是个白痴。"

一个下午就这样愉快地过去了。他们叫嚣,互相攻击,喝酒喝得大家都蠢相百出。有些人说起了政府,讨论怎么组织一个完全不一样的志愿兵团。

"那根本不是志愿,"威尔说,"是强制。看在上帝的分儿上,这不就是义务兵役法嘛!他们心口不一,说的和做的截然相反。为什么不能说什么就做什么？真可笑。"

"不要抱怨。做你自己的事。"特露迪说。

"我想也是。应该好好打一仗。"他说。他觉得现有的志愿组织很可笑。

"能做到公正吗？"有人问，似乎想要求证他的看法。

"为什么不呢？自己组织一个自己想要的组织。"有人说。

"我不太相信，不过还是加入了一个。每个周末就在外面训练，在那个俱乐部的广场上，警察训练，不过要是真的有人进攻，他们就不会这么闲了。"

"曼雷，你是不太老了？又老又朽？"特露迪说。

"特露迪。"曼雷强作微笑，"不能开除志愿者，至少这是件不错的事儿。无论如何，俱乐部的组织很方便啊。"

"我要把梅洛迪送到美国去。"维克托突兀地冒出一句，"我不想让她面对任何危险。"

梅洛迪不安地笑笑，一言未发。

杰米·毕格斯说："政府已经在做准备了。他们在天后庙的仓库里储存粮食，开始保卫大英帝国的财产了。"

"比如皇冠藏品？"维克托问，"他们打算怎么办？这也算英国遗产的一部分喽。"

"我敢说，一切都已经安排好了。"毕格斯回答。

"粮食会放坏的。"另一个人说。

"愤世嫉俗的人。"特露迪回答。

她优雅地站起来，朝海边走去。他们似乎不打算住嘴了。讨论战争让她感觉厌倦。他们全神贯注地望着她，看着她跳进海水，再湿淋淋滑溜溜地钻出来——她瘦小的身体是扁平的海岸线和天际线之间一条笔直的竖线。她走过来，冲威尔摇摇湿漉漉的头发。水珠飞溅。然后有人问网球拍在哪里。战争话题结束了。

晚餐时，特露迪宣布，她要负责志愿者的制服。"威尔就当模特儿。他是完美的男性样板。"

马丁·索普是一家美国大制药公司香港办公室的负责人，他的表情将信将疑。"有点矮，挺难看的，难道不是吗？"其实这种描述更合适他自己，而不是威尔。

特露迪大叫："威尔！有人冒犯你！为了你的荣誉而战斗！"

"我还有更合适的东西要战斗。"他回答说。全桌人骤然沉默下来。他似乎总是这样，说话永远不合时宜，破坏欢乐的气氛。

"哎呀，对不起。"他说。但是他们已经不再注意他了。

特露迪正在描述那个将负责做制服的裁缝。

"很多年了，他一直是我们家的家庭裁缝。只要你提出要求，他两天就能缝一件仿巴黎版的衣服出来！"

"他叫什么名字？"

"我一点也不知道。"她轻松地说，"他就是裁缝。不过我知道他的店在哪里，或者，司机大概知道得比我清楚。我们是好朋友。你们的人喜欢橙色还是亮粉色？"

他们想用橄榄绿配橙色条纹。"太扎眼了。"女人们感叹道。于是不要橙色了。特露迪问谁给男人们量身材。

他们推选她。

她同意了。"还有什么事儿漏掉没有？"然后又说，威尔会帮她量的。威尔发现，原来特露迪的轻率，还是有界限的。

苏菲·毕格斯试图让大家来一次月光野餐。"很好玩的，我们坐蒸汽船出去，带几条小船。到岛前划小船上岸，带上吉他、风琴或者其他什么。"苏菲是个大个子胖女士，威尔很想知道她是不是私底下常常猛吃一通，因为公开场合她总是吃得很少。这会儿，她正在用调羹搅奶油汤。

特露迪叹口气。"听起来太费力气了啊。就在浅水湾野餐一下不就好了？"

苏菲不赞同地看着她。"这可不一样，这是旅行。"

苏菲的丈夫自称在船运公司工作，但是威尔觉得他是个情报员。他这么告诉特露迪，她立刻失声大叫："就那个笨蛋？"不过杰米·毕斯格习惯于倾听，自己不说话，永远面带警惕的神情。要是表现得这么明显，至少不会是个好情报员。米尔顿·波廷格去年离开香港的时候，告诉威尔他是个情报员。简直让人不敢相信。米尔顿身材高大面色红润，喝醉是常态，给人的感觉就是太不谨慎。

埃德温娜·史多奇，一个肥胖的英国女人，一所一流学校的女校长。学校赋予她一个长久的伙伴，玛丽·温克尔。她们坐在桌子那一头，安静地吃饭，根本不和别人讲话。威尔以前见过她们。她们好像无所不在，但从不发言。

吃蛋糕的时候，杰米说，所有日本侨民都收到了密函，告诉他们如果战争爆发该怎么办。还说格洛斯特饭店的日本胖理发师是个间谍。说政府要再发一份公告，要求把女人和孩子都送走，坐船离开，不得例外。不过仅限于白种英国人，以及纯种欧洲人。"和我没关系。"特露迪耸耸肩，其实她拿的是英国护照。威尔知道，只要她想走，肯定能弄到船上的位置——总之她爸爸会认识相关的人。"我到澳大利亚干什么？"她问，"我又不喜欢那里的人。再说了，纯种欧洲人，你听听，这是什么话？"

她换了个话题。

"如果两支上了扳机的手枪抵在一起开枪，会是什么结果？是这两个人同时受伤，还是子弹相互撞上？"

这个问题，大家讨论得很活跃，但特露迪自己很快就厌了。"天哪，我们就不能谈点别的吗？"听到她责备，大家只好又换话题。特露迪是个群居的独裁者，从无一点点怜悯之心。她对一个刚从刚果来的人说，她无法相信人怎么会愿意去那么荒凉的地方，世界上明明还有罗马和伦敦这种充满欢乐的地方。对方明显有点气恼。她说苏菲·毕格斯的丈夫对妻子毫不欣赏。她告诉曼雷她最讨厌琐碎的破事儿。不过大家习惯了，也就没人觉得她的话不对了。每个人都有同感，她就是一个亲切而又粗暴的人。有她在身边，大家觉得挺享受。

晚餐结束，喝完了咖啡，曼雷的男仆端上来一大碗葡萄干和坚果。曼雷倒了一碗满满的白兰地，特露迪扔了一根火柴进去。蓝白色的火焰立刻蹿了起来。这叫火中取栗。每个人都要踊跃地在燃烧的火焰中取食，不能烧伤手指。

过了一会儿,在去厕所的路上,威尔看见特露迪和维克托站在客厅里,用中文激烈地讨论着什么。他犹豫了一下,走了。回去的时候,他们不在了。特露迪已经回到了桌边,神采奕奕地在说话。

然后,是睡觉时间。曼雷给他们安排的房间,就在主人房旁边。他们安静地做爱。和她做爱的时候,她给他的感觉,仿佛是被水淹没了——她抓住他,把脸贴在他的肩膀上,如果她知道自己用了多大的力气,恐怕自己都会取笑自己。有时,她指甲留下的印子,在他皮肤上好几个小时都消失不掉。

威尔醒来的时候,发现她在呜咽,脸肿胀。他很担心。她的脸湿漉漉的。

"怎么了?"他问。

"没事儿。"她的回答只是条件反射。

"维克托让你担心了?"

"哦不不,他想……"她带着含糊的睡意说,"爸爸……"她翻身睡着了。他给她盖毯子的时候,感觉到她的肩膀像水,冰冷柔软。到了早晨,她好像忘记了这件事,反倒嘲弄他的关切。

接下来的几个星期,战争暗中酝酿——妻子和儿女们,那些之前无视撤退令的人,都坐上了前往澳大利亚和新加坡的船。特露迪被要求到医院去证明她的的确确是护士。她忍受不了培训,最终宣称自己没办法了,只好调到了后勤部门。政府在新界的仓库里屯集粮食。特露迪认为非常可笑。"要让我吃他们屯集的粮食，我还不如对自己开一枪算了。全是素菜和牛肉罐头，太可怕了。"

殖民地突然之间充斥了寂寞的男人。妻子不在身边的丈夫们聚集在醉翁轩、巴黎烧烤，吵吵嚷嚷，偶尔被少数几个妻子还在家里的男人邀请去参加晚宴。他们还组织了一个"单身汉俱乐部"，请愿政府把妻子还给他们。（"怎么英国人这么喜欢组织俱乐部啊社区啊？"特露迪说，"哦哦算了，我不说了，我太苛刻了。"）更勇敢的男人，转眼之间就和中国"养女"或者"被监护人"出双入对，吃晚餐喝香槟，行为举止愚蠢而又轻浮，酒足饭饱后就消失在茫茫夜色之中。威尔觉得很有意思，特露迪不觉得。威尔开玩笑说很快就会有中国舞女把爪子伸到他身上。她说："等着瞧吧，我也会把手伸到她身上的。你马上就要像麻风病患者一样了，亲爱的。你们英国男人就快过时啦。我看我得赶紧找个日本情郎。德国情郎也不错。"

这一次对话威尔记得很清楚，那么快乐，仿佛战争遥不可及。他们还在谈每天的日常生活。没有人能够预见将来的事情。

第五章
一九五二年九月

克莱尔正在等小巴士。特鲁斯代尔开车经过。

"你要搭车吗？我刚下班。"他说。

"谢谢你，不麻烦了。"她回答。

"一点也不麻烦。陈先生陈太太不介意我晚上把车开回家。大多数主人总是希望晚上车子在家，司机自己坐车回去。所以，对我来说，很方便。"

克莱尔踌躇了片刻，还是钻进了车里。车里有烟草和陈旧的皮革味道。

"你真是太好了。"

"那天在阿伯加斯特家玩得好吗？"他问。

"非常不错。"她回答。她已经学会了表达要节制，否则就会被视为头脑简单了。

"典型的雷吉的风格。"他回答,"不过在那儿能遇见你,很高兴。在那种场合,已经有太多女人,除了会增添噪声以外,什么也不会。你应该保持现在这种……特质,就是,看什么都很新奇……这里的女人……"他没再说下去了。

他开车技术很好,她想。稳稳地握住方向盘,动作平静,不急不慌。

"你今天没喷那天的香水。"他突然说。

她机警地答道:"哦,那是特殊场合才用的。"

"我挺奇怪你会用那款香水。很少有英国人用。倒是中国人比较流行。她们喜欢浓点的香味,英国人喜欢清淡的,多香型的。"

"哦,我没注意。"克莱尔的手下意识地伸向脖子。她通常往脖子上洒香水。

"不过很适合你。"

"你似乎对女人的香水很有研究。"

"没有。"他扫了她一眼,"我以前认识一个喷这款香水的人。"

一直到她家楼下,他们都没有再说话。

"你教小姑娘。"她的手已经碰到了门,他的声音突兀地传过来。

"对,她叫小锁。"她后退了一步。

"她是个好学生吗?勤奋吗?"

"很难说。她的父母一点也不肯勉强她。在这个年龄,挺典型的吧。她是个非常不错的姑娘。"

他点点头。他的脸在车的阴影里,很暗。

"谢谢你送我回家。"

他又点点头。车子扬起了一阵尘土。

然后,一个小面包,一个加糖的栗蓉面包,是他们再一次见面的契机。当时,她从旺角大道朝公交车站走,突然下起了瓢泼大雨。豆大的雨点噼噼啪啪地砸下来,没几秒钟,就把她浇了个透湿。抬头看看一下就阴沉下来的天色,她匆忙钻进一家中国面包店。她点了一杯茶和一个栗蓉面包。走到一张小圆桌前,她认出了威尔·特鲁斯代尔,他望着她,从容不迫地咬着一块红豆饼。

"你好。被雨堵在这儿了?"她说。

"你坐这儿吧。"

她坐下来。在潮湿的空气中,他闻起来就是香烟和茶的气味。他面前摊了一张报纸,字谜已经填了一半。风扇吹得纸角轻轻起伏。

"雨下得太大了。天哪,太突然了!"

"嗯,你还好?"他问。

"还好。谢谢你。我刚从利格特家出来,借了块布料花样。你认识贾斯珀和海伦吧?他现在在警察队。"

"利格特那个老顽固?"他皱皱眉头。

她笑笑,心里不太舒服。他的手指轻轻地敲着桌子,身体一动不动。

"你就是这么叫他的吗?"她问。

"有什么不可以?"他回答。

她吃着小圆面包。他继续做字谜。她在椅子上坐得笔直，清楚地感觉到自己的咀嚼，咽下去。

他哼哼唧唧，抬起头来。

"香港适合你。"

她的脸红了，想说些无关的话，但能说出口的只是一片混乱的词组。

"不要害羞。"他说，"我觉得……"他的样子就像打算要说起他的人生，"我能想象，你一直很漂亮，却从不觉得自己漂亮，从来没有利用你的美貌去得到你想要的东西。你不知道怎么利用它，你妈妈也从来没有帮过你。也许她嫉妒，也许她年轻时太漂亮了，而美貌是那么短暂，让她感到痛苦。"

"我一点也听不懂你在说什么。"

"你这样的女孩，我认识很多。你们从英国来，从不知道自己该做些什么。我不明白为什么你们这些人不好好利用身处异乡的好处？你们离家很远。你们各有特点。你们应该抓住机会，改变生活。"

她凝视他，然后，掀起面包的包装纸。纸粘在桌子上了。她感觉到他的目光落在她脸上。

"嗯，你肯定觉得很不舒服。"他说，"要是我想做没什么用的事儿，我家人也就是这样子。"

"我并没有想做……"

"你想要我的夹克衫吗？"他注视她。他的眼神那么专注，她顿时觉得自己似乎是赤身裸体的。还有比被人注视更亲密的事儿吗？她把目光转向远处。

"不了，我……"

"一点也不麻烦。就这样，来吧。"他飞快地说。她接受了。她感觉自己毫无拒绝的力量。

他们爬上台阶。台阶湿淋淋的，闪着微弱的光。热量已经开始吸收水分了。她的衣服贴在身上，上衣浸透了，贴在肩胛上，很不舒服。在雨后的静寂之中，她听见他的呼吸，缓慢而又规律。他拐杖用得很熟练，上台阶的时候，他的呼吸之间有微弱的哨音。

"天气好的时候，这里有一个卖蟋蟀的男人。蟋蟀就是用附近的草茎做的。"他的手指着街上一处平坦的角落，"我已经买了一打了。实在是非常可爱，可惜干了就碎掉了。天气这么湿，它们照样干掉。"

"听起来真可爱呢。"克莱尔说，"我真想亲眼看看。"

他们到了他住的楼，走上破败的楼梯。他在门口停下了脚步。

"我从来不锁门。"他突然说。

"我想，附近一定很安全吧。"她回答说。

他的公寓里，家具非常简单。她只看见光秃秃的地面，一张沙发，一把椅子，一张桌子。他脱掉了泡水的鞋子。

"老板说，我不能穿鞋进屋。"

就在这时，一个四十岁左右的细瘦的小个子女人进了客厅。她穿着阿妈的制服——长裤外加黑色的束腰外套。

"这就是我的'老板',阿仪。阿仪,这是彭德尔顿太太。"

"淋成这样了,雨太大了!"阿仪大呼小叫地说。

"是啊,太、太、太大了。"威尔回答说。然后,他们飞快地讲起了广东话。

"小姐喝茶?"阿仪问。

"好的,谢谢。"

阿妈进了厨房。

他们还穿着淋湿的衣服,冷,不舒服。他们互相看看对方。

"你当地话讲得很好。"她说。语气并不是疑问,只是陈述。

"我在这里十多年了。如果我不做点让步,岂不是非常尴尬?你觉得呢?"他从挂钩上取下来毛巾擦额头。

"你大概想把自己弄干吧?"他问。

"是的,谢谢你了。"

他进房间的时候,她坐下来。这里有点古怪,开始她还没意识到怪在哪里,后来终于反应过来了。整间屋子里,没有一点点装饰性的东西。没有画,没有花瓶,没有小摆设,或者小古玩。简朴得就像修道院。

威尔出来的时候拿了一条浴巾,还有一条简单的粉红色裙子。

"这个合适吗?我还有几件的。"他问。

"不用换衣服。我弄干就走。"她说。

"哦,我认为你应该换衣服,否则太不舒服了。"

"不用,这样挺好。"

他真的拿着衣服往回走。

"好吧……我在哪里……"她犹豫地问。

"随便哪里。"他说,"只要阿仪同意就行。就是这样。"

"那么好吧。"她从他手中接过衣服,"我看看合适不合适。"

"要是你想打电话给你丈夫告诉他你在哪儿的话,那儿有电话。"

"谢谢你。不过,马丁在上海。"说着,她进了卫生间。

卫生间很小,但很干净。高高的磨砂玻璃窗上覆盖了一层凸凹不平的铁丝网。窗户旁边的墙上安了风扇,拉绳从风扇上垂下来。屋里湿湿的,伴着外面雨水噼噼啪啪的飞溅声。屋里有沐浴后没有及时透气而遗留的淡淡的霉味。浴缸旁,一个铁脸盆搁在木制的矮凳上面。克莱尔凑近镜子,精致的发卷歪了,头发乱了,脸颊的红晕迟迟未褪,甚至还有热流争先恐后地往上涌。她的面孔上,有一种奇怪的活力——嘴唇潮红,湿润的皮肤闪闪发亮。她脱掉衣服,把湿透的裤子扔在地上,扔得不准,掉在了排水管上。她擦干身体,把裙子拽上去。挺暖和,也还算合身。不过,为什么威尔会有这衣服?质地非常好,缝边堪称完美,还有精巧的绣花。她出去的时候,威尔正凑在暖杯上小口地呷茶。

"很适合你。"他毫无感情色彩地说。

"是啊,太谢谢你了。"

突然,克莱尔不堪忍受了。她再也不想忍受这个男人突如其来的沉默,以及稍带讽刺的语调了。

"吃点什么?"他说,"阿仪做的炒饭非常不错。"

"我应该走了。"她说。

他身体往后一靠。他的惊讶让她非常满意,就像赢得了什么似的。

"如果你这么想的话,好吧。"

她站起来,穿上鞋子。威尔还在客厅里没动。她过去说再见,发现他在看书。这让她觉得很难堪。

"那么,就,再见吧。衣服我会让阿妈送回来的。谢谢你的盛情招待。"

"再见。"他甚至连头也不抬。

那天晚饭后,她仍然无法平静。她的内心,相对她的身体而言,似乎太大了。她有一种奇怪的感觉,仿佛感受到的一切,身体装不下。马丁还没回香港,于是,她穿上外出的衣服,上了公交车,挤过人群,用胳膊顶开车窗,温暖的夜晚空气流进了车厢。她在湾仔下车,这里似乎是最热闹的地方了。她想待在人群里,不想一个人待着。湿货市场①还没关门,中国人还在买卷心菜,买鱼。猪肉挂在架子上,甚至有完整的猪头,鲜红的,血淋淋的,滴在街道上。这就是香港的特点。沿着中心地区走十分钟,一切都显露出高度的文明。静谧的宏大的欧式古典建筑,宽敞而又空荡荡的街道。而这里,狂热而活跃,狭窄的小巷,烟雾弥漫的大排档,完全是另外的世界。在她的周围,人们大声吆喝,叫卖货物。一个脸上脏兮兮的小孩蹲在马路上玩一把肮脏的铲子。一个胳膊下挟着白菜的孕妇撞

---

① wet market,与"干货市场"相区别,指出售未经加工的鱼虾等海产的市场。

到她,连声道歉。她的行动沉重而笨拙,克莱尔在她身后看着她。她想知道体内携带一个孩子在世界上走动是什么感觉。一对年轻情侣在面条摊前坐下来,发出高昂的笑声。

一个消瘦的老太太拽住克莱尔的胳膊。她穿着灰色的长袍和长裤,这种装束仿佛是当地老太太的最爱。她的胳膊拐了一个装满橘子的小篮子。

"买吧。"老妇人说。她身上的味道像是当地的花香软膏,当地人用它来预防一切病害,从感冒到霍乱。妇人的牙黄黄的,唯有一颗豁了口的牙是灰色的。皱纹纵横交错,如同深深烙刻在脸上的蜘蛛网。

"不了,谢谢你。"克莱尔说。她的声音也像闹钟。似乎她的外国口音使得周围顿时安静了下来。

老妇人越来越坚持。

"你买,买吧!很好的!今天的!新鲜的!"老妇人拽着克莱尔的胳膊,然后顺着往上攀伸,碰到克莱尔的头发。当地人经常这么干,第一次碰到会被吓着,不过现在克莱尔习惯了。

"漂亮,金色的。"老妇人赞美道。

"谢谢你。"克莱尔回答。

"你买!"老妇人又重复。

"今天我什么也不打算买。真的谢谢你。"消失的嗡嗡声重新响了起来。克莱尔继续走自己的路。老妇人跟着走了一段,就蹒跚地去找更有希望的顾客去了。

为什么不能买一个橘子呢?克莱尔突然想。为什么不买?买了又会怎么样?她不知道自己为什么一定要拒绝。原来她自己，也不过是个老派的英国人，带着自己固有的偏见和防卫掉进了这个湿淋淋的恶臭环境而已。

她转过身，可是，老妇人已经不见了。她深深吸了一口气。湿货市场的气味，粗鄙而又浓烈。香港在她身边，漫不经心地弹着自己的曲调。

后来的日子，突如其来，他仿佛变得无所不在。她看见威尔·特鲁斯代尔在卡亚马丽公司外面等公交车，在电影院门口排队。尽管他一直都没看见她，她总是低着头，不想让他看见。她悄悄看看他是不是还在。他似乎总是完全沉浸在自己的世界里，即使身边有无数的人。他从不看四周，脚也从不敲打地面，也不看表。看上去，他没有一次注意到她。

每个星期四，她去给小锁上课，总是发现自己不知不觉地在寻找他的身影。她听到厨房里，阿妈被他讲的笑话逗笑了（看来他的广东话实在是非常地道了）。她看见他的夹克衫挂在休息厅，人却踪影不定，仿佛他溜进溜出都是为了躲开她。下课了，她故意拖拖拉拉，但是，还是从来没见到他，或者车的影子。

之后的周末，他们在海滩见面了。她都没搞清楚是怎么一回事儿。她在家，电话铃响了，她拿起了话筒。

"我有个朋友，在海边有一间市政的小棚屋。你想一起去游泳吗？"他的语气就像什么事儿也没发生过，好像她一听就应该知道他是谁。

"游泳？哪里？"

"石澳海滩。"他回答，"这个地方对本地人来说是个'额外奖励'，需要先注册，再抽奖，抽中了就有一间度假的小木屋。不过我们去注册他们也不会介意。我们常常一群人去注册，然后互相交换去过周末。非常不错。"

她闭上眼睛。她看见了他。威尔，这个让人难以理解的家伙，瘦瘦的肩膀，灰色的眼睛，黑色的头发杂乱地垂在眼前。这个男人注视她的样子，是如此专心致志，让她感觉自己几乎是透明的。这个男人刚刚邀请她去游泳，单独，没有他人伴随。于是，她睁开眼睛，说，好的。她星期天和他一起去海边。马丁走了有三个星期了，他从上海给她拍电报，告诉她还要耽搁一段时间。他要游走中国主要的大城市，巡视各地的水利工程。他估计这些工程都相当粗陋。

是的，就是水。她奇怪为什么自己竟然没想到，水能改变一切。她是来自另一个半球的、不同的女人，但是……威尔！他毫不犹豫地跳进水里，完全看不出来脚跛，就这么消失在海浪之间。他就是一条鱼，蹿来蹿去，向海岸线游去，远到她视线不可及的地方。

海滩上，只有他们两个不是中国人。海水还留有夏日的温暖，空气刚刚变得清爽起来，他们从叫卖的小贩手里买来一张草垫，铺在角落的树荫下。沙滩上的沙子很精细，混杂了枯萎的黑色树叶。他们四周都是来野餐的家庭，他们喋喋不休地说话，小孩子在沙地上爬来爬去。他想去两百米外的浮动跳台，她不肯去，觉得太远。他则说她当然走得动。她就去了。他们到了那儿，爬到飘摇的圆形跳台上，像海豹那样晒太阳。他躺在阳光之中，紧闭双眼。她悄悄地注视他，他的肋骨向外突出，身体布满古怪的疤痕。他身上的棉布短裤浸透了水，看上去沉沉欲坠。看来，他是那种不穿游泳裤的人。

天气炎热。热。有那么一小会儿，云层挡住了太阳，但随即，太阳又熊熊燃烧起来，再也没有什么可以遮蔽它了。她想喝冷水，想要树荫，但这一切都在远处的海滩上。

"我们出来游泳的时候，应该带杯水的。"她说。

"下一回。"他的眼睛仍然闭着。

"跟我讲讲你自己。"她说这话之前，给了自己一分钟想想这话到底是什么意思。古怪的处境让她激动——她和一个男人在海滩上。他的企图不明。

"我出生在澳大利亚的塔斯马尼亚州，苏格兰血统。"他语带嘲弄，仿佛他正动笔写自传。他坐起来，盘着腿，像是印度哲人。

"这是怎么回事？"

"我爸爸是个传教士，到处漂泊。"他说，"我只去过英格兰一次，我讨厌那里。我妈妈有点波西米亚血统，从家里继承了点钱，所以我们就这样生活了。"

香港到处都是威尔这样的人，流浪的航海人，他们从来没有去过皮卡迪亚。克莱尔只去过那儿一次，看见一个衣着褴褛的老头，冲路过的每一个人叫嚷："奸夫淫妇！"

"你怎么学习的?"

"学校,你是这意思吗?在家里学了《圣经》,算是良好的基础教育,还有一些名著。"他抬起双手挡住阳光,语带讽刺,"这不就够了吗?对吧?可靠的生命基石。"

"那你怎么当司机的呢?"

"战前我认识一对夫妻,他们住在外国的时候,我就住在他们的公寓里。后来他们回来了,帮我在亲戚家找了这份工作。我不知道我还能做什么。我不想回办公室去,也没什么技术。不过我对香港的路很熟,熟得像看自己的手。"

"那你为什么来香港呢?"

"我父母原来在非洲,后来在印度,最后退休回了英格兰,我在那儿一家茶场当经理助理。三年就厌了,坐上船去了很多地方,后来到了香港。就是随便选了个地方,真的。我来这儿,和其他人没什么不同。我不了解任何事儿,就来了。"他顿了一下,"当然,我跟所有女士都这么说。"

她不知道他是开玩笑还是真的。

"哦?"

他没声音了。他们仍然躺在暴热的阳光下,浮动的跳台上,海浪托着他们的身体,他讲述的一切似乎都不合时宜。

"印度怎么样?"克莱尔问。

"非常复杂。"

"分裂?"

"他们想让我们滚蛋。不过,毫无疑问,他们自己内部也一团糟。自己人的混战,很残酷,他们把割掉了乳房的女人送出去展示……我不清楚展示什么。"

克莱尔吓了一跳。"为什么？"从来没有人以这样的方式，告诉她这样的历史。

"这些女人都是抵押品。"

"以前那儿的生活就是这样？"

"难以置信吧？我们要为自己创造一个世界。你明白。一直是这样，现在也这样。当然社会资源总是有限的……那时候女人短缺。"

"你没结过婚？"

"没有。"他回答。

两人都沉默了。

"调查结束了？"他问。

"没想好呢。"

关于她的生活，他一句也没问。他们安静地躺在那儿，任凭纷至沓来的阳光砸在身上。

他们去中国小贩那儿买了鸡腿吃，还买了几瓶豆奶。小村庄周遭，集中了许多小摊，可以买到草席、游泳衣，还有冷饮。威尔看着她吃。一只长了疥癣的狗缓缓地在桌椅间穿梭。

"我吃不多。"他说，"我的胃在战争的时候坏掉了。你相信吗，我以前是个大个子。"

他握住她的手，牵着她的手，放在他的嘴唇上，还轻轻地咬了一下。他握得很有力。手掌上有沙子。

"有时候，会复发。比如胆汁。"他说。

吃完饭,他们走回汽车。他俯下身为她打开车门。他的腿跛得很明显。她转向他,背对车门。他扳过她的肩膀亲吻她。她被包围在他的怀里,感受到了一股强烈的肉体上的亲吻。他的双唇紧紧地压在她的嘴唇上——她有一种溺水的感觉。

她告诉自己,这是香港,这是个远离她的身份和生活的世界。她是一个女人,一个可以被取代的女人。

他站起来,看着她,用他的手指,摸索她的轮廓。

"我们走吧?"他问。

"你喜欢我吗?"在回去的路上,她问他。她的头发黏稠厚重,充满海盐的味道。她告诉他那些她不会对别人说的事儿。深入似乎是非常自然的事儿,就好像他和她的生活从来都没有界限。

"我没想好。"他说。

"对我好一点。"她说。这算是警告。

"当然。"他说,不过语气听起来并不确定。

过了一会儿,他问:"你打算教那个女孩多久?"

"我不知道。她自己不太热情,不过她父母似乎挺热衷于让她学钢琴。"

"你喜欢她,是吧?"

"还不错。我和孩子不亲密。"

"你太年轻了,自己还是个孩子。"他说。

"你喜欢孩子?"

"我喜欢孩子。"

几个星期后,她问:"为什么是我?"

"为什么是其他人?"他反问,"为什么这个人要和那个人在一起?"

欲望,亲密,习惯,巧合。这些词一个接一个跳进她的脑海,但她没有出声。

然后,很残酷。

"我不想爱。"他说,"我应该早点告诉你。我不相信爱。你也不应该相信。"

她注视他,目光像针刺一般。她就是用这样的表情看着他。她弯身把衣服捡起来,到浴室去穿上。在威尔身边,她的话并不多。她不知道和他能说什么。她没法把自己交给他,因为他交给她的也就那么一点点。但是,当他们躺在床上的时候,她竟然有如此感觉,感觉和这个似乎并不在乎她的人,如此亲密。然后,她回到家里,和马丁在一起。私密的生活则显得如此平凡琐碎,只是一些沉重的呼吸、挤压,既不愉悦,也谈不上浪漫。但和威尔在一起,则是一件全然不同的事情。充实、无法预料,是一种极致的痛苦,就像是一种毒品。她从来不知道性爱是这样的。她闭上眼睛,让自己试着不要去想如果妈妈知道了,会有什么样的反应。

每个星期四的课后,他都会送她回家。阿妈们开始议论,她知道,她看见她们的眼神,还有傻笑的表情。除非她想喝茶,否则就装作没看见她们。喝茶时,她先吸一口,不是要加糖,就是要加奶。她们就只好回来给她添。有点卑鄙,她知道,但只有这样才能阻止她们那带着鄙视的余光。

"到哪里,女士?"

"闭嘴。到你那儿去。"她钻进车里。

"我们到别处去。到海边晚餐如何?我经常去一个船上的餐馆。"

"我得在家吃饭。马丁今天回家,我的时间不多。"她说。

"或者,咱们去太平山看星星。"

"你到底有没有听我说话?"她被激怒了,"今天我甚至都不清楚有没有时间到你那儿去。"

"亲爱的,那么,我直接把你送回家,你就可以给马丁做饭了。"

"停车。"她说。

他把车开到路边,停下。

"遵命。"他说。

她暴怒:"为什么总是这样!你总是装作听我的,实际上除了你自己想做的事情以外,你什么也没做过!"

他诙谐地看着她。

"我一点也不明白你在说什么。"他说。

"你当然明白。你心里太清楚了,你就是装……哦,算了。"她举手投降,"好吧,送我回家吧。你做到了。"

很多次,克莱尔觉得,她变成了另外一个人。她感觉到那个人在她身体里的存在。常常,当有人在饭桌上评论了什么,她就想到一句绝妙的讽刺,有时甚至是猥亵的回答,她感觉自已张开嘴，空气涌进肺里，就要把话推出去。但是，它们从没有被真的说出口。她咽下了她的想法。那个人又沉没了，被早已在世界上清清楚楚存在的克莱尔压下去了。有时她在鸡尾酒会上握着酒杯，会突然产生一种把酒杯捏碎的冲动。但她从来没真的这么干过。这个藏匿在她身体里的人，一再膨胀一再漏气，来回那么多次，随着时间的流逝，她改变的可能性也渐渐变小。

但是，之后威尔出现了。她告诉他一切想法。他什么都不觉得奇怪。他从不觉得她应该是个什么样的人。她就是个全新的人——可以有风流艳遇的人，下流的人，刻薄的人，聪明的人，他都不觉得奇怪。和他在一起很安全。她就是个全新的人。有的时候她甚至觉得，她更多的是爱那个全新的人，这一场艳遇是她和全新的克莱尔的艳遇，威尔不过是给她们提供恋爱机会的人。

第六章
一九四一年十二月

圣诞节就要来了，尽管战争迫在眉睫，香港还是为了迎接假日，装饰一新。提供香港人好几百万件礼物的连卡佛为英国原产水晶做广告，称之为"完美的礼物"。到处都在筹办化装酒会。戏剧俱乐部添了"三人茶点"。空气清冷，湿气全被冷空气吸收了，街上，人们精神抖擞地迈着脚步。一家姓王的著名商人，在醉翁轩举办了一个盛大的钻石婚宴，庆祝五十年的金婚。

"新长官就要来了，是个年轻的家伙。"特露迪说，"澳门的新任长官，是爸爸的好朋友。今天送到了三条新裙子！我和多米出去，你不介意吧？反正你讨厌这种场合，是吧？"

威尔耸耸肩。"好的，没关系的。"

她的眼睛眯成一条缝。

"没事吧？没有不开心吧？"她说，"我以前很喜欢这种场合。现在不知道了。对了，爸爸今天给了我一样东西。很特别。"

她带他去卧室。

"他说，本来是打算送给妈妈当结婚十周年礼物的，不过后来……你知道的。"她沉默了。以往特露迪谈起妈妈的失踪，总是不动声色。但是这一回，她似乎有点哽咽。

"最亲爱的特露迪。"他紧紧搂住她。

"哦，不要，我还要给你看东西呢，没时间调情。"她拉开抽屉，取出一个黑色天鹅绒的小盒子。

"你愿意娶我吗？"她打开盒子递给他，开玩笑地说。

一枚巨大的绿宝石。威尔几乎看不见被宝石覆盖的戒指了。光彩夺目的宝石。

"太漂亮了，是块好石头。"

"我喜欢绿宝石。尽管我是中国人，好像应该更喜欢翡翠。"特露迪说，"绿宝石实在是，太美好太脆弱了。翡翠就很坚硬了。要是这个在桌子上敲一下，你也知道，我一向笨手笨脚的，它可能就碎了。绿宝石不像钻石那么耐用。"她把戒指从盒子里取出来，突然抛向半空。威尔的心脏登时像只小鸟，扑通一下悬在半空。他奋力抓住跌落的戒指。注视手中的这枚宝石，他的血液在身体里奔流不息。宝石依偎在他的掌心里，像一只冰冷的昆虫。

"我知道你会接住的。"特露迪从容不迫地说，"这是你身上最优秀的特质……其实，不是可靠，确切地说，是擅长处理问题。我想是这样。"

威尔有点气恼,把戒指还给特露迪,看着她把它套在纤细的手指上。

"漂亮吧?这是我拥有的最好的东西了。"她说。

他走出了房间。

星期六举办一个酒会,又叫钢盔舞会,是为了募集十六万英镑,在香港为英国编制一个轰炸机空军中队。特露迪要他陪,是因为活跃在那儿的几乎全是美国人,"不太对头"。

半岛酒店的舞会上,特露迪像以往一样大受欢迎。一个加拿大少校排了三次队邀她跳舞。威尔在长廊酒吧喝酒,和安吉莉娜·比德尔闲聊。特露迪悄悄走到他身后,伸出手在他眼前乱晃。

"你想我吗?"她问。

"难道你不在我身边吗?"他反问。就得和她这么说话。

"你喝什么?"特露迪问安吉莉娜。

"牛血。"她说,"香槟和起泡的勃艮第红葡萄酒混合的,可能还加了白兰地。"

"真可怕。"特露迪抓起威尔的威士忌,尝了一口,"加拿大人的队伍也用这么好笑的名字吗?"

"不是队伍,是军团,特露迪。"他纠正她。

"到底叫什么?皇家炮团还是什么?"安吉莉娜问。

"皇家步枪队和温尼泊榴弹部队。他们刚刚从纽芬兰赶来保护我们。他们爱香港。"

"我敢打赌,千真万确爱。我肯定他们在这里,就像上了天堂。"他回答。

她面露不悦,撅起嘴。

"你不会这么心理阴暗吧?嫉妒?"她调整了一下裙子的腰带,心不在焉地说,"我就是过来说一下,还有几支舞。安吉莉娜,你会帮我照顾威尔的,对吧?"

安吉莉娜和他互相看看,耸耸肩。

"当然了。"安吉莉娜回答说。

特露迪一走开,他们就分道扬镳了。威尔发现安格斯·恩德比靠在墙上。特露迪的表哥多米正好走过来,他们互相礼貌地点点头。

"这个奇怪的家伙。"安格斯说,"搞不懂他。"

"特露迪说他是个姑娘。"

"恐怕不仅如此,不至于这么无辜吧。"安格斯顿了一下,"你知道吧,第五纵队①正在到处渗透。他们支持日本人安插在中国的汪精卫。我听说多米和他手下的人混在一起。维克托·陈呢,一向只和有用的人亲密无间。有流言说他上个礼拜和日本领事一起吃晚饭,鬼鬼祟祟的。他自己最好还是小心一点。这是一个危险的游戏。"

"他是幸存者。"

"不错。"安格斯耸耸肩,"真难以相信,战争的努力最后变成了一场酒会。新总督肯来香港,就已经证明他是个傻瓜了。"

---

① Fifth Columnists,这个词出现在二战前夕,西班牙叛军首领佛朗哥在纳粹德国的支持下进攻马德里。相传,当记者问佛朗哥哪支部队会首先攻占马德里时,他手下一位司令得意地说是"第五纵队",其实他当时只有四个纵队的兵力,"第五纵队"指的是潜伏于马德里市区的内奸。此后,"第五纵队"成为内奸或内线的代名词。

一个矮胖的女人在吧台边,和一个瘦瘦的女人坐在一起喝威士忌,两人都面无表情地看着跳舞的人群。

"你认识埃德温娜·史多奇?"安格斯问威尔,朝那两人点点头。

"我在附近见过她。"

"己连拿利的女校长。老前辈了,苛刻,望而生畏啊。她永远和她的伙伴,玛丽·温克尔在一起。这两人永远都在附近晃荡,不知道在干吗。"

威尔和安格斯朝这个女人走过去。埃德温娜转过头来,姿态庄严得像在上朝的女王。

"嗨,圣诞快乐,安格斯。"

"埃德温娜,我想介绍你认识一下威尔·特鲁斯代尔,他是最近才到香港的。哦,威尔,埃德温娜·史多奇和玛丽·温克尔小姐。老香港人了,谁的骨头葬在哪里她们都一清二楚。"

"很高兴认识你。"威尔说。

埃德温娜回答:"我刚才看见你了,和梁家的小姐在一起。"

"对。是我。"威尔回答。对她的直率,他一点也不觉得奇怪。以前也遇见过这类人,无非是个大胆、粗鲁的英国老女人,她们老把自己当成冒险家,一心就想给别人造成威胁。

"看来她没花掉你多长时间。"

"哦,确实,比较幸运。"他回答,"她给我介绍了一下香港,说得很精彩。"

埃德温娜哼了一声。

"看来香港给你留下了扭曲的印象。"

玛丽·温克尔把手轻轻放在埃德温娜的胳膊上，以示自己的不赞许。

玛丽说："嗯，要是不去了解，特露迪是个很可爱的人。我自己就非常喜欢她。"

威尔笑了。"她确实很可爱，是吧？"

埃德温娜从她的杯子里小心地呷了一口。

"你喝的是什么？"她问。

"麦芽酒。"

"典型男人喝的酒。我看你和特露迪在一起，以为你喝的是香槟呢。"

"你和她是朋友喽？"他礼貌地反问道。

"当然了。"她回答说，"在香港，和谁都得是朋友，否则日子怎么过。"

"嗯，当然当然。"他赞同地说。然后在告别之前，还朝女士们鞠了一躬。没一会儿，安格斯就回吧台来找他了。

"这个女人，让我快变成想尿裤子的小男孩儿了。"安格斯说。

"你可以回去再听一会儿。"威尔干巴巴地回答说。

"这一位就喜欢锦衣玉食，"安格斯说，"老跟在我后头说工资简直是对她的污辱什么什么的。我从来没碰到过对钱这么感兴趣的女校长。"

两个男人大口喝酒。

"听说长官告诉那些请愿要求把妻子接回来的男人，他的太太也在马来西亚，是吗？"

"是的，听说了，不过并不因此就觉得自己安全了，是吧？阿米莉娅怎么样？"威尔说。

"不错，不过也闹着要回来。你知道，她怎么也不肯去澳大利亚。她在广东，天天抱怨。我在这儿都能听到。"安格斯沮丧地注视着地板，"也许让她回来，我才能安静一会儿。但直觉告诉我不能这样，嗯？"

"只要和女人有关的事儿，直觉都说不。"他回答。

"特露迪不肯走？"安格斯问。

"不肯走。说没地方去。我觉得对她来说，这话也对。"

"可惜了。很多地方现在都用得着她。"安格斯回答说。

"是的，她人见人爱。"

"真是致命武器。"安格斯说。

"你看今天的报纸了吗？罗斯福给裕仁天皇拍电报？"

"看到了，我们很快就会明白到底有没有用了。你现在上班都干什么？"

"前几个星期他们发了一个通知，说是志愿工作优先于公司业务。不过要是战争爆发，我们在战斗期间应该向他们登记，因为他们给我们提供了一间办公室当惯常居住地。我不知道他们明不明白自己在干吗。"

他们看着特露迪在舞池中央旋转，笑，象牙般光洁的手臂从舞伴的肩上滑下来……隔了一会儿，她气喘吁吁而又快活地告诉威尔，她的舞伴"是个头头"。"一个非常重要的家伙，他似乎很喜欢我，他告诉我香港的局势怎么怎么了。太讽刺了。"她说，"最讨厌的无聊人是最安全的，德国人，上帝保佑他们麻木的心脏。还有可怕的可笑的意大利人,他们都是中立国的人。你知道吗,香港很快就变成一个无聊的地方了,连酒会都没有。"

"他跟你聊战争,你就有兴趣了?"

"当然,亲爱的,他知道得很多。"

乐队正在演奏《生命中最美好的是自由》,特露迪开始抱怨伴奏的人:"真可怕。我马上上台也肯定比他弹得好。"不过她没有机会了。一个矮个子男人拿着麦克风大步穿过舞池,走上舞台。音乐慢慢停了下来。

"收到命令,所有美国轮船公司的人员必须立刻返回船上。重复一次,要求所有美国轮船公司的人员回船报到。"

漫长的沉默。之后,舞池中央的人散开了。吧台边,男人们站起来整理衬衫。少数几个人往门口走。

"我讨厌美国口音。"特露迪说,"听起来真蠢。"她似乎忘记了她对美国人曾经有过伟大的爱。

"特露迪,很严重,你明白了没有?"

"会好的,亲爱的。"特露迪说,"谁会在乎世界这么一个小角落?大惊小怪。"她又要了香槟。

多米过来,凑到她耳边说了些什么,眼睛望着威尔。

威尔主动打招呼:"晚上好,多米尼克。"

"好。"多米的回答相当简洁。多米尼克是那种奇怪的中国人,这类人比英国人更加英国化,却不喜欢英国人。他在英国接受了最昂贵的教育,回到香港后,生活的每一件事多多少少都在冒犯他——确实,就是每一件事,从在街边吃吃喝喝到吐痰,从没接受过教育的苦力人群到鱼贩子。作为一朵温室里的花朵,他只能在人群最为稀薄的社会顶端生长,手边放着绸缎餐巾和叮当作响的透明水晶。如果看见他在闹哄哄的菜场面条店里,头顶摇摇欲坠的细铁丝上垂下来的一个光溜溜的灯泡,系着橡胶围裙,帮肉贩子之类的人舀汤,威尔一定会非常非常高兴。

"坏消息吧?"威尔问。

"会过去的。"多米轻轻挥了挥手,就打发了这个问题。他的手白得像大理石。威尔非常想知道,这双手,除了在散发奶香的纸上写致谢函,或者亲自端一杯香槟,还干过什么更艰苦的事儿。他看着他们两人窃窃私语,感觉他们仿佛彼此属于对方(如果不是因为碰巧是亲戚的话)。他觉得,这样的相配注定要燃烧消耗,他们虚弱的力量会将彼此消耗殆尽。

多米尼克突然开口了:"对我和特露迪来说,这不算什么坏消息。日本人至少比英国人离我们近。他们还算是东方人呢。"

威尔差点笑出声来,然后才反应过来,多米是认真的。

"不过据我所知,你们算不上东方人。"他温和地说。

多米尼克眯缝着眼睛。"你知道你在说什么吗?"

特露迪插嘴了:"你们两个都在胡扯。别谈这种残酷的国家大事。真恶心。"她把威尔耷拉到眼前的头发撩回去,"我只知道日本人让我恶心。他们太残酷了。"

"你不应该这么说。你真的,不应该。"多米尼克说。

"哦,谢谢你。"特露迪回答,"再喝一杯,闭上你的嘴。"

这是威尔第一次见到特露迪生多米的气。没过一会儿，他们打算走了。不过在走之前，特露迪已经在多米的脸颊上亲了一口，告诉他她原谅了他。

星期天，他们起床后进城吃点心。那儿的气氛有种古怪的紧张，湿货市场充斥着表情严肃的购物者，大包小包塞得满满的。他们回家听收音机，简单地吃了饭。阿妈们窜来窜去，没完没了地说话。这让威尔非常头痛。办公室来了电话，说工作暂停了，什么时候开始要另行通知。那天晚上，他和特露迪都失眠了，两个人都清楚地听到对方不安的呼吸声。

星期一是十二月八日。电话粗暴地响个不停。安吉莉娜叫醒了特露迪和威尔，告诉他们，她丈夫刚刚听到日本无线电台里的动员令，对英美开战了。工程师接到命令，要求炸毁所有通向这块殖民地的桥梁。他们的睡意正浓，还没回过神来，就听到了空袭警报的声音。极其可怕，似乎来自很远的地方，瞬间就逼近了。飞机呜呜地咆哮，伴随着炸弹沉闷的爆炸声。电话又响了，所有的志愿人员下午三点集合。他们打开收音机，威尔穿衣服的时候，特露迪在床上看着他。她脸色黯淡，表情平静。

"这会儿出门，你疯了吧？"她问，"你怎么去？"

"开车。"他回答。

"你甚至不知道路况。可能正好被炸弹砸中，或……"

"特露迪，我必须要去，我不能躺在这里等。"

"胡扯。我不想一个人待着。"她回答。

"我们不要吵架。"他轻声说,"给安吉莉娜打电话,去她那儿待着。让她儿子陪你。我一有空,就给那儿打电话。可能你也应该屯点食物了。"

他吻了吻她冰冷的双颊,走了。

他开车路过国王剧院的时候,似乎那里还在营业,上映的是《和卡罗琳在一起的日子》。令人惊讶的是,竟然还真的有几个人排队买票。

总部嗡嗡嗡嗡乱作一团,男人们为了位置和装备你推我挤,紧张不已。他以前从没见过这种场面。外面,是怪诞的寂静,以及断断续续的炸弹响动。他坐着,等待给他分配的任务。桌子上放了一张地图,特意标注了殖民地的界线。一根虚线,从醉酒湾画到沙田海,城门上有个碉堡,这是第一道防线。城门水塘的南面,有一条修好的水泥隧道,士兵可以爬进去点炸药。"这能帮我们抵挡一阵子。"一个男人看见威尔在研究地图,说,"我敢说,想突破进来不容易。"有人把早晨莫尔特比少将的演讲摘录下来,挂在墙上。"我们所有的人,来到这里,都知道要面临考验。现在,显然,这个考验即将来临。我希望这里的每一个人,以及我的每一个士兵,都能毫不退缩,坚持到底。我们是为了世界的真理、正义和自由而战斗的大英帝国。我希望,我的人能够成为大英帝国部队伟大勇气的榜样。"

突然,他们听见收音机里传来了罗斯福的声音。"该死,安静一点!"有人叫道。声音被调高了。罗斯福宣布日本偷袭珍珠港。震惊后的沉默笼罩了办公室。

罗斯福讲完了。主持人还没有说话。收音机里是嘶嘶的电流声。"这是美国总统罗斯福……"

"对我们有好处。"终于有人开口了,"现在美国必须参战了,他们愿不愿意都得打了。"

"这说明,战争越来越激烈了。"另一个人平静地说。

第七章
一九五二年十一月

她是个妄想症患者。她一直都是。每当她推开一扇玻璃门，或者拎起一瓶酒，她眼前就出现这么一幅场景：油脂，指纹，以及飞扬的皮屑，就像苏格兰场正在紧密地追踪她，她不能留下任何的蛛丝马迹。她用手捋头发，掉下来的头发她都留着，一起扔进垃圾箱。剪下来的指甲也用卫生纸包起来，冲进厕所。

事实证明，这种偏执是有好处的。马丁忙于工作，只顾关心水的运转，竟然从没留意她突然变得处心积虑的行踪：必须去买大吉岭茶；每星期四必须去斯蒂芬医院看望病人；每星期三必须和姑娘们一起午餐。她尽量减少和他亲密接触。她无法想象自己竟然是这样的女人，就是妈妈的朋友们在厨房里议论的女人，每天游走于不同的男人之间。这种女人会因为丑闻而被踢出殖民地，押上船送回家。

最让她害怕的是，私通并不像她想象得那么糟糕。以前她总以为，有情人的女人都是放荡的人，她们不在乎社会、礼仪，以及体面的生活。而现在，她和一个甚至都谈不上喜欢她的男人来往。但，对她来说，最重要的，是每当威尔靠近她，靠得越来越近，他们之间的距离越变越小，他抵达她，用他一贯的捉摸不透的讽刺眼神注视她，她体内的空虚仿佛被他轻易揭开了，整个人都被淹没了。这种麻醉的感觉，她无法摆脱。

为了出现在威尔的眼前，克莱尔消失于世界之中。她的话越来越少，不再和其他太太们碰头，不到万不得已，决不离开公寓一步。她的生活围着他打转。下一回什么时候才能见到他，她会对他说什么，他将如何抚摸她。有时候他会拒绝她。她躺在床上，他翻个身就睡了，说累了。她独自离开那儿。她呼吸炽热，满脑子的挫败感。她想占有他，她想让他也想占有她，但是他小心翼翼地和她保持距离，不想在她身上留下痕迹——她要的却是，烙一个鲜红的，刺痛的，伤口。

威尔发现她偷窃，觉得很好笑。她以为他会愤怒，但是他没有。她坐在车里，一个银匣子从包里掉了出来。就这么一瞬间，他明白了。

"小心点。"这是他的反应。

她没有回答，她想哭。

她躺在威尔的床上，听到楼上的房客一遍又一遍，一直在放同一首歌曲。

她从没听过这首忧伤的歌曲。天花板吸光了歌词，只留下隐约的曲调。她从没告诉他这首歌的事儿。这是她的秘密，只有她一个人知道。仿佛这是一件，只有她一个人知道的，有关他的事儿。

她给他挑选礼物，几乎吓到了自己。她看中了一双拖鞋，不过觉得鞋底会打滑。于是她就开始想象，他穿上拖鞋，摔了个跟头，脑袋开花，把她一个人留在世间，内心充满挥之不去的懊悔和渴望。她终于没有买那双拖鞋，只买了一个茶壶给他。他随手就递给了阿仪，甚至都没有多看一眼。

圣诞节就要到了，而她只是害怕。节日，就像马丁，她想，迟钝，简单，爱别人却得不到回报。这种想法让她沮丧。威尔叫她节日期间不要给他打电话。他说，这段时间对他来说很艰难，有太多的回忆。她还是会拨他的号码，只是听听铃响。有时他也会接电话，语气紧张而恼怒。大部分时候，电话铃就一直响、响，她能想象，阿妈摇头叹息，知道是谁打来的。有意思，女人们跨越不同文明的相同直觉。

马丁的上司布鲁斯·卡姆斯托克，邀请他们去石澳的海滩俱乐部，他星期六在那儿租了一间小屋。早晨，他们带上了浴巾和游泳衣，一起摇下窗户，向岛的那一头进发。克莱尔决心这一天要好好克制自己，不要再去想威尔。

狭窄的道路是挖山挖出来的，他们的左边是繁盛的绿色山脉，冒着几乎像被炎热蒸发出来的腾腾雾气。右边，则是蓝天碧海的美好景致。白色的小船在水面上荡漾，如同硕大的浴缸中飘摇的种种小玩具。

"感觉真像罗马假日。"她说。

"不可思议吧？"他回答。

她的手伸进包里，取出梅洛迪·陈的丝巾，围在了自己头上。

"新的？"马丁问。

"是啊。"她轻松地回答，"我在摩罗街的一个推车摊买的。你知道那个地方吧，全是咖喱和地毯店。"

"你戴挺漂亮。"他说。车继续前进。

游泳俱乐部布置很简单。热闹的人群中，他们在吧台找到了卡姆斯托克，一起喝了一杯，然后女士们去换衣间。

米娜·卡姆斯托克五十出头，模样令人敬而生畏。两个孩子都在外头上学，她精力旺盛，过自己的日子。一个星期打两次网球，每当妇女日①就到粉岭打高尔夫。在更衣室，她痛快地把内衣脱了，丝毫不觉得尴尬。她的身体挺结实，不过皱纹已经在胸口、胳膊、小腹挂了下来。似乎是她的皮肤太多了，身体用不着。

"我在永安买了一件不错的游泳衣。"克莱尔大着胆子说，"那儿东西真多。"

"穿英国货。"卡姆斯托克太太的声音严厉而急促，"这里的

---

① 这一天妇女可以免费或减价进入娱乐场所，如观看棒球赛等。

衣服都是按中国人的身材裁剪的。太小,不适合我们。我只在马莎公司买东西,每次去都带一大堆东西回家,上好的果酱,精美的刀具,就是这类东西吧。你发现这里的人把刀叫成什么吗?野蛮人的工具,砍刀啥的。"她把一条肌肉均匀的腿抬到长椅上,开始抹油,"涂点油,否则晒坏了。"她说着,把光滑的瓶子递给克莱尔。卡姆斯托克太太腿上晒黑的地方看上去怪怪的,短袜的上面到短裤的下面,有两条清晰的横线。胳膊上则是衬衫袖口的下面,到高尔夫手套的上面。

"谢谢。"克莱尔往脸上抹防晒霜。她不喜欢晒太阳,她觉得把自己晒黑的风尚,是把自己晒得像刀叉上的烤肉,是有毛病。

海边的木屋都贴了一层白色棉布,屋里宽敞、通透,还有用来挂衣服的挂钩和放包的小隔间。

"我们是二十三号。"布鲁斯说,"游泳的时候,把随身的东西放那儿就可以了。"隔间里有沙滩椅和冰盒,布鲁斯偷偷地调了杜松子酒和史威士,"在公路上抢购的,在酒吧里买太贵了。"他说。大家坐在一起喝他调的酒。

"太舒服了,真放松。"克莱尔说。

突然,她浑身一震,认出了穿圆点游泳衣的,正在朝大海奔跑的女孩,竟然是小锁。她沿着小锁奔跑的方向收回目光,看见她的父母和一群人在俱乐部天台上喝酒。梅洛迪戴了墨镜和宽檐草帽,简直像电影明星。

"如果你们不介意,我恰巧认出了几个人,应该过去打个招呼。"她对卡姆斯托克说。

她把马丁带到他们的桌子前。

"你好。"维克托·陈说，斜着眼睛看她，"哦，是……"顿了一下，"这是罗德里格兹夫妇。"他做了个手势，指指坐在他身边的夫妻，"迈克尔是香港最好的产科医生。我本希望由他来给小锁接生，但当时梅洛迪在加利福尼亚。这位是戴夫·布拉德利，从美国来的，所以以我的感觉来说，他和梅洛迪相处得，有点，好得过分了。"他转头冲着桌旁那群人，"这位是小锁的钢琴老师。"克莱尔点头微笑，梅洛迪突然扬起嗓子发出一声惊呼，"小锁！"小锁险些被一道巨浪卷倒。梅洛迪下了海滩，人们都看着她向孩子狂奔而去。

"维克托。"克莱尔介绍说，"这是我丈夫，你见过的，马丁·彭德尔顿。"

"当然。"他几乎是立刻回答。

"很高兴再见到你。"马丁笑笑，笑容让人不舒服。

梅洛迪批评了小锁，回来了。"俱乐部要是让用人进来就好了。这种规矩太蠢了。派太太不在，我实在筋疲力尽……弗朗西斯卡，我说……"她亲密地对罗德里格兹太太说，"我告诉你怎么回事儿了吗？"她们压低声音说起话来。克莱尔不知道该加入马丁和维克托的谈话，还是该去应酬他们的太太。

"……和布鲁斯·卡姆斯托克……"

"……我妈妈给我的水晶像……"

"……一个非常优秀的银行家……"

"……每个人都要找从国内乡下来的女孩子，但这些女孩子连饭都不会做,她们自己吃的东西都没法下咽,非得一件事一件事手把手从头教……我给她取了个新名字,嗯对,弗朗西斯卡,我希望尽快去意大利……"

克莱尔站在原地。所有的人都在和别人说话,只有她一个人被排除在外。她手足无措,觉得自己被人遗忘了。

"头巾很漂亮。"梅洛迪忽然说,"我有一条跟你的有点像。"她脸上闪过一丝奇怪的表情。

"谢谢。"克莱尔说。她不知道自己竟然能做到如此冷静。她竟然忘记了头巾。她轻轻拍拍脑袋,让自己不要惊慌。"非常感谢。"

"是爱马仕牌的吧?"梅洛迪继续说,"我喜欢这颜色。橘色和棕色是我最喜欢的颜色。秋天的颜色,是吧。"

"哦,不是的。"克莱尔回答说,"我是从一个小贩手上买的,就在香港,很便宜。要是你想买,我把地址给你……"

"哦,看上去和真货一样好呢。"梅洛迪打断她的话,"你们高个子穿戴什么都好看。"她喝了一小口马提尼,然后,镇定自若地说,"见到你真好,嗯,真好。"

那个夜晚,克莱尔没能睡着。马丁的呼吸声渐渐平稳了,她翻身起来,赤脚走到窗前。脚下的木地板光滑而凉爽。玉玲每隔一天就要擦洗地板,所以很干净。白天在海边吸收的阳光还没有散尽,她的身体仍然很热。她感觉到自己的胳膊和腿,光线似乎仍然在皮肤下慢慢地沸腾。慢慢地拧开窗户,金属链发出吱吱的声音。她看见星点微弱的灯光,想必是和她一样失眠的人。一股清风把湿润的空气吹进了房间，身体微微凉了一点。她的大脑嘈杂不安。自从碰见陈家人以后，她就再也没注意过其他事情。她清楚地意识到，她在卡姆斯托克夫妻面前的表现实在太奇怪了。当她第二次打翻酒杯的时候，她看见米娜给她丈夫递了个眼色。她什么也没告诉马丁，因为他的确对她一无所知。"亲爱的，我从陈家偷了点东西，我担心他们已经发现了。"他会以为她疯了。也许她的确疯了。她把脑袋倚在凉凉的窗框上，她不认为梅洛迪正在根据事实推理这一连串的盗窃案。没有确凿的证据，梅洛迪是不会指责克莱尔偷东西的，难道不是这样吗？克莱尔望着窗外阴暗的夜色，想知道英国今天的夜色是不是和这里一样。

第二部分

第八章
一九四一年十二月九日

就这样，战争爆发了。之前的日子，他称之为，推进。他开了一辆装满电缆卷筒的卡车去铜锣湾，车后头蹲了五六个中国工人。坐副驾驶位子的是凯文·埃弗斯，他显然知道这些卷筒是干什么用的，也知道指挥工作怎么做。这时候，总部办公室已经乱成了一团，电话和收音机没完没了地尖叫。几小时前，机场炸了，损失了二十五架飞机，顿时就更紧张了。他们叫威尔赶紧把卷筒送到，再赶紧回去。埃弗斯不安地叨唠一些他根本听不清的话。

路上很安静，几乎没有车辆，虽然有很多人。一个女人拿麻袋抽打一个男人，拼命地捶打他，尖叫。他躲开她，跑了。抢劫已经开始了。

很难相信，仅仅在几天前，他还穿着无尾礼服参加酒会，喝香槟，和特露迪的朋友们开语带机锋的玩笑。

在铜锣湾找到了卸卷筒的地方，卸卡车的时候，警报又响了。人们都跑进大楼。尖厉的呼啸，爆炸剧烈的回响。地面颤抖。埃弗斯在他旁边激烈喘息。他们给总部打电话，那里的人叫他们留在原地，轰炸可能会越来越密集，把卡车停在安全的地方，到蒙哥马利街的一座公寓躲躲。他找了块油迹斑斑的纸，用铅笔把地址记了下来。一四〇。听起来很熟悉。

他们大着胆子按门铃。开门的是一个已经吓坏了的阿妈，她把他们让进屋，手伸进外衣口袋，翻出一个皱巴巴的信封。他们拆了信。一张语气愉快的便条。

　　你是谁都好，欢迎光临寒舍。
　　这段艰难时期，我们希望你能安然度过。我们是一对英国夫妻，七年前搬到香港，非常喜欢这里。所以我们希望，现在并非是故事的最后一章。我们听从上边的命令搬走了，但愿我们的公寓能给你提供安全的庇护。鉴于战争时期的时代精神，我们要求你对我们的阿妈保持礼貌，小心家具，少抽烟。
　　　　　　　　　　　　你真诚的
　　　　　　　　　　　　埃德娜和乔治·韦瑟利

"啊哈。"威尔脱口而出。

"怎么？"埃弗斯点了一根烟，也给了威尔一根——额外的开支。

"没什么。"但事实上,他认识他们。他见过他们,还来这里喝过茶。那是他刚到香港,在遇见特露迪以前。她是不会认识韦瑟利夫妻这样的人的。他们都是值得尊敬的好人,到香港对他们来说是一次激动人心的冒险之旅。他们来自科茨沃尔德的一个小村庄,他们睁大眼睛,好奇地想知道世界有多大,因此在远东住下来,对他们来说就是个奇迹。他在铜锣湾一家商店买茶叶的时候遇见他们,聊了聊,他们就邀请他去喝茶。很不错的人。自从他认识特露迪之后,再也没见过他们。他们生活在不同的轨道之上。

他们扔硬币,看谁睡床。结果,威尔睡地板。
"你要不就睡老太太的床。"埃弗斯朝阿妈的小房间点点头。
"我还不至于那么困难。"威尔轻声说,"即使我不占她的房间,她也已经够不容易了。"
"多替你自己想吧,小伙子。"埃弗斯耸耸肩,"你觉得,她会给咱们凑合做顿吃的吗?"
威尔在自己的包里翻。特露迪到底是个中国人,怎么都不会忘记吃。她在他的帆布背包里塞了罐头,尽管他认为完全没必要。"我带了罐头牛肉和胡萝卜。"
阿妈很高兴有事可做。她舀了一杯米,用肉和蔬菜炖饭给他们吃。她也端了一碗回自己的房间。两个男人在小饭厅,开了收音机,空洞的声音咝咝啦啦,告诉他们战争的消息。
"为了阻挡日军的前进,北边战线的桥梁已经被炸毁……"过了一会儿,现场的某个人,在收音机里,告诉威尔一个超现实主义的场面——英国人正在日本人清晰可见的视野范围内勤勉地埋炸药，日本人则坚持不懈地在被炸毁的桥的位置搭另一座桥，双方都故意对对方视而不见，一不打算知道对方在干什么，二也不打算阻止。"这就是大致的情况。"这个警察评论说，"完全神经错乱。"

整个晚上，公寓瑟瑟发抖，被一拨拨炸弹照得通明。威尔听到埃弗斯急促的呼吸。他们都没能睡着。

清晨，埃弗斯好好洗了个澡。

"谁知道下次洗澡是什么时候。"他用韦瑟利家的亚麻浴巾擦干身子，把浴巾扔在墙角，"你认为有早餐吗？"

"除了吃以外，你还能想点别的吗？"

"小伙子，在这儿待着，你觉得我还能想什么？这种时候只有基本生存，吃什么，在哪里拉屎，找个地方睡觉。只有这些才能让你神经健全。"

他们打电话问下一步怎么办，但，没有人知道。

"就待在那儿。"一个尖厉的声音冲他们嚷。他们听到那头喧嚣的说话声，以及男人们的吼叫。电流声中断了。

"知道他们仍然掌握形势就很好。"埃弗斯说。

"大家都不过是普通市民。我敢说，只有最上头的人才知道是怎么回事儿。"

"但愿他们知道。"

他们决定出门去。蒙哥马利街空空如也，这里主要是欧洲流亡者的聚集区，现在他们都逃往安全的国家，或者逃到中国去了。街面零星有几家商店，一家面包店，一家修鞋铺，都关了门，里面黑漆漆的。橱窗被炸弹溅起来的烟雾和泥土弄脏了。不过威尔还是看见了里面有沤烂的蛋挞，光洁的黄色表面渐渐被绿色的霉斑占据，一只苍蝇落在上面，沿着霉斑前行，触须颤搐。

一架飞机在头顶呜呜盘旋，威尔本能地倒退几步。

他们回公寓，发现阿妈不见了。她的房间干净得就像从来没有住过人。

"待在这里也没事儿。"埃弗斯说，"我们得想办法回总部去。待在这里啥也不干，人会疯掉的。"

他们收拾了自己的东西，在浓密的灰土之中寻找回去的路。垃圾开始在街头堆积，一股隐隐的、顽固的恶臭在空气中弥漫。一辆轿车接近他们的时候，加快了速度，他们看见车里的中国男人转过头去，不再看他们了。在卡车上看得清清楚楚。威尔正在说车门怎么开了，就听到了那个声音。呜呜呜呜，埃弗斯抬起头来，威尔看着他，他们眼巴巴地看着第一枚炸弹落下来，落在离他们不足五十米的一幢建筑之上。一切都像慢动作。埃弗斯尖叫道："小心！"随即扑出车门。威尔紧跟其后，感觉就像地面张开了怀抱，任他们沉了下去。他的身体被重重一击，耳朵鸣叫，眼睛刺痛。之后的瞬间，清醒的瞬间，他们朝卡车下面爬过去，这是离他们最近的掩蔽体。他唯有的意识是，大地在连续的剧烈打击之中震荡。卡车被洗劫了个干净，轮胎不见了，隔着打开的门他发现，连方向盘也不见了。埃弗斯在叫嚷什么，大概的意思是这里是平民区，怎么能扔炸弹。其他的威尔没听清楚。他在想轮胎没了，地也在震，怎么走接下来的路呢。然后，天忽然白了。

第九章
一九四一年十二月十五日

醒来的时候,很冷,他感觉虚弱。一盏刺眼的灯笔直地照着他。被单盖在他肿胀的四肢上,冰冷。他不敢看自己的身体。

但终究还是欣慰。他没有死。然后他想了起来。埃弗斯。他全身每一个地方都剧烈疼痛,脑袋似乎立刻就要裂开。他掀起被单,站稳了朝下看的时候,发现他的左膝肿得像瓜。绷带周围的皮肤青紫得淤黑,已经发炎了。

他以前在酒会上见过简·莱丝格,她一身白衣走过来。再加上他的虚弱,他觉得她一定是天使了。

"你醒了。我们都很担心你。"她说。

"有水没?"

"你现在不能喝水,这是医生的命令。"

他这辈子从没有如此痛苦过。

"我很尴尬。"他告诉她。

"为什么?"她把他的床摇高了一点,用探询的眼神看着他。

"时间太短了,简直不像打仗。"他试图解释。

"你在胡扯。"

他觉得她没听明白。他又试了一回。

"埃弗斯呢?"

"你不用担心他。"她说,快步走开了。

他在浑浑噩噩之中,始终想要知道。

他看见特露迪身着白衣,像一个新娘,或者是护士,更或者只是寿衣而已。她用纱布擦拭他的额头。但她的头发怎么变成金色的了呢。她不是特露迪。

"听着,"简·莱丝格在他耳边轻声地说,"你不是志愿兵团的人,你只是普通市民,走在大街上,被炸弹的碎片打中了。"她不想让他进战俘营。现在什么人的未来都不清楚,但是她觉得市民总比士兵的下场好点。他点点头。他明白了,不过随即就忘了。她每天都这么告诉他,如同在告诉他拯救自己的咒语。

简·莱丝格给他带了一碗布丁。

第一回能下床的时候,他去看窗外,惊讶地发现自己瘸了。

"我是个瘸子!"他对简·莱丝格说。

"说得对,你是个瘸子,而且还是个不错的瘸子。"她回答说。

"我觉得好多了。很快可以出院了。"

"是吗？这个问题留给医生，行吗？"她机敏地回答。

但他真的觉得好多了。克拉克医生巡房的时候，威尔穿戴得整整齐齐，准备走了。

"我觉得再留下也没什么用。你觉得呢？"他问。

"威尔，外面和这里不一样。九龙被包围了。我们在这里，能坚持多久，就坚持多久。人员伤亡不计其数。你有地方待吗？"

"我能去特露迪家吗？"

"她每天都来，不过，我没让她进来。"克拉克医生回答，"我觉得这对她不好。现在不是你最英俊的时候。她让我告诉你她和安吉莉娜住在一起。她今天晚一点还会来的。"

"哦好，那我待到她来。"

医生收回落在威尔膝盖上的目光，神情怪异地看看他，点点头。

特露迪也和以前不一样了。一开始他不知道哪里不一样，然后才发现，她没擦口红、没戴珠宝，衣服单调，浑身上下毫无色彩。他这么说，为了避免提到一些明显的事实：他受伤，住在医院，世界正在打仗。和特露迪在一起的时候也畏畏缩缩，显得十分古怪。在她面前，他不想被看低。

"我不想招人注意。上街像走在针尖上似的。"她说，"万一遇见个日本人……爸爸去澳门了，他想让我也过去。不过，我不想去。"她走到窗前,低着头玩衣角,"他担心我,说万一他们胜利了,不知道会有多残酷。"

"你怎么来的?"

"安吉莉娜的司机送我来的。我们住在她太平山的房子里。现在太平山的人理应撤退了,他们说那里毫无遮蔽,不安全。不过我们还是想办法待下来了。那儿现在真安静。她养了狗,还有男仆、司机和阿妈,所以我们也算有保护。"

上层社会总是想怎么样就怎么样。他不合时宜地想。

"太让人愤怒了,就像玩纸牌,不知道什么时候被叫停。"她说,"人和人开始互相敌对。印度锡克人打老恩德比,说他看他们的眼神奇怪。他是个可爱的老人……"她突然换了话题,"你怎么样?我唠叨了半天,都是无关紧要的事儿,你……"她的声音低了。

"埃弗斯死了。"他回答,"不过你不认识他。炸弹爆炸的时候,他和我在一起。"

特露迪瞅着他,没有表情。"你说得对,我不认识他。"

"什么新闻我都想知道。你知道多少?"

"安吉莉娜说我们的情况不好。显然,他们以为日本人从南边进来,走海路。但他们是从北边来的,轻而易举突破了防线。外面的情况,真的很糟。"她"呃"了一声,"刚才来的路上,我看见垃圾堆上有一具尸体。到处都是,尸体、垃圾,到处都是。焚烧的味道,和我想象的地狱一模一样。他们用竹竿抽打一个女人,然后拽着她的头发走。她一半被拖着,一半是爬,惨叫的声音,简直像世界末日。她的皮肤一条条地撕裂下来……平时戴上月经带,这样……你明白,要是士兵想……反正,你知道是什么意思……本地人和日本人都在抢劫,只要没上锁他们都又偷又抢……不管是什么。九龙到处都是这样的人,杀气腾腾的。我们正在考虑搬到酒店住,这样我们就能见到人,了解一些信息。格洛斯特酒店已经挤满了人,不过我的老朋友迪莉娅·霍在浅水湾有间房间,她要去中国,说要是我们想要,就去住。我们可以和安吉莉娜一起住,你觉得呢?还有,美国俱乐部在外面搭了个棚子,人们就待在那儿。他们供给挺丰富的,我猜,美国人一向这样。大家都希望待在一起。"

"我估计这是个不错的主意。"

"多米说,日本人占领全岛,只是时间问题。他说没关系。"

"希望如此。永远的乐观主义者。"

"我觉得他其实不在乎。"特露迪笑声尖厉,"他不过是想看看他站在哪边而已。他正在加紧学日语。"

"你知道的,他在做的事儿很危险,一点也不可笑。"

"哦,真烦人!"特露迪走过来,坐到他身边,"看来你的幽默感也受了重伤。多米和你我一样,我们幸存下来了。他会好的。你什么时候能出院?"

"我觉得快了吧。我猜他们想让我早点走呢,有的是人比我伤得重,我想。"

"但你现在能走了吗?全好了?"

"我挺好的。"他简短地说,"不要担心我。"

克拉克医生不情愿地让他出院了。

"如果不是因为特露迪，我不会让你走的。我知道她会照顾你。"他给威尔的腹部和膝盖换了新绷带。

特露迪坐在床角。

"还有一点，虽然不太重要。"她说，"威尔在这里占的床位很宝贵。我和你站一边，医生。我做过两星期护士，你还记得吧？"

医生笑笑。"当然，我怎么能忘记？"他的表情又严肃了，"特露迪，你每天都要给他换绷带，每天必须用过氧化氢水溶液清洗皮肤和伤口，我让护士帮你配好了。不管威尔怎么说，你都必须坚持这么做。"

特露迪点点头。"我是一个可靠的、有效率的好榜样。"

到了安吉莉娜家，他觉得自己状态不错，她却仍然坚持让他躺下。房间很乱，她的衣服从行李箱散落出来，扔在地板上。化妆品随处可见，窗台上、浴室里、床上。一串飞机模型从天花板上垂下来，木头桌子上堆得高高的，全是学龄男孩的古怪东西。

"贾尔斯是我的教子，你知道吧？"

"我没见过。"

"他一直在外头上学。现在把他送回英国了，住在弗雷德里克家。"

"哦。"窗外透进来的一缕缕光线飘浮着灰尘。

"我不是病人。我能从这里到中环走个来回。"他说。

"别这么可笑，轻松一点。"

不过，他确实好多了。她也看见了。很快，他们就开始冒险出门，去看空荡荡的街道，关了门的商店。仓皇奔走的人们，从不东张西望，只死死盯着地面。

"到处都是抢劫，不计其数。大米开始限量配给。我在格洛斯特路看见警察朝天鸣枪，驱散人群。我真好奇子弹飞哪里去了，会不会掉下来，正好打中谁？有人这么死掉的吗？"

"特露迪，亲爱的，你总是在想这些没人想的问题。"

"可能是个白痴会更好一点儿。"

他们继续往前走。

"不再像我们熟悉的城市了，对吧？"

"太无聊了。"他们手牵手回家。安吉莉娜在酒窖里哭，阿妈用青菜配腌猪肉和米饭做了顿简单的晚餐。他们吃饭，喝淡而无味的茶，感觉到空气中有种看不见的紧张。现实层层逼近，包围了他们。

接下来的几天过得简朴而有节制，他们就像生活在世界末日里一样，过着一种超现实的生活。他们吃，只是为了维生。从广播里收听最新的进展，到配给中心领取供给。供给是随机地零星分发，头天是面包和果酱，改天就是香蕉，后来就变成了手电筒。给什么，他们都拿着，然后到黑市去换想要的东西。特露迪和安吉莉娜手里还有大量现金。黑市的氛围也很紧张，买家被价格一次次地激怒，对卖家咆哮如雷出言不逊。只有少数人还保持优雅。人们坐在货物少得可怜的桌子后头，面露窘色——肉罐头、小包的糖、烹饪用具。大米的价格始终居高不下，和黄金一样贵。大地不时震动，夜晚总是被大火照亮。他们看见成堆的尸体、哭泣的女人。多米尼克带着不知道从哪里弄来的物资拜访，他们也不问来路。他让他们尽量就待在安吉莉娜家，没人打扰本身就是个好信号。还有一些人家也一直守在家里。威尔受了伤，不可能走远。安吉莉娜的司机每天都想办法去弄报纸。形势是严峻的，日军以无情的惊人的速度前进。

"难以置信，他们每天还能弄到纸。"安吉莉娜说。她有好几天没洗澡了，身上一股发霉的味道，还有其他怪味。她没有收到丈夫的消息。一个星期前曾收到他最后的消息，作为志愿兵团的一员，他正在尼科尔森山参加战斗。

"我们去浅水湾？"特露迪问。

"无所事事地待着，让我难受。"威尔说，"男人都在战斗，但我却坐在这里，什么也不干。"

"你受伤了，白痴。"特露迪说，"你现在只能拖累别人。你连走路都那么慢，我肯忍受你，是因为晚上睡在一起还挺温暖。我敢保证，别人并不这么觉得。"

第二天早上起来，仆人不见了。特露迪并不觉得奇怪。

"走得真干净。真奇怪，狗没抛弃我们。"她动手洗留在池子里的碗碟。

他起来帮她。她命令说："你坐下。他们待的时间已经比我想的长了。安吉莉娜一向是个讨厌的主人，尽管她付两倍的钱。"

"阿罗和梅琴呢？"威尔突然想起这两个人。

"我叫她们走，她们不肯，我就把她们锁在公寓外头，她们只好走了。又哭又叫，你知道她们的。她们都有亲戚，我想，她们愿意和亲戚待在一起。"

"你才是她们的家,特露迪。"

"但我不是。让她们和我在一起,太危险了。在那儿,她们是当地人,不会出什么事儿。但我这种人太招人注意了,会和你们外国人一起被吊死的。"

"让她们走,一定非常难受吧?"他摸摸她的手。

她甩开他的手。

"没什么,威尔。请不要这么多愁善感,我受不了。"

"今天几号了?"

"快圣诞节了。20号?我估计。"她想了想,"酒会的好时节啊。威尔?"

"嗯?"

"我藏起来一些东西,我想让你知道藏在哪儿。万一出事儿,你帮我去拿。"

"什么?"

"我爸爸回澳门之前,给了我一大笔钱。还有我的珠宝。加在一起值不少钱……足够生活很长时间。"

"好,我帮你照看。不过,我用不着这钱,如果你是这意思的话。我自己能过得挺好。"

"我在银行有个保险箱。指定领取人,填了你和多米的名字,不过得你们共同签名,所以你们得好好相处……不过,战争时期就难说了。钥匙在我公寓卧室外面的花盆里。我把花盆搬进屋里了,里面装了土。就在盆底,右边。要是钥匙不在了,你还是能拿到的,就是时间要长点。法律程序嘛,你知道。"

"无人不知。"他回答。

"你要记住,你真的必须记住。"

安吉莉娜穿着睡裙,从卧室出来了,一听说仆人失踪,她立刻瘫倒在椅子上。

"我不明白,不明白。"她一遍又一遍地说,"他们和我在一起那么多年。"不过很快,她就变实际了,"他们带走什么东西没?"

他们没想过这问题。他们到餐具室检查日益减少的储备,大米,几个土豆、洋葱,面粉,糖,还有几个已经软掉的苹果,都还在。

"人们对仆人太不公平。"威尔说,"有事总是最先责怪他们,最后再感激。"

"这就是生存。"安吉莉娜回答,"我真奇怪他们怎么不带点东西走。要是真的带了,我也就不内疚了。"

"算了,先喝点东西吧。"特露迪说。

"这一个星期以来,这是你最明智的一句话。"威尔拿出一瓶苏格兰威士忌。反正他们从来不怕缺酒。他们倒好酒,拧开收音机,主持人正在播报丘吉尔发布的通讯。"整个世界的目光都落在你们身上,我们期望你们能够坚持到底。大英帝国的荣誉就在你们的手中。"

"我们被抛弃了。"特露迪说,"英国人再也不会帮我们了。该死的丘吉尔和大英帝国还想让我们怎么样?"她的目光玻璃一般凛冽,只是威尔看见了薄薄的泪水。

每天，传单都从天而降。日本的飞机在空中盘旋，在殖民地上空大撒传单，叫中国人和印度人不要抵抗，和日本人一起加入"大东亚共荣圈"。他们把落在地上的传单捡起来，堆在一起。圣诞节的时候，特露迪一起床，就宣布要用传单糊墙。他们穿着晨衣，聆听圣诞颂歌，烧棕榈酒，在圣诞的狂欢情绪中，用光了所有的面粉来烤饼，把传单糊在了起居室的墙上——这算是一种冷酷的讽刺吧，其中一张传单还画了一个中国女人，坐在肥胖的英国男人的大腿上。上面说英国人强奸你们的女人那么多年，现在应该住手了。总之中文是这意思，特露迪说。

"嗯嗯……"她问，"这是我们俩的画像吗？"她坐到他大腿上，胳膊环住他脖子，眼睛眨巴个不停，"你愿意给我买杯酒吗？"

"明明是我和弗雷德里克，你这个弱智。"安吉莉娜说，"看到这男人有多胖没有？"这么多天来，这是她第一次提丈夫。

另一张传单是两个握手的东方人。"中国人和日本人是兄弟，不要打仗，来，加入我们。"安吉莉娜翻译说。

"他们似乎一下子就把南京忘掉了。他们当时不太友爱，是吧？"特露迪说。

"我觉得……压抑。"安吉莉娜说，"我觉得，应该把威尔交给他们。你觉得呢，亲爱的？"

"我觉得该交出去的人是多米尼克。"威尔指了指图上的中国人。

"别开玩笑。"特露迪板起脸,"你以为食物是从哪里来的?是多米在照顾我们。我不在乎他是怎么弄来的。"

"接受,并不等于同意。"威尔说,"这些漏洞百出的传单还挺煽动哦?"

这时候,车道传来了发动机的声音,汽车渐渐驶近,他们的后背立刻挺直了。特露迪走到窗口,犹豫地掀开一点点窗帘。

"多米!"她释然地说,跑去开门。

"一说到他,他就到了。"威尔坐下来。

多米尼克进了门,把围巾从脖子上摘下来。"圣诞快乐!"即使在战争之中,他的声音还是一样慢悠悠的。

"你也圣诞快乐。"威尔说。

"我带了一些东西,给你们添一点圣诞气氛。"一个篮子在他手里挥舞,他从里面抽出一份《南华早报》,一听榨鸭罐头,一袋大米,一条面包,两瓶草莓酱,一块水果蛋糕。女人们像孩子一样,雀跃地拍手。

"特露迪,你能用这些东西给我们做点吃的吗?"他优雅地摊开四肢,懒洋洋地坐在椅子上。一个已经把猎物交给自己的女人的猎人。

"我不会干厨房活儿,你知道的。"特露迪抓住报纸。

"丰盛的一天。"她读道,"这是头条。香港正在庆祝一个在它百年历史中前所未有的,最为冷静的圣诞节。"

"听起来好像英国人来之前,香港不存在。"多米尼克插嘴说。

"闭嘴，我在读报。"特露迪继续念，"已经预定的简单庆祝将会有所减少……昨天晚上，巴黎烧烤关门之前，出现了一段令人愉快的插曲。一个志愿钢琴家，为了在回去之前得到食物，演奏了几支众所周知、广受欢迎的曲子。所有在座的客人热情参与了这个节目。"她抬起头，"他们都在烧烤，我却不在？太可笑了。把我关在太平山，他们都出门玩了？多米，你出去玩了没？你怎么敢不带我去！"

"特露迪，这种日子女人不适合出门。你应该待在家里吃喝玩乐。现在，帮我补补裤子，给我们做饭吧。"

她把报纸扔在他头上。

"有什么进展没？"威尔问。

"英国方面没什么好消息。"多米尼克回答得很轻松，"英军人数少，实力差。日本人多，又受过良好的训练。他们蜂拥而来，已经在岛上了。18号晚上已经登陆了。英国人依赖的那些士兵对地形一无所知，他们根本不知道该怎么办。指挥系统失灵，疟疾肆虐。"

威尔注意到多米的措辞，还是小心翼翼的，没有说"我们""我们的"。

"听起来我们的情况不太好。"

"只是你们不太好而已。"多米平静地回答，"只是时间问题。总督本就是蠢货，宣布大不列颠有荒唐的优越感，拒绝了停火协议。脑袋进沙子了。我是听维克托说的，这些事情他都知道。他也待在家里。"

"你来点烤饼吗？"特露迪打断了他的话。

"不用了，谢谢。"多米尼克回答，"我不能待太久。"

"除了关照我们以外，这些日子你都忙什么？"安吉莉娜问。

"你不知道外面的事情。"他回答，"你待在舒服的碉堡里，不知道外面的可怕。我没忙什么，只不过努力跟上形势而已。"他的表情安详而又冷漠，眼睛如同乌黑的煤炭。威尔不知道形容一个男人美丽是不是合适。

"要是有投降的消息，我们就得赶紧走。我估计，太平山是他们洗劫的第一个目标。"威尔说。

"要是看见附近有穿制服的人，你们就赶快走。"

"还有什么要注意的事儿吗？"安吉莉娜问。

"没有了吧，我想。你有钱。要是这儿的形势不行了，医院应该是最安全的地方。你知道在哪里的吧。九龙的布里坦矿物水厂也已经变成临时避难所了。不过之后，必须到港口去，待在那儿。日本人有个传统，打了胜仗后的三天，士兵想干什么就干什么，随便怎么发疯，这段时间是最危险的。任何时候都必须待在室内。"多米尼克顿了一下，看看威尔，"对了，我给你准备了圣诞礼物。"

他去车里拿礼物，很快就回来了。一根漂亮的拐杖。光滑的胡桃木，杖顶是黄铜的。

"我没时间包上，就这么拿过来了。你用得着。"他狡猾地笑了笑，递给威尔，"拿着，老朋友。"

"谢谢你。"威尔接过来，顺手就挂在了椅背上。

"我呢，给我什么？"特露迪问。

"这也是偶然碰到的。在黑市看见了，正好身上有钱，就买了。要求不要太多,我估计战争时期就连拐杖市场,也不如平常那么繁荣。"

"我倒以为市场会很繁荣,既然战争能创造出满世界的瘸子拐子。"威尔说。

"也有可能。"

特露迪打断了他们你一言我一语的交锋。"医生说了,威尔会好的,他不会老用拐杖的。对吧,威尔?过几个星期我们就把它当拨火棍。"

多米尼克走后,他们继续坐着。不知道为什么,房间里的暖空气像跑光了似的,突然就冷了。夜晚就要来了。

"开留声机。我想听音乐,跳舞,就像一切都正常。"安吉莉娜说。

"还要喝酒!圣诞节了,我们要喝酒!"特露迪嚷嚷说。

她取出酒杯,点亮了蜡烛,把鸭子、面包和果酱放在桌子上。他们的圣诞大餐十分丰富,味道好极了,酒精温暖了他们的胃和双颊。

就这样,在安吉莉娜古老的大房子里,伴随着圣诞颂歌,特露迪和安吉莉娜翩翩起舞。威尔鼓掌,倒酒。他们在冰冷的客厅里,跳啊,跳啊,暮色被渐渐吞噬了,他们手里还握着酒杯,喝啊喝啊,直到醉意醺然,才跌跌撞撞回房间,倒在床上。那天,特露迪对威尔那么温柔,她的手,她的嘴唇,游遍了他的身体,他忘了疼痛的膝盖,天花板在眼前飞快地旋转。那是1941年的圣诞节,一个充满渴望、忧郁和期待的日子。这一天,威尔永远也不会忘记。

一大早,安吉莉娜敲他们房间的门。威尔头昏眼花,嘴唇干裂得像一缕缕布条,摇摇晃晃地开了门。安吉莉娜没来得及收回的手愣愣地停在空中。

"早晨好。"他说。

她望着他,披头散发,脸色惨白。

"今天是节礼日①。"她说,"都结束了。我刚刚听到广播。我们投降了。"

---

① Boxing Day,圣诞节后的第一天,是公共假日。

第十章
一九四一年十二月二十六日

特露迪发疯般地找多米尼克。"他知道该怎么办。"她不断地说。

"我们就待在这里,待不下去再说。"威尔试图让她平静下来,"终归会好的,一切都会好的。日本人不可能打败那么多国家,英国、美国、荷兰、中国。我们需要的只是时间。"

"我去市里找他,你没关系吧?你不能去。或者我应该去找维克托?"她根本听不进去他的话。

"我知道,我会连累你的。但是你怎么找他?"他没办法让她平静下来,"根本不可能。你只能待在这里等。一切都会好的,你会看见的。"

她突然掉过脸看他。一张他几乎认不出来的脸。

"这种时候?在这种时候,日本人云集在市里,恣意妄为,想干什么就干什么。他们像蝗虫一样，遍布所有的地方，你觉得快活的老牌英国人、美国人、荷兰人会怎么办？你能帮我吗？看看你的腿！我们必须……"

他稍稍踌躇，伸出胳膊抱她，一只手搂住她的肩膀，另一手轻轻拍她的脸。

"镇定。你太歇斯底里了。"

她滑坐到地板上，开始哭泣。

"威尔，威尔，哦，威尔，我们怎么办？"声音从手指缝中传了出来。

他艰难地站起来，跪倒在她身边。

"亲爱的特露迪，让我来照顾你，即使我的腿瘸了也一样。真的，我发誓。"

他安顿她到浴室去，给了她一杯酒。正在这时候，楼下传来了敲门声。他让女人们待在楼上，他下楼看看到底是谁。

一个穿制服的淡黄色头发的男人站在门口。

"谁？"他问。

"先生，我叫内德·杨，加拿大温尼泊榴弹兵团的。"

他开了门。

"进来吧。你们还好吗？你怎么一个人？你来这里干什么？"

"先生，我和其他俘虏一起上了卡车。我想办法跳下车，走到这里，就想找一户看上去安全的人家敲门。"

进了屋，就发现这个男人不过只是个男孩子。他实在还是个孩子，脸上还有雀斑，裤子上全是泥，浑身恶臭。

"你吃东西了吗?"

"好几天没吃了,先生。"他脸上同时浮现出了饥饿的贪婪和礼貌的克制。

"在客厅里坐坐吧。我给你找点吃的。"他找了个盘子,搁了点面包和头天剩下的鸭子,还开了一瓶啤酒,倒了一杯白开水。男孩狼吞虎咽,把食物拼命往嘴里塞。

"别着急,还有呢,够你吃饱。"威尔说。

"太可怕了。"男孩说,他的嘴塞得满满的,眼泪就这么掉了下来,"太可怕了。那时候,我们在山上的战壕里。"

"不要说话,先吃东西。放松一点。"

男孩还在继续说,好像没听见威尔的话。"我看见战友的内脏掉出来了。他还活着。他还跟我说话,内脏挂在外面。我闻到他的味道,热烘烘的,像食物烧熟了的味道。我看见一个脑袋开花的女人,她的孩子就坐在她旁边,一丝不挂,大便从他身子后头往下掉,苍蝇嗡嗡地飞。我们只能丢下他,他们不让我们带孩子走。我从来没见过这种事。一个月前,我们在牙买加接受训练,吃香蕉。他们告诉我们说,这里根本不会有军事行动。"他哭了又哭,还在不停地吃,"我几天没喝水了。可能有几天了吧。我就想死,我跳车,因为我看见这些日本人都在干什么。他们不可能是人。他们怎么能对人做这样的事儿?我看见他们用刺刀从孕妇肚子里挑出一个孩子来。我看见他们把人头砍下来,放在栅栏上。"

安吉莉娜走了进来。

"怎么回事儿?"

男孩立刻站了起来,还在哭,还在吃。

"你好,夫人,我叫内德·杨,温尼泊部队的。"

"明白了。"安吉莉娜坐了下来。威尔第一次觉得自己欣赏她的冷漠和严厉,但这种性格在和平时期有点刺激人。"内德·杨,打仗时你在哪里?你见过志愿兵团吗?"

"我们战败了,投降了。我谁也没看见,除了日本人。他们的装备精良,还穿了山地靴,腰里扎着压缩食物,带了地图。我们什么都没有。我们早餐喝朗姆酒。他们几个星期前把我们扔在这里,说有足够的时间训练的。"

"你在城里看见了什么?"他们需要信息,他则需要倾诉。

"骚乱。死人。难闻的味道。你也会想死的。到处都是那种味道,那么浓。大家都吓坏了,恶棍出来偷窃,放火。日本人到之前,他们找到了机会。"

"你是不是要休息一下,内德?"他明白了,这个孩子给不了他们信息,"洗澡休息吧。楼上有床。有事儿我们叫你起来。"

安吉莉娜领他上了楼。威尔想到外面透透气。年轻的男孩让他产生一种强烈的渴望,想亲眼看看外面的世界。

安吉莉娜回来的时候,他说:"我出去一下。腿已经好多了。我想知道外面现在到底怎么样了,老关在这里都快疯了。"

"好。不要走太远。特露迪起来的时候会想看见你。"

外面的世界,天仍然是蓝的,鸟儿唱着朦胧的歌儿,偶尔天际飘浮着一缕缕烟云,宽阔的马路,修剪过的树篱,还是一派秀丽祥和。站在悬崖边,他看见蔓延开来的香港城,闪烁的港口,和水天一色的微光。外面的世界仍然如此平静,他听见了自己的呼吸。

"在这种时刻……"他突然发现他把想法说出来了,而且声音很大。

他回家的时候,安吉莉娜在厨房,正在把威士忌都倒进水槽。

"先别急,我们可以喝个烂醉如泥。"她说,"我们已经给你和新来的小朋友内德·杨留了一点。"

"哦对,比日本人更糟的,就是喝醉的日本人了。空瓶子留着,迟早用得上。"

"我们想过了,威尔。"特露迪说,"我们只能待在这里,确实不知道哪里能比这里更好了。不过,我们觉得你和内德得藏起来。你们看起来实在太不像中国人了。除非,除非你们得出来救我们的时候……我和安吉莉娜可以假装是这里的用人,他们可能就不理我们了。"

威尔抬起脑袋。

"是吗?还有这么喜剧的机会?当然当然,我也不知道该怎么办。"

"我知道听起来像是发疯。不过,我们能去哪里呢?我们怎么办?"

"我们进城看看别人都在干什么吧。"

"我们也许会没地方睡,没东西吃。"

"行啦,就这么办吧。"威尔回答,"明天一早开车到市里,看看情况再回来好了。"

"所有人?"

"内德不去。他吃的苦已经够多了。你和安吉莉娜想去的话,就去吧。"

第二天早晨,他们全挤进了车里。气味清新的内德也挤进来了,他不想一个人留在家里。弗雷德里克的衣服穿在他身上,显得很荒唐。华丽的花纹在他孩子气的脸蛋下发亮,他那在热带游泳的腰围,相比囤在屋里的弗雷德里克,实在是细小多了,只好徒然地用鳄鱼皮带把裤子拴在身上。

环山路绕来绕去,每一次拐弯时,都能看见港口和市区。熟悉得可怕的景象,只是不再有汽车了。进了市区,他们沉默地注视空荡荡的楼群,以及荒芜的街道。

"我们去格洛斯特饭店吧。那儿肯定有人。"

他们停了车,沿着干诺道步行。内德走在威尔的旁边,碰到了威尔的手。在两幢楼之前,他们看见一个男人的尸体。血从衣服底下流出来。他们沉默地走过去。

"太安静了。"特露迪说。

"没有人,也没有车。"威尔回答。

不过,格洛斯特饭店异常喧嚣。原本精美的饭店大堂里,以前从未挤过这么多人。他们睡在沙发上,地板上。盆栽植物被整齐地移到另一边去了,给这个古怪的难民营添了一道翠绿的屏风。饭店的男服务生们托着银盘子游走穿梭,试图给这群客人提供最好的服务。

"迪莉娅!"特露迪叫道,"我以为她去中国了。还有安森和卡罗尔,埃德温娜和玛丽。全世界都在这里啦!"

人们围住他们，七嘴八舌地问他们躲在哪里，看见了什么。

"没什么可以告诉你们的。我们躲在家里而已。"安吉莉娜说。

"没出过什么事儿？"一个美国人问。

"连个人影都没看见。"特露迪说，"不过吃的都是狗食。这里有什么好吃的没？"

可惜的是，这里也没什么好吃的。饭店已经竭尽全力，把储存的东西全都拿出来给他们的客人了。特露迪坐下来和迪莉娅分食一块米饭布丁，还舀了一块喂威尔，然后看见站在角落里的内德，招手让他也过去吃。

"他们有咖啡，不过是咸的，用的是井水。"她说。

"现在情况怎么样？"威尔问迪克·格宾斯，这个美国商人一贯知道正在发生的所有事情。

"我刚从美国俱乐部过来看看这里的情况。他们已经开始在市里洗劫了，庆祝胜利呢。米特斯，就是那个在加拿芬道开古董店的老家伙，无缘无故被一个喝醉的士兵捅伤了，因为他掏钱包的速度不够快之类的事儿吧。"他的声音压低了，"你知道医生的事儿吗？"

"不知道。"

"糟透了。有时他们就是牲口。强暴修女和护士。医生想救她们，被刺刀砍了。他们不应该碰医院的工作人员，不过，对嗜血的暴徒，说这些有什么用呢。德鲁·麦克纳马拉到那儿去，想和负责人沟通一下，解决混乱，但现在，只是灾难。根据海牙协议，警察——原来的警察——应该在这个时期负责维持秩序，但现在都看不见他们人了。我告诉你，就是疯了，太疯狂了。日本人让英国的警察替他们看使馆，我想他们大概不知道什么叫讽刺。中国人和印度人可以自由出入。特露迪的表姐夫，维克托·陈正卖力地扮演一个中间人的角色，想阻止暴力和抢劫。欧洲中立国的人应该没事儿，不过这里的情况很敏感。日本人挤满了湾仔的妓院，还在到处找妓女。希望他们多余的精力有地方发泄吧。要是碰到个发疯的，或者喝醉的，他们拿刺刀在你脑袋上乱晃，根本不在乎人命，他们想要的是钱、手表、珠宝，随便谁的都行。29号，他们还要办胜利阅兵式。"

"他们打算怎么对付我们？"

"不知道。不过要是能去中国的话，我是要走的。我现在想办法给我的人订座位呢。"

"不知道为什么特露迪不肯走。"

"大个子，你也可以走了。你在这里没什么可牵挂的，对吧？要是运气好的话，等这一切结束，我们一起喝一杯？到了纽约，给我打电话吧。"他们握了握手，格宾斯就走了，浑身上下，明显的美国式的富有和自负气息。

特露迪走了过来。

"你还记得苏菲·毕格斯和她丈夫吧。我们在曼雷的酒会上见过的。她丈夫会讲日语，在街上和几个日本士兵搭话。他们觉得他很失礼，就朝他的膝盖开枪。苏菲说他运气不错，只受了伤。医院也没有做手术的设备。迪莉娅说日本人正在设检查站，所以很快，如果没有通行证，就不能随便跑了。我们是不是应该赶紧回家拿东西？我们待在家里，还是来这里？这里更热闹。在山上待着，我快疯了。"

"能搬到市里，当然很好。的确很好。不过，你看看，这里根本没地方，家里明明有那么好的床，我们为什么要来这里睡地板？我们应该保存精力，为以后可能发生的事情做准备。谁知道哪一天才能再睡床呢？"

"你的意思是，我们应该待在安吉莉娜家？"

"我只是不知道市里有什么地方能待而已。我反正不打算待在这儿。"他指指四周，"看看，这里都快要暴乱了。我觉得，这儿会变成一场灾难。我指的可不是日本人。"

"愤世嫉俗。这不是我的角色吗？"她没反对他的看法，"实在是有趣至极。我们正在经历战争，但大部分时间，我们竟然只是坐在原地等着出事。"

"特露迪，你并没有期望出事。我们希望的是过无聊的平凡生活。"

"得了，你知道我是什么意思。我们坐在家里，面面相觑。这就叫战争？我想知道，在这个特别的时刻，伊丽莎白·泰勒在干什么？"

他轻轻拍拍她的臀部。"我最亲爱的，你真是个美妙的人儿。"

埃德温娜·史多奇和她的伙伴玛丽走过来了。

"你怎么样，亲爱的？"她问候特露迪。

"还不错。你们呢？"

"没什么可抱怨的，就是努力分析新形势，看看怎么能弄到生活物资。"

"生活就像流沙,对吧?"特露迪回答。

"你是个幸存者。当然。"埃德温娜的语气颇为怪异。

特露迪犹豫了一下,轻声说:"你也一样。等这一切都结束,我们举起香槟碰杯吧。"

"希望如此。"埃德温娜问,"你住在家里?"

"住安吉莉娜家。不知道是不是最好的选择,不过现在还住在那儿。"

"挺好,挺好。我们很快会见面的。"埃德温娜回答。

"但愿这样。"

她们走了,特露迪伸伸舌头,冲威尔做鬼脸。

他们找到了内德和安吉莉娜,然后特露迪吻了吻每个遇见的人,大家就告别了。他们在一个新开的黑市以离谱的高价买了大米、菜心和红毛丹果,再小心翼翼地避开交通要道回家。他们就像失去亲人的孤儿一样,组成了一个离奇的家庭。

元旦前一天停了电。威尔已经好几次开车去市区了,打听消息和买东西,每次都急急忙忙、小心翼翼,生怕撞见日本人。除了有一次和内德在一起以外,还没遇见过什么意外。那次,他们车里放了一袋大米,瓜子和牛肉罐头。正在他们得意扬扬,觉得搜罗了不少好东西的时候,一个日本兵突然出现在前头,挥手叫他们停车。威尔的心脏顿时重重地掉在了座位上。

"什么也别说。"他提醒内德。日本兵叫他们打开后备箱,看看米，再看看他们，叫他们下车，用步枪瞄准他们，叫他们把口袋里的东西拿出来，把手表摘下来。

"美国人？"他问。

"英国人。"

日本兵笑了。他二十二岁左右，长了一张宽宽的、天真的脸，脸上还有青春期的粉刺留下的斑斑点点。

"我们赢了！"他卷起袖子给他们看。五只手表整整齐齐地排列在他苍白的手臂上。

他们没吭声。日本兵拿走了他们的钱、他们的手表，以及大米和牛肉罐头。威尔和内德默默地钻进车里，回家，觉得自己很走运。

然后就是元旦前一天，威尔起床后发现没电了。电话也变得时断时续。

特露迪决定庆祝一下，对抗寂静的生活。

"电确实用不着，只会让人更累。烛光让人漂亮。"她说，"我们来个聚会吧，办一个精彩的元旦晚会。把那些和我们一起在太平山野营露宿的家伙都叫来。看看咱们还有什么吃的，至少来一次家常晚宴应该够吧。"

米勒一家住在路的那头，这个时髦的美国家庭有六个人，和他们的六七个仆人守在一起。两到三个阿妈，还有阿妈的小孩，厨师，男仆和园丁。他们每隔一段时间就来拜访一次，交换一下信息，和世界打打交道。特露迪和威尔去邀请他们，让他们把所有人都带来，包括仆人和仆人的孩子。

"他们在厨房里也行，也是晚宴的一部分。你们肯定不愿意把他们丢在家里，否则等你回家，他们可能就不见了。"

被逗乐的米勒夫妇接受了他们的提议，答应带些吃的过去，还要替他们传播晚宴的消息。

"有个村庄和汤的故事，你听过没？"

"没有。什么村庄？"

"有一个村庄，村长想举办一个盛大的晚宴，大家来合煮一锅汤。他叫大家带东西来煮汤，随便什么，肉也行，蔬菜也行，其他东西也行。但所有人都觉得别人会带好吃的，所以他们带的全都是石头，以为别人不会发现。故事的结局就是，石头汤不好喝。"她想了想，"我为什么要告诉你这个故事？这个村子里绝对没有中国人，对食物一点也不尊重。"

"你是不是担心米勒带石头来？"

"不，白痴，我担心有人的行为有失体面。"

不过，晚宴相当地、非常地成功。尽管没有指定着装，人们还是穿着最好的衣服来了。大家都明白，这是某种形式的、唯一的放松。他们在安吉莉娜家济济一堂，如同扑向火苗的飞蛾。大家带来了惊人的美味佳肴，都是从秘密地窖拿出来的。一箱香槟——主人说："想想，现在不喝掉，不久以后就给日本人洗澡用了。为什么不喝掉？"——五只刚杀的鸡，沙丁鱼，一小袋大米，豆瓣菜，干酪，香蕉。这里仍然还是香港，大家都带来了仆人，让仆人们准备食物，打理一切。

"这是一场真正的宴会。"特露迪看着桌子上的丰盛食物。

"众所周知，这张桌子不堪重负。"威尔说。

"不至于吧,亲爱的。"她吻吻他的脸颊,"像不像学校的聚餐?咱们什么都不用做,一切都来了?"

年轻的内德·杨已经适应了新环境。他把威尔拽到一边。"特露迪是个与众不同的姑娘,你到底怎么找到她的?我以前从来没碰到过她这样的人。真的。"

穿无尾礼服的男人,穿晚装的女人,人们闲坐在椅子上、地板上,用各种古怪的容器,可能是果酱瓶或者罐头盒,喝啤酒,喝茶,吃饼干和沙丁鱼。没有音乐,大家就唱歌,弹钢琴。乐器已经严重走音了,但音乐本身就是美的,歌声也悠扬。

接近午夜,大家在起居室围着一根大蜡烛数数。

"十,九……"

"我们拖久一点吧。从五十数起。也没别的事可做。"特露迪打断了他们。

大家都同意,重新开始计数。

"五十,四十九,四十八……"然后,数到三十四到三十三之间的时候,大家的情绪不一样了,感觉似乎在等待一件非常重要的事情,计数变成了喊口号,声音充满了力量和决心,数到了二十,十,十以下,声音越来越响亮,越来越有力量,"五,四,三,二,一……"他们互相碰杯,拥抱。有那么一会儿,仿佛局势已经改变了,女人们擦起了眼泪,男人们彼此拥抱。

"新年快乐,亲爱的。"特露迪吻威尔,"这是我这一生过得最糟糕的新年了。"

她对整个房间举起了酒杯。"到时候了,让我们埋藏金钱,把床单扔进加温室①。一切都会结束的,只是我们不知道是什么时候。"

凌晨时分,客人们纷纷散去。还有些人没走,散坐在沙发上,想回家,但担心不安全。特露迪给他们喝水,说安慰的话,一直等到他们酒意消散,攒够了勇气,结伴走进夜色之中,还不时抬起头看看头顶有没有敌人的飞机出现。

---

① hot room,温度比其他房间高很多,可以在潮湿的气候中让物品保持干燥。

第十一章
一九四二年一月四日

新年的第四天，特露迪拿了一张传单进屋来。

"开始召集人了。"她宣布说。

"日军圣诞节占领香港之后，允许敌国的侨民自由行动，特别是在郊区——确实非常大度，对吗？后面是一段概述，部队的秩序之类的，然后说，所有敌国公民——这话让你的处境有点危险，威尔——所有敌国公民，须于1月5日在美利操场集中，可以携带私人物品。看管私人住宅属于个人责任。敌国包括英国、美国、荷兰、巴拿马，以及任何对这次战争心怀不满的人。"她抬起头，"看来我安全了。"

"真的？"

"当然，我又不在名单上。我早就把英国护照藏起来了，不会告诉任何人的。我不认为就因为我不喜欢日本折纸，就能把我算成日本的敌人。不过，是不是应该送你去那儿？或者你想去别的地方？去中国？有些人正在弄票。"

"不用了，我就待在香港。他们终归得做点能解释得通的事儿吧。要是他们叫我们去集合，就得注册，让我们的政府知道。我这么想。"他耸耸肩，"不过我们得替内德想想办法。"

一顿稀薄的粥外加腌白菜之后，他们决定清除掉他身上一切加拿大的痕迹，让内德冒充英国人。

"假装丢了护照，炸弹掉在你家，把东西全烧了。你的口音是个问题，你觉得日本人能分清楚吗？"特露迪问。

"我可以装美国人。"他认真地说。

"但我们不认识能保护你的美国人。你最好还是和威尔待在一起，闭上你的嘴。"

特露迪又说她不打算去登记。

"安吉莉娜，你和威尔一起去吧。弗雷德里克毕竟是个英国人。你也算是英国人了。你的结婚证还在吗？没有你，我也能行的。那么多朋友可以收容我，我不会有事儿的。"特露迪拍拍她的胳膊。

"我和你待在这儿。"

"你干吗不假装你是政府工作人员？别去了。"特露迪问威尔。这张告示不包括殖民地政府的工作人员。

"亲爱的，这种事情非常容易查证。被发现撒谎更糟糕。"

"但他们不会让你回来的，你以为呢？他们不会只打算记住你的名字，拍拍你的背，然后送你回家吧？"

"实际上，他们就是打算让我们待在一起。我猜大概是一段时间的集体生活吧,直到他们想清楚到底拿我们怎么办再说。我听说过政府之间的交换,可能是拿我们来交换在英国住的日本人吧。不过要挺长时间事情才会清楚,所以我们必须要计划怎么保持联络。"

午饭后,威尔和特露迪上楼收拾行李。

"你要准备什么?牙刷?"她递给他一支新牙刷,"牙粉,这些都是必需品。梳子。不能让你乱七八糟的。不过呢,也用不着太英俊,这对你和诸位女士都不太好。"

"你和我一起去?"他问。整个早晨,他一直都想问这个问题。要离开她的感觉让他窒息。几个月来,他每天都能看见她,闻到她皮肤和头发的气味,他们从未分开超过几个小时。他现在甚至觉得其他女人都很奇怪,不是骨架太大,就是声音太高,或者行动过慢。他刚到香港的一个下午,和西蒙坐在办公桌前,看办公室的蔡小姐,看得如痴如醉,她烧水,然后把水倒进暖水瓶。蔡小姐很瘦,还戴了一副金属边的眼镜。她每天都穿同一件棕色开襟衫,盖住消瘦的肩膀。她的肩实在是太过狭小,让人觉得简直像鸟骨头。她的短发削得很凌乱,经常涂得油亮。那时他还不认识特露迪,西蒙跟他说:"我真不明白怎么会有人觉得中国女人漂亮。她们太瘦小,一点也不性感。"威尔真想让西蒙见见特露迪,见识一下她慵懒的纤弱体态。威尔第一次遇到特露迪后不久,西蒙就坐船离开香港,继续追寻他的渴望了:找一个丰满的年轻英国女人成家。也许他现在已经找到了。不过相比轮廓鲜明、身材修长的特露迪,威尔怀疑他找到的英国少女是不是真的算得上红润活泼。

她的手稍稍停顿了一下,紧接着又继续收拾东西。"要是我还有别的选择,为什么非得把自己关起来呢?"

"你并不知道会出什么事儿。"他回答,"至少关起来,你每天能吃三块糖,还能睡张床。"他就是开不了这个口,简单地告诉她说:"我希望和你在一起。"他游说她的办法,就像推销低价旅游计划似的。

收拾完了他的东西,她开始把自己的衣服塞进行李箱。

"我还是离开这里好。你也不知道关起来的日子怎么样。日本人很残忍。而且对你来说,有人在外面也是件好事儿。我去看你,给你带东西,告诉你外面的事情。葡萄牙俱乐部收容所有的葡萄牙人,我这种一半血统的也行。那儿住的地方还算体面,要是局势恶化,我就直接过去。多米会照顾我的。"

"要是我们结婚,我就能更好地照顾你了。"

她抬起头。他被她的脸吓了一跳。她是故意的,毫无表情。

"你真的不知道会出什么事儿。至少我们能在一起。"他坚持说。

她继续叠她的毛衣,动作迅速、坚定。

过了一会儿,她开口了:"你知道中国人怎么看英国人吗?"语气轻描淡写。

"不是很清楚。我希望多米尼克不是中国人的代表。"

特露迪笑了起来。

"嗯,有一点,不过远远不止你能看见的这些。不要对他太苛刻,他有他的处境。不过,大部分中国人觉得英国人粗鲁、傲慢，永远津津乐道于自己国家的传统，其实中国比英国更古老更丰富。还有，英国人小气，我从来没见过英国人主动为一顿晚餐埋过单，就连最穷的中国人，只要是他邀请的，也会因为别人替他埋单而感到羞愧。很奇怪吧？这一点我更喜欢中国人。我们中国人不蠢，我们知道大部分英国人在这里过的生活，如果是在他们自己的国家，他们根本负担不起。他们在这里像个国王，只不过是因为恰巧他们的钱比我们的钱值更多的劳动。就因为这个，他们觉得他们是主人，我们是奴隶。不过这改变不了现实，总之他们回家可过不上这样的好日子。他们在假想出来的名头下，靠借来的钱生活。你不太像英国人，威尔，你非常慷慨、亲切、谦虚。我真高兴，你不像你的大部分同胞。"

"我说，目前是不是讨论这个的时候？我是说，现在是个特别的时刻，对不对？"

"我知道，我知道，"她的语气很不耐烦，仿佛他完全没听懂她的话，"我的意思其实是，大部分中国人根本不在乎英国人会出什么事儿。当然，他们也并不在乎什么日本人。他们就想过自己的日子，赚一点钱，做一点爱，死的时候胃里不是空荡荡的。就这样就可以了。"

特露迪的话，总要人花一点时间回味。她的话永远出人意料，像出自一个孩子的嘴，但之后威尔还是能明白过来，她是多么精明，多么现实。他看着她把一件晚装放进行李，又找了一条相配的披肩也塞进去。

"你看见我那双银色的晚宴鞋了吗？"她问。

"我不知道你有这么一双鞋。"他没问她,她怎么会以为在战争时期还需要这样的行头。

"我一直朝前看,不回头。我讨厌照片、日记、剪报。到底什么意思呢?为什么还有人记日记?真可怕。"

她的激烈让他惊讶。

"我一直留着旅行日志。"

"不一样吧,是旅行见闻?"

"是啊,我看到的景象,我遇见的人。"

"我希望我不在你的旅行日志上。"

他沉默了片刻。"你要失望了。"

"人会变得很可恶,你觉得不?"她突兀地说,"如果将来我们不能在一起了,请不要带着恨意想起我。温和一点,或者就忘记我算了。我一直是试图这么做的。用善意思考,不试图审判,了解完整的情况。"

"你到底打算说什么?你的话题变得太荒谬了。"她就像是重重在他肚子上揍了一拳,他再也没法假装镇定了,但也没能说出口:不要离开我。

"要是你爱我,你就会清楚地知道我是谁。"

"特露迪,这并不是你。你不是这样的。"

"你不傻,我亲爱的人。"她递给他一个大包,"喏,替你准备好了,伟大的探险之旅。"

操场上,他恼火地发现,其他人似乎把所有财产都带来了。他们带着巨大的行李箱,塞得满满的,几乎快涨裂了,只好用粗笨的麻绳捆紧了。有些喜欢玩的家伙甚至带了高尔夫球拍。人们坐在自己的行李上，捧着暖杯喝水，表情茫然。奇怪的是，竟然还有中国人，他们蹲在树荫下，行李用红色或粉色的布裹住，捆在背上。

威尔的裤子里藏了钱，还有几枚金戒指和手镯，都是特露迪硬塞给他的。"不管什么时候，人都是认金子的。"她的声音还在他耳畔回响。他只背了个小布包，里面是她帮他收拾的必需品，内德带的是弗雷德里克的衣服，安吉莉娜送给他的，当然很不合身。这个年轻的加拿大小伙子，现在对这两个女人，都有了母亲般的感情。

特露迪逗留的时间很短，也就是让他们下了车，给了他一个轻轻的吻，随即掉转车头飞快走了。一句苍白的再见。他站在原地不动。半晌，内德慢吞吞地拖着脚步过来，提起他的小包。这个年轻人目睹他们冷淡的分手，有些局促。他看见了特罗特斯和阿伯加斯特两家人。他和休·特罗特斯打招呼，给他介绍内德认识，解释了内德的处境。

休没理会这个加拿大年轻人的痛苦，只是回答说："糟糕透了。我听说银行把没签字的单据都烧掉了，怕落到不妥当的人手中。"

"是啊，是不太好。"威尔说。

"你知道吧，两天前，他们宣布成立新的政府，叫什么日军民事部，要整顿社会秩序，恢复水电煤气。叫大家都正常生活，回去上班，商店也要开门。不过不包括我们。我们现在是敌军的犯人。"

威尔往四周看看,目光落在那些香港人身上。"那中国人待在这儿干什么?这里不会打算收容殖民地的所有人吧?"

"就是乱。日本人不知道这里还有一直把自己当成英国人的中国人。来了这么多人,怎么处理都乱。坦率地说,我觉得日本人只想要咱们鬼佬,估计中国人今天就得回家吧。"

威尔竟然看见几个孩子在玩耍——他们怎么会在这里?几个月前,他们就应该被送走了。休跟着他的目光看过去。

"哦,是了,孩子们。他们的父母是该死的傻瓜。一时感情用事,不愿意把家人送走。他们是天生的鸵鸟。但愿没事儿。"

"是了,大家都这么希望。"

"你听说米利森特·波特受刺激,一下就瞎掉的事儿了吗?"

"哦,没有。"威尔回答。

"炸弹弹片飞进来,她正抱着孩子呢。小孩儿就死在她怀里了。她丈夫说,她突然就这么失明了,什么也看不见了。开始还不稳定,一会儿能看见,一会儿看不见。现在有段时间了,什么也看不见了。"

"太可怕了。"

"特露迪呢?她没事儿吧?"休问。

"她是葡萄牙人,中国人,目前的局势,这些算是好事儿。"

"外面有人也是好事。她可以给你送东西,告诉你新消息。现在只有阿妈和男仆帮我们了。我给了他们大概这辈子都没见过的一笔钱,希望他们别卷财而逃。不过,还有别的办法吗?"休淡淡一笑,"讽刺吧?"

雷吉·阿伯加斯特也过来和他们说话。

"情况糟糕透了。他们打下了菲律宾、马来西亚和缅甸,士气大振啊。"

一个日本兵骑在马上嗒嗒地过来了。

"排队!一队!不要中国人!"

踌躇的人群无序地挪动着。要是从空中看下来,大概像一只水母。威尔想。波动、拍打,如同形状无常的海底生物。

"一队!不要中国人!"士兵呵斥的声音更响了。他驱赶马儿绕着人群慢跑,军刀在空中挥舞,把人群中的东方面孔挑出来,赶到另一边去。人群渐渐有了清楚的种族界限。

"他像牧羊人。我们是羊群。"休说。

威尔回想他带的衣服——一条挺括的棉布裤子,两件衬衫,一件毛衣,一件夹克。他突然意识到,他可能会被关很久。庆幸的是,他身上带有一条结实的皮带。估计皮带和金属扣都能派上用场。

日本兵转了几圈,走了。人群安静了下来。一个女人坐在行李上开始哭。"打起精神来,这才刚开始。"她丈夫说。

日本人让他们按不同国籍分开,各自排成一个纵队。美国人走远了,和他们一起走掉的是荷兰人和比利时人。英国人站在原地等到最后。看来日本人对英国人有偏见。

他们走了好几个钟头。街道已经认不出来了,烤焦的建筑外头,到处是正在焚烧的垃圾。腐烂的尸体和排泄物的恶臭挥之不去。母亲和孩子走在男人身边,婴儿在啼哭,马路两边挤满当地人,静默地观赏难得一见的奇观:东方人指挥西方人前进。有些人冲他们吐痰，但大部分人只是看看而已。威尔看见了他们脸上如释重负的表情。他们庆幸倒霉的不是他们，至少，这一回还不是。一些苍老的面孔上也写了同情。一个胆子大的开始唱《向大不列颠致敬》。但一个日本兵用恶毒的目光瞅着他，歌声渐渐就低了。士兵放慢脚步，不怀好意地走到唱歌的人旁边。人群再一次寂静下来，只剩下了战败者沉重的呼吸声和脚步声。

他们被集体赶进南平饭店。很明显，仅仅几天前，这里还是妓院。阴暗的大堂脏乱不堪，剥落的红漆，招牌上还有浮华的金色中国字。

首先，他们被告知，所有人必须把手表、珠宝摘下来，放进一个大袋子里。然后，一个日本兵用手枪指指楼上，示意他们上楼。

房间狭小，家具丑陋。人们一拥而上，但没一会儿就发觉，无论动作有多快，还是得四五个人挤一个房间。潮湿的灰泥墙浮起了一个个气泡，稍一动作，屋顶的天花板就有腐烂的木屑掉下来。金属床架子上搁了一层薄薄的床垫。还有棉胎，中国人睡觉常常盖这东西。处处都是斑驳的黄色污迹。硕大的蟑螂满屋乱爬，对他们的突然到来充满戒备。地板湿湿的，令人恶心。混乱的人群想要卫生纸、浴巾、干净水，这时候才明白没人答理他们。有些人似乎还不清醒，以为还是有阿妈和司机的日子。马桶几乎立刻就堵塞了，走廊充斥着难以形容的臭味。威尔和休想组织人清理，一些男人马上干脆地拒绝了，或者人就消失了。威尔叫大家别着急,要做的事情太多了,每个人都要做相应的工作。日本人不管他们,甚至有几个看见他们慌乱的样子,露出了快活的表情。大部分日本人就当什么也没看见,跷起二郎腿,差遣几个中国小孩替他们跑腿,拿来了啤酒和墨鱼。

第一天晚上,没有饭吃。他们饿着肚子上床了。孩子们的抽泣声充斥了走廊,伴随着父母们沉重的喘息。威尔的双手裹在腋窝下,听着内德的鼾声——一种奇怪的,时断时续的,尖厉的声音——这会儿特露迪在做什么呢。

在这里生活,最终会发现必需品不是牙粉,而是食物。食物几乎变成了奢侈品。每天晚上,日本人会送来一大缸稀薄见影的粥,残破的碗勺总也不够用。还有清炖肉,灰溜溜的汤水上方,漂浮了几块孤零零的蔬菜。第一天晚上,还有女人不肯吃。到了第二天,每个人都吃了。他们发现从阳台上扔下去几枚硬币,就会有中国人愿意跑腿。不过也相当可疑,不少人拿了钱以后从此就消失了。那些还有阿妈和男仆牵挂的人是幸运的,他们把钱扔下楼,过一会儿扔上楼的就是鱼和新鲜蔬菜。

负责看管酒店的中尉叫植木,他是一个留小胡子、戴圆眼镜的小个子男人。大家推选威尔去找植木谈谈这里的居住条件和食物,威尔发现这位长官好像是文盲。这次会谈气氛紧张,礼数过度,着实奇怪得很。

植木霸占了总台后头的经理办公室,他坐在铁桌前,面前放了一瓶打开的威士忌,还有一根点燃的香烟搁在烟灰缸里。

烟雾在半空中弥漫，头顶缓缓转动的电扇看来一点用也没有。

威尔鞠躬，因为似乎只有这一件事情可做。植木轻轻点头。

"我有几件事希望能得到您的关注。"威尔说。

"说。"

"马桶要清洗了。我们需要清理马桶的工具。您能给我们一些马桶刷和清洁粉吗？还有，要是有活塞的话，那就实在是太好了。"

"我看看吧。"

"艾特肯太太怀孕八个月了，身体很差。能给她安排一张床吗？她现在和另外两个人睡一张床，其他床上也都至少有两三个人。"其实，有一个肥硕的澳大利亚秘书不肯和别人合睡一张床。不过，这是另外一个问题。

"好。"植木挥挥手，表示这个问题已经过去了。威尔没明白他的意思是可以解决，还是不可以。

"还有，食物……"威尔犹豫了一下。

"怎么？"

"食物不够。"

这位矮小的中尉仔细打量威尔。

"想抽烟吗？"他递给威尔一个纤细的银色烟盒，像是刚从特露迪哪个朋友手里抢来的那种。

威尔抽了一支出来，朝前靠过去。植木给他点上了烟。

"你知道我是怎么学英语的？"

"不知道。不过你的英语非常不错。"威尔警告自己，这不是拍马屁，不是谄媚，只是诚实而已。

"在日本的英国传教士教了我三年。"

"日本有许多优秀的传教士。"威尔说。这话简直是白痴。

"他是个好人。为了他,我会帮你的。"

威尔说了谢谢以后,又坐了一会儿,这才反应过来,人家其实已经让他走了。他站起来,又说了句谢谢。

这场会面,他们什么也没得到。

在这家陈旧的妓院,一个几乎不可能的地方,被拘留的人们发现,他们反倒能把各路信息和传说串起来,大致知道了前些天发生的事件。反正他们除了时间什么也没有,就聚在一起讲故事,把投降前几天的灾难,拼成了连续的历史。

蕾吉娜·阿伯加斯特属于社会名流,长了一张精致的脸庞。她坐黄包车去操场集合,随身带了七个箱子,其中六个不得不让仆人拿回家。她有一肚子的残暴故事,但都不是发生在她身上的,而是朋友的朋友之类的。她有充分的看法,以及恰当的愤怒。

"中国人受到冲击毫无防备,没有政府保护他们。他们在我们的保护下生活的时间太长了,根本不知道该怎么办。所有的中国女孩都被强奸,但日本人不敢碰英国人。他们知道后果很严重。"

那时候蕾吉娜住在她的朋友梅·格宾斯家,过得还挺愉快,后来一群中国歹徒冲了进来,把他们绑起来,洗劫了整幢房子。她不停地说她丢掉的珠宝,说损失无法弥补。这个话题她絮叨的次数太多了,她的丈夫,这个成功的进口商,终于忍不住大发脾气了。

"上帝,闭嘴,让我安静一会儿。战争一结束,我立刻到中国给你买珠宝。"

她怨毒地瞅了丈夫一眼,和她的朋友帕特丽莎·沃森继续小声说,说她遭遇的可怕攻击,雷吉是无法体会的。帕特丽莎微微一笑,表情很满足。完全出于偶然,她的珠宝保住了。就在饭店里,她把珠宝放在地板上,日本人竟然懒得弯腰拿,也没叫她捡起来给他们。

一个叫玛丽·考克斯的年轻女人,说丈夫被日本人抓去打扫街道。恢复供水前,必须清理掉所有的尸体以防止疫病。他在马路上拖着尸体走,一路脱落的身体碎片,和牲口没什么区别。他回家的时候,浑身上下浸透了血迹,还有腐烂的血肉。他筋疲力尽,哭倒在沙发上。第二天一早,他就走了。从此以后,她再也没见到他。她的儿子今年两岁了,叫托拜厄斯,他永远跟在妈妈身后,一只手拽着妈妈的衣服,另一只手抱着飞机玩具。她说,自从圣诞节之后,孩子再也没说过话。另一个忧心忡忡的憔悴男人,说他和太太在沓田仔街碰到一群士兵,他们抓住了她,用枪指着他,把她拖走了。他从此再也没见过她。"而且,我以前一直以为,日本人是世界上最和平最温和的民族,他们画樱花,有讲究的茶道。他们怎么这么残酷?"

"士兵只是国家的一个部分。"休说,"当然不能代表所有国民。战争把我们全变成了另外一种动物。"

"你怎么能这么说?"蕾吉娜·阿伯加斯特嚷起来,"据我所知,每个日本人都很残酷!你从来没见过哪个英国士兵像他们对待我们这样,对待任何一个人!"

"亲爱的太太,你当然是对的。"休断然结束了谈话。

第二天,一群人正无精打采地坐在大堂里发呆,米奇·华莱士走了进来。他的耳朵淌着血,眼睛肿成了一条缝,根本睁不开。他上了屋顶往下看,日本人发现了,他们冲他吼,把他揍得血淋淋的,因为他们不让任何人俯视日本人,只能是日本人居高临下地看别人。奇特的定位偏执,对高度的额外重视,大概是因为自己个子矮吧。犯人们对此留下了深刻的印象,直到多年以后,战争早已结束,他们还会下意识地先注意人们站的位置,在哪一级台阶上。

随随便便的偶发残酷事件让他们都异常警觉。一个喝醉了的士兵因为赌输了钱,回来殴打一个小孩。小孩被打断了鼻子,掉了三颗牙,一个日本军官带着孩子和他妈妈出去,从此再没有回来。证据都消灭了。威尔上楼的时候,看见饭店和相临建筑之间的小巷中,有一具盖了毯子的尸体。尸体的金发吓了他一跳,但他的位置太高了,看不清楚人的样子,等他走下来,尸体已经不见了。他甚至怀疑这是不是只是想象,但心里清楚不是的。有一天,特罗特斯来找他,咕噜地说:"我想知道我是不是快疯了。我在阳台上抽烟,看见两栋楼中间的一条巷子里,有个男人被人砍掉了脑袋。"他的声音直哆嗦,表情却很平静,"我看见血喷出来,他的手反捆在背后。我发誓,我真的看见了。但凡是个人,怎么能受得了呢?我就走开了,我再也不想看下去了。人怎么才能不发疯呢?"

除了这些大事儿以外，还有种种小的凌辱。威尔这辈子都没有见过如此规模的蚊群，因为下水道排泄不畅，他的身体遍布蚊虫叮咬的痕迹，都红肿发炎了。蚊子们肚大腰圆，一拍打就成了一摊摊的血迹。小虫子爬进薄薄的床垫。他们试着把床腿浸到水和樟脑溶液里，但一点用也没有。大米里有橡皮虫。他们不得不捏着鼻子喝臭烘烘的温水，随后就痢疾大爆发。再后来，他们收集罐头盒子，喝水之前先用它煮沸，然后大家就因为喝滚开的水而把舌头烫伤，不过他们实在是太渴了，舌头烫伤实在只是件微不足道的小事。

透过脏兮兮的玻璃窗，他们看见中国妓女搀扶着喝醉的日本兵，在小巷里呕吐，庆祝他们的胜利。有时候，会拽一个可怜的小工来清理呕吐物，不过更经常的是，留在原地腐烂。威尔因此对上帝充满感激，幸亏如今不是盛夏，臭味不会迅速弥漫开来。

他已经忘记新鲜空气的滋味了。尿味，粪便，以及种种人体排泄物黏稠发腻的味道，浸透了鼻孔的深处。无论怎么洗，皮肤、头发、手指缝里，全都浸渍了浓重的粪便味道。他的双手已经熟悉了马桶光滑的内壁，尽量保持通畅，让屎尿呕吐等污秽物能冲下去。看来排水系统适应不了五百多号迅速病倒的难民的需要。是的，他们现在就是难民，无论以前他们是银行家，还是律师——都一样吃长虫的米饭，喝污染的水。所有的看守都很残酷，除了一个人。那是一个年轻的男孩，穿着士兵的制服，有一张宽阔的脸庞，表情温和，永远挂着抱歉的微笑。当他的伙伴殴打或者用刺刀挑弄囚犯的时候，他的目光就会掉转到远处。他能结结巴巴地讲一点英语,不过只有他的同胞不在的时候,他才会说。

特露迪没来过。别人的情人,有的已经想方设法找到了他们,传来了消息。他发现自己和每个人都在说她,她是他永远的话题,仿佛只要一提她的名字,她就活生生地在他眼前了。她的茉莉清香,离他越来越远,越来越远,仅仅存在于记忆里,渐渐就淡了。他在床上总是辗转反侧,不习惯紧绷绷的狭窄的小地方,也不习惯没有她的体温,没有她的陪伴。他没有生她的气,还没有生气。有谁知道外面的事情呢?

内德快要发狂了。这位年轻的士兵远离家乡,远离他曾经拥有的爱和安慰。他沉默不语,食欲不振,脸色蜡黄,皮肤肿胀。威尔想让他每天走动走动,他却一天比一天更消沉。

不过大部分人很快就适应了生活。人们天生就倾向于日常生活。他们仿佛已经当了好几个月的难民,尽管刚刚过了一星期。银行家和律师,汗衫挂在裤子外头,拖着鞋子走来走去。他们的干净衣服全收起来了。名流、老师、私营业主,肩并肩地洗衣服。黑市开始涌现。有人手里有大量现金。阿伯加斯特和特罗特斯制定了一个基金,让所有人都能买到食物。大家先把自己想吃的东西列出来,然后安排采购,俄罗斯黑面包,半磅六港币,奶粉、黄豆、胡萝卜,有时再买些黄油,小心翼翼地在面包上涂上薄薄的一层,慢慢咀嚼,尽情享受油脂在嘴里融化的甜美滋味。中国小男孩偷偷送来食物,其实就从日本兵的眼皮底下路过。日本人清楚地知道他在干什么，他们从原本就贫乏的食物中拿走自己想要的。"交税。"有个守卫每次都会这么说，还被自己无聊的玩笑逗乐了。他几乎要拿走一半。

特罗特斯的妻子急躁地对威尔说："我觉得这样分，没一个人能吃好。抽奖或者类似的办法，你觉得怎么样？至少每个人能吃饱一回。"

威尔耸耸肩膀，不想和她讨论。他早就发现了，她和以前一样胖。一些女人主动煮饭，丈夫失踪的玛丽，就是托拜厄斯的妈妈，为人安静温和，从不曾利用在厨房的机会为自己或儿子多弄点食物。其实即使她这么做，威尔也不会责备她。她们叫自己厨娘，她们能端上来令人吃惊的菜肴，蚝油椰菜黑面包三明治，李子漂浮在用水冲淡的炼乳里，泛起圆润的青色。他们还想办法从外面找了一个厨师。每到晚上，他们就一起围在蓝色的火焰边，看着火苗上的食物。

如果能绕开士兵的话，这就是他们的日常生活了。士兵往往只留一个人看守，其他人都忙着喝酒、嫖娼或者偷窃。总是有层出不穷的说法出现，比如他们要被重新安置了。有人觉得很快会被遣返回国。更现实的人则只希望能有个稍微舒服的地方待到战争结束。不过他们都以为，这只是几个星期或者几天的事情而已。

第十二章
一九四二年一月二十一日

  终于，两个半星期后，秩序恢复。医疗部长塞尔温·克拉克博士说服日本人把平民转移到岛南的赤柱监狱，他坚信那里靠海，新鲜空气能够减少流行性疫病爆发的危险。兴奋的女人收拾行李，铺床，尽管床早已和她们人一样脏了——不过即使在战争时期，长久的习惯也不会改变的。男人想从卫兵嘴里套一点消息，但遭到了拒绝。威尔叫内德赶紧下床，生怕他被漏掉。

  他们在饭店外头排队挤上卡车，卡车轰隆隆地上路了。孩子们透过板条往外看，每看见一块路牌都要大呼小叫一阵子。孩子们成了大人们的福祉，尽管这对他们来说很不公平。他们什么玩具也没有，只好用鹅卵石玩抓子游戏，钻来钻去，不停地尖叫。女人们坐在行李上，肌肉随着不平的道路颠簸。上流社会的贵夫人们一个个形容枯槁，和身边的女护士、家庭教师没什么两样。

很快，车子过了香港仔大道，进入了南区。路两边的建筑消失了，变成了树。海在这里遇见了山，一条孤独的环山路把他们带到了赤柱半岛。如此的寂静，仿佛几周之前的暴力事件，从来不曾光临此地。

车辆穿过一扇大门，面对一幢巨大的三层水泥建筑，停在了一片空地上。楼的墙面分别用喷漆草草喷了三个巨大的字母：A，B，C。士兵们拉起枪栓，轮流指着每一个下车的人。他们还是按不同国籍分组，排队点数，注册登记——名字、年龄、国籍、婚否等。这不过是热身而已。接下来的几个星期，几个月，所有人都对这套程序熟悉得几乎麻木了。

六十个荷兰人。两百九十个美国人。两千三百二十五个英国人。余下的都是零零星星的，比利时人，白俄罗斯人，还有他们的外国妻子，甚至还有一个叫由纪子·马尔滕斯，是个嫁了荷兰人的日本女人，她拒绝离开她的丈夫。士兵朝她吐唾沫，用淫猥的目光打量她。她明明是他们的同胞，但他们对她说的话，让威尔觉得粗鄙得令人发指，忍无可忍。但她和丈夫在队伍里等待分配房间，对他们视而不见。她一句日语也没说过，不过从她的鞠躬以及动作姿态立刻能看出来，她确实是日本人。所有的敌国公民都要关押在赤柱。威尔见到了那天在美利操场见过的一张张面孔，人们互相打招呼，说的都是"我听说你死啦"，继而大笑，放心地相信对方并没有死。威尔认出了玛丽·温克尔，埃德温娜·史多奇的小个子伙伴，她一脸不知所措的样子，那个永远的伴侣似乎不在她身边。本来美国人、荷兰人和英国人没关在同一个饭店，比利时人被关在他们的领事馆里，因为人数实在太少了。威尔匆匆地得出了结论，所有人的经历大致都是一样的：大家全都污秽不堪，饥肠辘辘。他打听迪克·格宾斯，那个他在格洛斯特酒店遇见的美国商人，但是没人知道他的行踪。看来，他已经跨越边境，到自由的中国去了。

不知道为什么，美国人分到了最好的那层楼。他们有了新住处，就迅速地齐心协力地组织起来，奢侈地安排起了生活。他们组织送家具，分房间，配物资，甚至还搭了一间小商店。他们快快活活，富有成效，就像在准备一场野餐会。可能他们关在饭店的时候，就已经得到了政府的系列资助。所以头一天，大家就看见，他们把能用的东西都拿出来当临时的椅子，在傍晚的斜阳之下，他们以各种惰怠的姿态坐着，说着，笑着，喝着偷带进来的茶包泡出来的淡茶。

"美国人占了最好的楼。"这个说话的男人，他以前见过。男人带着他们穿行于日本人指定的 D 号楼。"这件事我们无能为力了。他们的住处都有私人卫生间，似乎日本人特别照顾他们。也许他们的政府已经达成了什么共识。我们的警察拿不到最好的。他们为了女人和孩子，也绝对不会放弃的，几天前他们的人就跑到这里来，抢了所有的好地方。要是按我的想法，他们更应该到深水区的战俘营去，不过他们非跑到这里和平民待在一起，我们又能怎么办。"威尔连连点头，他太累了，顾不上考虑这些。他和内德一起上了楼梯，进了一扇小门。"你不能睡这儿，这是我的房间！"角落有人怒吼。"好吧好吧。"他说。他们继续走，找到一间空房间，放下了小包。

越来越多的人拥了进来，大家开始划定界限，分割地盘。最后划定的是，一个以前的监狱警戒区住三十五个人。五十个人住平房。六到七人一间房。许多房间没有家具。一些人冲到监狱警戒区，因为这里的房间宽敞一点，家具也好一些，结果警戒区比别的地方更挤了。一个房间往往住两到三对夫妻，很多家庭在行政楼里扎起了堆。单人牢房的未婚囚犯待遇反而要好点，除了卫生间以外。这里十人用一个卫生间，在走廊上，而且非常脏。威尔住的一间破旧的单人牢房，两平方米，内德还有另外一个叫约翰尼·桑德勒的人和他住在一起。这个叫约翰尼的家伙是个著名的花花公子，以前老是穿着晚礼服在醉翁轩吃晚饭，左手拐着金发女郎，右手搀着中国美人。奇怪的是，即使是在这里，他依然浑身新潮的气息，尽管裤子上全是泥土，衬衫也磨破了洞。这人并不自私，第一个出去帮大家铺床，拎包。几个星期的艰苦生活之后，人性真实的暴露确实出乎意料，让人大跌眼镜。传教士和警察最糟糕，偷窃食物，对生活琐事儿也不能尽职，还整天抱怨。

人们安顿好住处，就聚在中间的院子里，坐在灰土之中。所有人都得了妄想症，总怀疑自己比别人少了点什么，或者是一顿饭，一条新闻，或者只是小道消息。休·特罗特斯召集英国人到一起来，宣布说大家需要更正式的管理以及秩序。威尔和他聊过这个问题，他同意威尔的想法。

"我们任命休负责这些事儿吧?"威尔提议说。片刻的踌躇商量,人们一个接一个地同意。"全票通过。"众人爆发出欢呼声。威尔环视人群。"有人反对吗?"沉默。这是他们集团政治的第一次尝试。气氛很和谐。这很重要。

休任命负责其他事务的人,他们解决居住、卫生、食物、健康、投诉和工作细节的问题。威尔负责居住,调解铺位导致的纠纷。

第一个晚上的睡眠极不安稳,大家都在努力适应新环境。他们很幸运,还可以把床搬来搬去,找最合适的地方,避免发出吱吱嘎嘎的响声。威尔躺在肮脏的地板上,把包当枕头垫在脑袋下,把衣服都拿出来盖在身上当毯子。石头地面太冷了,尽管在身下铺了好几件衣服当垫子,还是冷。每一次入睡,都不超过十分钟就醒了。当阳光开始透过窗户照进屋里时,他才舒服一点,渐渐睡着了。

贴出来一张公告,宣布下午要检查每个房间,禁止非法交易。许多人看一眼就转身飞奔上楼去藏东西了。但愿不要被检查人员盯上。

"我什么东西也没有。"威尔对内德说,"估计你也没有。"他们继续走自己的路。到了指定的检查时间,威尔、内德和约翰尼,一起眼巴巴地看着一个圆滚滚的士兵拿来复枪拨拉他们的行李,他拎起一件明显质地优良的衬衫。当然,是约翰尼的。他自豪地抖抖衣服,跟他的同伴急促地说起了日语。

"他要穿这件衣服去舞厅。"约翰尼说。胖士兵立刻转身冲他们怒吼，显然是让他们闭嘴，然后就把衣服扔在了脏乎乎的地上。最后，他们的损失比大部分人要少得多，无非就是损失了一些金袖扣。（"想想还是有用的，还可以换食物。"约翰尼耸耸肩。）还有，约翰尼偷带进来的一小盒工具，老虎钳、铁锤、剪刀之类，还有一顶羊毛帽。

"你们打包的水平如此拙劣，以至于他们根本不想要你们的东西。"士兵们一走，约翰尼就对他的室友说，"恭喜你们。"

"我们的尺寸和他们不一样。真是走运。我还以为我们很快就要光屁股了。"威尔说。

"他们还可以穿女人的衣服。我觉得，如果他们穿上质地精良的绸缎裙，应该相当迷人。"

他们凑在走廊上，互相比较都丢了什么。有人丢了传家宝，异常激动。有人自鸣得意，觉得自己藏得好。

"你把东西藏在屁眼里了吧？"哈里·奥弗比对一个讨厌的人说。这个人得意忘形地说自己外头还有个中国女孩，相信她一定会给他带东西来。几个月前，这个人把太太送回了英国，然后就找了一个女朋友。大家不再理睬他了。

"只要我们住在这里一天，我就要组织大家做清洁，让环境保持舒适。现有的清洁工具我都列在单子上了。我希望每个人都能积极地维护环境，尽力让我们临时的家干净、舒服。"

奥弗比轻蔑地哼了一声。但是其他人赞许的声音淹没了他的声音。

"很好。这里不可能变成里兹大饭店，但是我们必须从现在开始。"

"这话说得相当保守啊。"约翰尼说。

威尔越来越担心内德。别人不和他说话,他就不开口,非得回答的话也只有一两个词。他说自己很好,但他日渐衰弱,头发渐渐稀疏,光泽暗淡,两眼无神。他整天都在睡觉,对食物几乎毫无兴趣。

麦卡斯利特医生说:"打击太大了。他受的冲击太大了,他没办法处理。不知道能不能挺过去。总之现在的情况,显然不是在康复。"再问他有没有滋补的药物,他双手一摊:"我什么也没有呀。我连阿司匹林也没有!我向塞尔温·克拉克申请给这地方提供一些基础药物,但他们没答复。只能看着他,确实很不幸,但这是我们现在唯一能做的事情了。"

晚饭时间大家都在食堂,这时候国籍的界限也非常明显。日本人点名让比尔·肖特,一个四肢瘦长的高个子美国商人,当营房代表。这会儿,他站起来,开始对大家演讲。

"日本人决定让我们自己管理厨房,自己烹饪。这是人人觊觎的好机会,所以最好大家轮流,每个人都有机会。"他没解释为什么这工作这么有诱惑力,不过大家心里当然明白,接近食物是当下生活中最有动力的事儿,"我们也都会分配到所谓的家务管理工作,不仅仅是指保证自己的房间干净,平常也要有人视察各房间的整洁程度。这工作还包括清扫庭院,以及日本人指定的其他琐事。他们向我保证说,一切劳动,以及我们的生存条件,都会遵守日内瓦协议的规定。不过从技术层面上说,日本国不受日内瓦协议控制，他们确实签署了协议，但从来没批准过。他们说他们这么做只是因为善意。根据协议，我们应该得到足够的食物，每天应该保证两千四百卡路里的供应。我也问了邮件通信的事情。在每周的指定时间，我们可以收到外面的信件和包裹。显然，我们不知道这话可信不可信，总之他们说的是他们愿意这么做。关于这次的扣押，他们已经告知了我们的政府，关于我们的生活情况，会有红十字会的代表定期过来视察。最好是政府间达成协议，遣返或者交换公民。"他稍作停顿，"但现在不太清楚能不能实现。我们必须要记住，现在仍然是战争时期，可能几个星期，也可能几个月。在这段时间之内，在这种局势之下，希望大家能够融洽地生活在一起，互相帮助。要是有什么要求，请来找我，我集中把大家的意见转告监狱方，不过大家都明白，我们如今的处境让我们没有任何权利。无论如何，我希望被释放的时候，大家都好好的，让国家为我们感到骄傲。"

他坐了下来。大家似乎都在试图理解他的话，只有一片寂静的呼吸声。然后，一双双手举了起来。比尔·肖特又站起来回答问题。

"知道我们在这里要待多久吗？"

"对不起，一点也不知道。"

"我们身上可以带钱吗？外面能给我们送钱吗？"一个荷兰人问。

肖特笑了，他自己就是个富人，已经为美国人弄来了一大堆舒适品，别的国家的人们早就羡慕地看见了这些东西。

"我认为你们可以拥有任何自己想要的东西，不过请收好，除非你们愿意和他们分享，也行。我不太清楚。这完全是私下协议，你也不会希望官方来解决这类事情吧。常识就可以解决。"

"能给外面的人写信吗？"休·特罗特斯问。

"我估计不行。就算同意我们写信，收信的人也永远收不到信。或者因为信要被检查，所以我们一句真话也没写。你们想练字？我很怀疑。当然我会去问问，不过听起来就没什么可能。我试着去和太田谈谈吧，他是这里的头儿。趁他心情好的时候问问吧。"

大家的问题一个接一个，大部分都是日常琐事儿。囚犯最担心的就是日常生活。威尔开始吃饭。

"我怎么办？"内德突然对着桌子开口了。这一整天，这是他的第一句话。

"什么意思？"

"英国人内德·杨，我是这么注册的。但是世界上从没有英国人内德·杨。我的困境是这个。家里没人知道我在这里。加拿大人都到哪里去了？"

"我估计，你的同胞都在深水区的战俘营。这里连个加拿大人也没有，确实挺奇怪的。不过也可能战争爆发前他们就走光了。我想，待在这里总比当战俘好。另外，英国肯定有的是内德·杨，他们的第一反应肯定是接收你。然后等你到了，才发现你不是他们要的杨。现在你想回到同胞那儿，完全是自找麻烦。"

"不是这样,不是的。"他说,"全乱了。现在全乱了。这是我自找的,不是吗?没人知道我在这里,没有一个人知道。我妈妈根本不知道我是不是还活着。"

"好啦,你在这里,还活着。这件事就已经非常重要了,不要担心注册之类的荒唐事儿了。"

"说说当然容易。"这个年轻的加拿大小伙子重重地说,"你们都是正当的英国人,就是这样。只有我是一个人。"他啪地站起来,走了。

"他需要时间。让他一个人待着吧。没事儿的。"约翰尼说。

威尔看着内德渐远的背影。"太痛苦了。我估计他还不满十八岁,跨了半个地球跑到这里来,只身一个人,一点希望也看不见。"

"又不光他痛苦,别人也都一样苦。"约翰尼说,"关在这个地方就很惨了,现在才第二天呀。"

晚饭后,和约翰尼回房间的时候,威尔看见自己的床上搁了个刚刚收拾好的包,还有一张字条。没签名。但是毫无疑问,肯定是内德了。

"希望你一切都好。不要担心我,谢谢你曾给予我的所有帮助。"大部分借来的衣服,他都留下了。

"他走了?他到底打算干什么?"约翰尼坐在了床上。

"上帝才知道。他不想怪谁,写了这么一张什么都没说的字条。他不了解这里的地形,还不会说中国话,在香港一个朋友也没有。就算他能走出牢房,也只是瞎撞……还把衣服也留下来了……"他登时无话了。

"显然没有任何理智。"约翰尼回答。

"是的。"威尔把纸条揉成一团，塞进了口袋。

第二天早餐时，囚犯们议论纷纷，说深夜时听到了枪声，从牢房南边的墙那头传来的。

又过了一个星期，就是二月了。天气又冷了。香港是亚热带气候，没有暖气，冬天永远是不知不觉伺机出现的，滞缓的寒意，只有当半夜时分，或者在外面待得太久，才会猛然觉察。还是没有特露迪的消息。已经有三个星期没有她的消息了。不仅仅灰心，还尴尬——每当有人问她怎么样的时候。阿妈、男仆、中国女朋友、因为种种原因留在外头的中国配偶，都来这里探监了。只是集中营还没有制定出探望条例，于是把他们连人带包裹通通拒之门外。不过，来探望的人可以留言，告诉里面的人他们来过，又走了。

他转而集中精力做御寒准备。大部分人已经有了床、被单和枕套。不过，夜晚的气温直线下降，他以前一直觉得，香港的寒冷只不过是凉爽而已。到这时候才明白，那是因为有外套和隔热墙的缘故。每个人都冻得缩头缩脑的，为了保存身体里的热量，睡觉时把所有的衣服都穿上，到浴室也穿着，但是是在里面瑟瑟发抖，而不是在洗澡。威尔刷牙的时候，银水在他的牙齿上冻住了。他正式向监狱方提交申请，索要更多的毯子和冬装，特别要给孩子们，他们穿着父母的衣服到处跑，衣服下摆和袖子一直拖到地上。他组织了一个修墙队，他们四处巡视,用粗糙的泥浆和树叶堵墙上的洞。即使如此,无情的生活给他们带来的苦恼仍然无处不在,一点也没减轻,还是笼罩了他们的日常生活。

一个看守把威尔从午餐的队伍里叫出来,带他去太田的办公室。特露迪意外地来了。

他以为是关于毯子和冬装的答复。一听说是有人来看他,立刻倒退了一步。到现在为止探视还是禁止的。当然了,从来没有哪条规矩能挡得住特露迪。

太田身材魁梧,皮肤油腻,金属眼镜有点脏。他做了个手势,让威尔坐下来。这个男人穿了日本式样的狩猎装,就是长袖短裤的那种。

"有人看你来了。"

"是吗?"

"我们不允许任何人来探视。"

"我知道。不过我不知道情况。"

太田的目光越过桌子,落在威尔身上。

"喝点什么?"

"谢谢。"威尔听出来了,他必须接受。

太田朝门口的士兵做了个手势,用日语大声说了句什么。威士忌倒进了布满灰尘的小酒杯。

"干杯!"太田端起杯子,粉红色的胖手简直像猪蹄。他喝光了酒,咕噜了一声,晃晃脑袋。威尔跟着他学,不过他没太田精力旺盛。太田摇头的样子,像打算甩掉粘在脑袋上的蜘蛛网。

"好!"他又倒了一杯。

"看你的人,是你太太?"

"我不知道谁来看我。"

"女人,中国人?"

"特露迪·梁?"

"是的,梁小姐来看你。"

"太好了。非常感谢你。"威尔的心跳顿时加速。

"我告诉她,仅此一回,下不为例。特别为她破例。"

"她确实很特别,是吧?"

太田盯着他看。

"没有人特别,在这种时候,所有人都一样。只要不是日本人,一样!"

"当然是这样。"他反应顿时快了,机智地回答,"特别仅仅是对我而言。"

太田站了起来。"就在这里等着。"

他等了几分钟,小口地呷威士忌,感觉到喉咙里的灼热。他努力让激动的神经平缓,平缓。士兵示意他跟上。他们进了一个小房间,一张桌子,五把椅子,特露迪坐着的姿势看起来很不舒适。她很瘦,穿着结实的衣服,头发在脑后扎了个发髻,脸色苍白,一点妆也没化。不过,特权阶级的气质仍然一眼可见。

"亲爱的,我很想你。"她说。

他什么也没说,没问她为什么这么久毫无音讯,只问这些日子都做了什么。她做的事，也许让他没有权利指责她对他的忽视。

"弗雷德里克死了。我和安吉莉娜在一起。不过，其实她好几个星期都没说过话了。我一直劝她为了贾尔斯挺住。她似乎根本不想听。她想把孩子接回来，但这个地方，怎么能让孩子回来呢？她不想去英格兰，那儿只有弗雷德里克的家。她现在不想去。他家人当初反对他们结婚。所以，情况比较棘手。这就是我最近在做的事儿。还有，另外找一个可以立足的地方。"

"食物什么的，都没问题吧？多米尼克能照顾你吗？"

"日本人真奇怪。"她好像没听见他的话，"他们有一个非常特别的传统。在他们洗劫过的每一幢房子的每一个房间里大便。可怕吧？马乔莉·温特的房子就这么给他们毁了，她到外头去买东西，回家才发现。那个臭气！整座城市充满了垃圾的味道！这个风俗真的，太不同寻常了。他们有优雅的茶艺、园艺，但一到外头，他们就干这种事儿。嗯，当然了，所有女人都被强奸的故事吓疯了，一个人哪里也不能去。我带司机一起来的。"

"内德死了。他想逃走，我知道。他被枪打中了。后来，他真的有点疯了。"

特露迪的脸色一沉。

"不要跟我说这种可怕的事情，亲爱的，我受不了。我们能谈点别的吗？谈点一如既往的生活，或者无足轻重的小事？比如我一直怎么想办法活下来，有失体面地活着。至少你在里面不用这样。只要排队，就有食物递到你手上。"

"看来你对里面的生活的印象,相当美好,是吧?"对她,他从未用过这么尖利的措辞。她发现了。

"你需要什么?我能帮你在外面弄到吗?"

"在外面也不容易吧?"

"是的。不过我可以让多米帮忙。我们有的吃。现在食品太宝贵了。一想到日本人的炸弹掉在仓库上,我都会哭。那么多粮食,他们就这么烧掉了。听说,几公里以外都能闻到粮食焚烧的味道。想到这个,我觉得饿极了。这样下去,我是没机会变丰满的。你喜欢丰满的女人,是吧,威尔?我没机会了。"她喋喋不休地继续说,"听说深水区和亚皆老街……骇人听闻。他们对穿制服的人非常残酷。在这里还是幸运的。医院里那个叫简的女人,真的救了你。她太聪明了。"

他听出这句话里的谴责意味,觉得还是不回答为好,但随即又改变了主意。为什么不说话呢?

"你觉得我应该待在哪里?"他刻薄地反问,"你觉得是个懦夫,才会待在这里,是吧?"

"你疯了?"她大吃一惊,"我当然不是这么想。"

他突然意识到,这么快,他就丧失了对她真实想法的判断力。

她立刻换了话题。

"你还记得三个月前是什么样子吗?"她问,"老鹰酒吧,格洛斯特饭店,醉翁轩,酒会,你能想象这仅仅是几个月以前吗?"

"没办法。"他说,"你有什么新消息吗?我们没有可靠的外界消息,都快急疯了。"

"最大的新闻是飞机失事,卡罗尔·隆巴德[①]死了。"她说完就后悔了,"对不起,我这样不太好吧?好吧,谈谈现实。形势严峻,亲爱的。我知道的不多,但是为了你,我已经努力了。现在的报纸全是日本人的宣传,说一切都很成功,有十四个库房为我们准备了大米,我们主要的任务就是去领大米。我们派女佣去了一个,我们去了另一个。希望至少有一趟走运。但这不是什么大新闻,对吧?还有其他的,你刚走,他们就有了民主的好心情,鼓励日本人到殖民地留下的工地干活去。你一进去就会发现,所有的壮丁都蹲在椅子上喝茶!他们手里拿着抢来的钱,跑去看看别人是怎么半死不活苟延残喘的。我不能理解!得到可靠的消息不容易,报纸只告诉我们日本战无不胜,看都看不下去。"她犹豫了一下,"多米混得还不错,和日本人的关系很好。他好像觉得自己也是日本人似的。最近他和维克托一起做生意,有点可疑。不过,如今什么不可疑呢?我去他办公室看他,他在中环有间办公室。他总会开一瓶香槟。总之,整个让人反胃,不过我还是喝了香槟。我也去看了维克托几次,就是他帮我来看你的。他跟一个和他做生意的人打了招呼。就是这样吧。"

"多米以前连工作也没有,现在变成了商人?"

"战争能把人变得很奇怪。我想,也许对他来说,这是件再好不过的事情了。他希望能找到自己。"她笑了起来,笑容

[①] Carole Lombard,二十世纪三十年代美国著名的电影明星。

异样。

"他应该小心点。到最后也有清算他的一天。维克托也一样。"

"多米并不这么想呀。他永远活在当下,你知道的。维克托又是另一回事儿。我担保他会掩盖得很好,会把一切痕迹都清除的。"

"你应该提醒多米,这一回得提前替自己打算,叫他小心维克托。"

她不耐烦地摇摇手。"我去见了一个日本人。这个人的名字叫大坪。他住在总统套房,是宪兵队的第二或者第三把手吧。听说结识宪兵队的人,对你的事儿有好处。这个人领口别了一枚菊花别针,是宪兵队的标志。我想他大概想让我教他英语,你觉得我应该去吗?"

"你别做这些事。"威尔说,"你也打算和你的敌人变成好朋友?"

"我讨厌你这样。你了解我的。"她回答。

"我了解,亲爱的,尽管这样我还是爱你。"

"真有趣。我的小白痴。"

他们怎么回到了这种状态?一碰到重要的事儿,就互相嘲笑,诡辩,逃避。

"你觉得安全?"过了一会儿,他问。

"嗯,我带安吉莉娜一起去。不要担心我,她会陪我的。"她回答,"好玩的是,整整一星期,我脑海里一直有几个词打转——财阀和寡头政治——其实我根本不知道这两个词是什么意思，不知道是我从哪里听来的词。你这么聪明，告诉我，这两个词是什么意思？"

"财阀是统治阶级。"他回答，"寡头政治是少数人统治的政府。这两个词实际上只有一个意思。我这么想。为什么这些东西让你想了一个星期？"

"我也不知道。"她迅速抛弃了这个话题，如同忽然提起这个话题一样快，"我要当家庭教师了。宪兵队的头头，肯定是个重要人物。他住在松原——哦，我指的是香港大酒店。他们把所有地方的名字都改了。你知道吧。半岛现在改名叫东亚了。也许有机会得到额外的好处，我们就能过上富裕生活了。"

"不错，有可能。"他注意到她的措辞，这个"我们"确实不讨人喜欢。他累了，希望她走。但是她真的站起来要走了，他又觉得很失落。

"我还能再见到你吗？"

"当然了，我给你带东西来。你觉得有用的东西，我想办法凑来给你。也许下个星期的探视时间，你的心情会好一点。"

她走了。装扮很简单，但仍然雅致。他闻到空气中她的茉莉余香。

他们的楼有五个看守在附近巡逻，随机抽查，让大家随时随地感觉到他们的存在。有个叫藤本的小个子，脸上长着痘疮，身上永远散发着腐臭的鱼的味道。这家伙非常残忍，他喜欢让囚犯清理大院，在他们累得筋疲力尽几乎站不起来的时候，再做一百个跳跃运动。不知什么原因，藤本特别讨厌约翰尼，只要一看见他，就让他去打扫厕所，或者到花园挖坑，总之都是无聊的重体力劳动。但是跟负责调查大家私下活动的家伙比起来，他已经相当温和了。日本人听到有收音机的声音，但不知道是谁的收音机，就把一屋子的三个人都拖走了。只有一个人活着回来，只剩了一口气，骨头断了，一只眼珠差点就被挖出来了，他后来死在临时诊所里。"再清楚不过了。他们让他回来，就是为了警告其他人。"特罗特斯说。

食品的匮乏让他们永远处于疲惫状态。原先承诺的两千四百卡路里，结果不过是每人每天五百卡路里——一大碗米饭，就是一屋子成年人一整天的食物。有的时候有蛋白质食物，海鳗或者红鲻，但是往往煮的时候就被油烧化了。他们就算吃了，还是感觉饿。他们的身体贪婪地需要脂肪，需要味感。大家永远都在生病，烟酸缺乏症，痢疾，伤口不能痊愈，牙根腐烂，指甲也不长了。威尔眼皮肿胀，四肢僵硬，每天只想躺在床上。特别是下午的时光，一切都拖沓而沉重。他强迫自己起床找点事做做。很多人没日没夜地睡觉，他不能容忍自己也这样。"我们终归要干点什么吧？"他问约翰尼，"人家以后问起来，这段时间你都干了什么，我不想回答说我一直在睡觉。"

"你是个好男人，勤劳的小蜜蜂。"约翰尼回答。他一直是第一个帮威尔干活的人，从来没有抱怨过。

第二个礼拜开始，允许探视了，特露迪又来了。她热情洋溢地说，宪兵头头叫她一周两次去教他英语。

"那里的吃的，你肯定不相信！"她压低声音，悄悄地说，"我每次都吃得饱饱能撑到下次上课。他叫我去他在太平山征用的房子，就是以前贝勒家的房子。他在那儿度周末。那儿的老员工都还在，看见我，吓得瑟瑟发抖！确实是个奇怪的场面！我到的时候，他在草坪上练箭，叫人给我倒香槟。那样子，就像学着过英国老爷的生活似的。看到这种场面，我几乎以为生活已经回到正常时期了。他就是想聊聊天，能用英语对对话。当然了，他也想从我嘴里挖点信息啥的，把我当成白痴了。不过有什么关系！想想能吃香蕉、新鲜的鱼、米饭！你没想到我变成这么一个只知道吃的农妇吧！大坪满脑子想的都是怎么赚大钱，他以为我会帮他，心照不宣地帮，还是无意识地帮，都行。这大概是历史悠久的战争传统？侵略让官员变成暴发户！"

"你和安吉莉娜一起教这家伙？"

"他不让我带她去，说他用不着两个老师。不过我给她带了一大袋子吃的。我告诉他我们住在一起，这是我的责任。他想让我教他西方的餐桌礼仪。奇怪吧？他什么都想知道，怎么用吃鱼的刀，怎么用甜点的调羹。'礼节'这个词他怎么也说不好，大概因为在我教他之前，他不知道世界上还有这东西。不过现在他想学了。有一天晚上我们吃龙虾，他想知道怎么吃，我就很高兴地把龙虾捣碎了，他觉得我是开玩笑。"

"哦，你现在和这个男人一起享受龙虾晚餐了。"

"不是你想的这样。多米也在。他们是好朋友。哦，真让人头晕。我就是为了免费食物去的。亲爱的,我还给你带来点,你看。"她回头看了一眼,确信士兵没有盯着他们看,就把粗呢口袋里的东西倒了出来。水果、肉罐头和小袋的米。"我给门卫香烟,他就没有检查我的东西。我不想让这里的家伙也打什么主意。你用不着那么高贵,非要和大家分享。我想让你吃,不是想让小马丁或者叫什么普里西拉吃,不论他们的小脸蛋是多么憔悴或者可爱。这是给你的,要是你给了别人,我以后就不给你带了。你得学着皮厚一点,威尔,现在是战争时期。"

"你怎么会以为我的皮不够厚呢?"

"你的问题就是太善良。你这种人,这种时期很难活下去。"

"你和那个男人共进晚餐。"他又说了一遍。

"是的。"她耐心地回答,大概是觉得他的智力有所损伤,"现在的情形,我叫他滚蛋不合适。我必须让他继续帮我。"

"你可以让他帮你,不过用不着吃不恰当的……"

她打断了他。

"你对外面的世界完全不了解。这就是规矩。我们必须要和这些残酷的家伙相处,直到我们胜利。闭上你的嘴,吃李子吧。"

他没有马上就吃,她立刻就发起了脾气,一把把李子抢回去,自己咬了一口。李子汁从她嘴角淌了下来,威尔顿时觉得她的样子像头野兽。

天一下雨,就很难打起精神来。一个寒冷潮湿的星期二,威尔躺在床上,薄薄的床垫抵在背上,聆听雨滴有节奏地敲打屋顶。他并不悲伤,只是静默。灰暗的墙上,一股渗漏的水流缓缓地淌下来,滴成水泥地上的一摊水迹。生活进入程序化状态的速度比他想象得更快。每天犯人都为了食品分配、工作分配和偷窃争吵。

这里没有色彩。他渴望看见大红、紫色、向日葵的金黄,或者活力四射的绿。但只有压倒一切的黑灰,仅有的安慰是天空,有时会呈现出灿烂而清澈的蓝,还有波浪起伏的大海的青绿色。有时,他坐在墙上凝视远方。外面的世界美丽如常,水,海岸线,以及层层的云彩。塞尔温·克拉克医生选择这个地方,是因为觉得海边可以降低霍乱等流行性疫病爆发的可能性。可惜的是,这里主要的问题不是传染病,而是缺少维生素,以及营养不良。

约翰尼进来了,浑身都被雨水浇透了。

"天气真不错。"他重重地坐在床上。

"怎么能相信我们竟然在这里?"他只有这么空洞的话可说。

"可以肯定的是,我们都更愿意相信自己在家。"约翰尼的情绪不错,"传说红十字会的包裹到了。晚饭后就发了。"

"包裹里有什么?"

"吃的!可能还有巧克力!零食!孩子们已经快活了一整天了。为了包裹,我可能还得和苏西·帕金斯角斗一场呢。"

傍晚,威尔听到小威利·恩迪科特的尖叫声,他一边叫,一边飞奔着穿过营地。

"包裹到了!包裹到了!"威尔从窗户往外看,看见了小威利的胳膊。他身上全是蚊虫叮咬后的抓痕,又红又肿。他妈妈为此担心得要死，生怕他得疟疾，就用昂贵的牙膏给他涂伤口。这个浑身牙膏斑点的男孩，一边跑，一边喊，因为有东西可吃而雀跃不已。

每个人都排队等待自己的份额，大家都很紧张。轮到他们了，士兵递给他们一个用麻绳扎起来的柔软的棕色纸包。他们心情激动地回房间，拆包裹。

"真像过圣诞节！"

包裹不容易打开。他的指甲太软了，和纸差不多。他终于解开了绳子的结，小心翼翼地把绳子放到一边——什么东西也不能扔——充满感激地注视里面。

"打包的一定是个科学家。"约翰尼惊呼道。

里面是六块巧克力，有轻微的霉斑，但是没关系。一大罐麦维他饼干，咖啡，茶，大袋的糖，奶粉，几双针织袜子，一条围巾。

还有个额外的惊喜。一副微型国际象棋里面塞了一张小纸条，女孩子式的，圆圆的字迹。

约翰尼大声地读，围巾滑稽地绕在他的脑袋上，像个穆斯林。

"我们的关爱和祈福与你们相伴。保持昂然的精神和美好的愿望。我的名字叫莎伦。我愿意和你们保持通信，如果你们可以的话。我的头发是金色的，蓝眼睛，人们说我永远都在笑。"

"这书法真可爱。"约翰尼用力闻了闻字条，"平衡能力相当不错。检察官没抓住她，表达也很明确。看看，还留下了地址。"

"太令人高兴了。"威尔冷淡地说,"苏塞克斯的莎伦,我们的救世主。"

"我回家的时候,要去看看莎伦。"约翰尼说着,卷起字条放进衬衫口袋,"我觉得她是那种,我应该和她成家的姑娘。"

"那我怎么办?"

"你已经有个甜心啦。别这么贪心。莎伦是我的。"约翰尼把一整条巧克力猛地塞进嘴里。

"你会玩象棋吗?"威尔开始摆放棋子。

"玩钱吗?"

"这是为了让你保持正常心智准备的。在这里我们的大脑已经开始退化了。"威尔突然意识到,约翰尼是他最好的朋友。在殖民地,他没交过朋友,也并不需要朋友。现在,感觉实在太棒了。

第二天早晨,威尔看见了抱着飞机的小男孩,托拜厄斯,孩子一个人蹲在浴室门口。

"你的巧克力好吃吗?"他问。

没有回答。

"你妈妈呢?"

男孩注视着他,脸色黯然,金色的头发一缕缕地粘在一起,手里还是那个破破烂烂的飞机,这东西已经变成他身体的一部分了似的。

"你妈妈不舒服?"

孩子哭了。

"没事儿的,她肯定马上就出来了。"

就在这时候,门轰隆一声巨响,撞开了。藤本走出来,手还在系裤子纽扣。威尔本能地退了一步。藤本看都没看他一眼,就走了。

"她不在这里。你愿意和我一起去找你妈妈吗?"威尔把手伸给孩子。男孩低头看着地,用力摇头。

"听我……"话音未落,门又开了,玛丽·考克斯出来了。

他震惊地直眨眼睛。

她看见了威尔,手迅速掩住了嘴,转过脸去。

"过来,亲爱的。"她对托拜厄斯说,"咱们去吃饭。"她和威尔擦身而过,逃跑一般急急拽着孩子,走过走廊。拐弯前,她回头看他,表情坚硬,一种毫无歉意并且极度暴躁的表情。

事情就是这样的。他想。这只是改变的开始。这是我们能否幸存下来的问题。

他告诉了约翰尼。

"只是时间问题,不是吗?市场经济在哪里都会出现。人都得算算自己能出卖什么,别人愿意买什么。"

"你真冷血。"

"就算没有我的热情,战争也已经够热血沸腾了。你也一样,老家伙。咱们用不着感情用事,感情再充沛也于事无补。"

但是,威尔怎么也没法忘记那个场面。托拜厄斯蹲在浴室外面等待的场面。

晚饭的时候,他们在外面又看见了另一桩丑闻。蕾吉娜·阿伯加斯特指责一个当妈妈的从她的包裹里偷巧克力和饼干。她要求审判。休·特罗特斯跟她解释，他们建立的临时司法系统是为了解决更严重的事件，比如遭遇士兵的虐待、盗窃公共食堂之类的，但是她听都不听。

"你和你肮脏的孩子们，把别人的东西吃了！几个月前，你就应该把他们送回老家去。他们根本不应该在这儿，还偷别人的东西吃！他们不应该待在这里！"

对方表现出随时准备反击的神情。

"蕾吉娜，我没有拿你的东西。你也有家，怎么能这么说孩子？"

"我的孩子是有教养的，不像你的孩子，你的孩子简直就像野兽！我的孩子待在他们该待的地方，他们在英国！"

"你的孩子已经大了。我不能把桑迪和玛格丽特送到那么远的地方。他们太小了，不能离开母亲。"

"你可以和他们一起走。"

"你也不该待在这地方。留下来的应该全是男人。"另一个妈妈终于忍不住了，"孩子和女人都应该走。所以你现在也不过是抢占别人的物资而已。"

"什么垃圾！"蕾吉娜的模样简直就是要冲上去打架，"你家人一直都在占便宜！雷吉和你丈夫做生意，说你丈夫是个狡猾的东西，什么责任也没负过。"

"你们都稍等片刻。"休·特罗特斯插嘴说，他一直聪明地扮演旁观者，这时候她们也只好听听他说话，"大家只需要谈谈目前的问题。"

"目前的问题。"蕾吉娜慢吞吞地说,仿佛是怕他听不明白,"休,目前的问题是,这个女人偷我的东西,你认为这件事不够严重,所以不愿意处理。"

"看在上帝的分上,蕾吉娜。"休摊摊手,"在这里,我们都是难民。我们个人什么都没有。包裹都是给战争难民的。你就不能大方一点?我们所有人都在一条船上。"

"你竟然指责我!"她的嗓音顿时变得无比尖厉,"我们不在一条船上!我永远不可能和这种女人在一条船上。她和我不是一回事儿!"

美国人远远地观望,被她们吓呆了。有时候,威尔觉得自己对英国不忠诚,他欣赏美国人,并不是真的欣赏他们,而是觉得自己更像是他们中的一员。他公开宣称他欣赏美国人,不过特露迪并不是真的喜欢美国人,威尔觉得相对于她的品位来说,他们太平民化了。她喜欢每个阶级都有不同之处。不过在监狱里,美国人的体系明显优于其他国家。即使在这样恶劣的环境中,他们仍然表现得繁华富有。比尔·肖特是他们的独裁者,这是肯定的,但他办事有效率,为他的人争取了很多东西,大部分还是他自己掏的腰包。这是大家的猜测。而英国营的有钱人却很少帮别人。他们更愿意把东西藏起来,留给以后更匮乏的日子。美国人的体系是大家分享现有的一切,也许是因为他们人少,也都不穷,做起来也就容易些。

蕾吉娜·阿伯加斯特像个孩子一样拼命跺脚,痛哭流涕。

"我真不敢相信,这里毫无规则可言!你们什么也不管,我自己解决自己的问题!"她愤怒地甩手走掉了。

"有东西转移一下注意力,是件好事。"约翰尼说,"她现在可真是枚炸弹。我们最好看着点儿。"

大米,大米,大米。两个月以后,大家就只有这一个话题了。他们变得想象力丰富——磨成米粉,煮粥,总之尽量多用一段时间都好。食品是最重要的主题。有一个星期的好日子,每天都有卡车运猪肉来,人人有份。后来才知道真相:一个养猪场因为疫病关闭了,他们吃的正是那里的肉。不过大部分人还是煮烂了继续吃。乞丐是没有选择的。

犯人们用干树皮或者枯干的草叶泡茶。很快,又把它们撕碎了卷烟抽。他们瘦了太多,女人也都像老了几十岁。一些人的脚剧烈疼痛,就是因为营养不良,后来就走不了路了。

一些人在巨大的精神压力下崩溃了。雷吉·阿伯加斯特来找威尔,希望他跟他妻子谈一谈,她再也不和任何人说话了。但是很显然,她对威尔一向有种温柔的情感,这种情感威尔从来都不知道,也没有给过她相应的回报。于是,他同意去看看她。

敲门之后,他进了房间,看见了一个简直超现实的场面——蕾吉娜穿着深红色的晚礼服,坐在床上。她的头发绾了个凌乱的发髻,一缕缕地脱落下来。她的眼圈涂得乌黑。他靠得更近一点,发现是用木炭涂的。她的嘴巴涂了厚厚的口红,如同流血的红,溢出嘴唇,粘在皮肤上。

"阿伯加斯特太太。"他开口了。

她惊了一下,但仍然坐着,动作像一个古怪的牵线木偶。

"蕾吉娜，你必须得出去走走了，今天的阳光很明媚。"

她看着他。

终于说话了。"威尔。"牙齿上都有口红。

"是我，蕾吉娜，出去转转吧，新鲜空气对你有好处。"

"威尔，你一直是个好人。我曾经夸过你。你在香港，不像大部分人，已经被这个地方污染了。"

"谢谢你。我不知道……"

"他们被污染了。太容易被这里的生活污染了。想要多少用人就有多少，政府或者公司的生活补助，什么都给你，人就越来越虚弱了。"

"蕾吉娜，想这些事情没有好处。你要保持理智。我知道不少女人在讨论怎么装病，怎么演戏，你应该和她们谈谈……"

"呸！"她一口痰吐到地上，"愚蠢的母牛！"

他坐下来，不想再激怒她。

"她们是一群愚蠢荒唐的女人。她们以为耍耍小聪明，说两句谎言就能让我们忘记自己在这个地方，在这种悲惨的处境之中？我鄙视她们！"

还有他们，还有你。威尔想。但没有说。

"你想做什么？"

她不相信地看着他。

"你他妈的觉得我想干什么该死的事儿呢？当然是出去，回英国！"蕾吉娜的模样，仿佛立刻变成了一个码头工人。

"注意措辞，蕾吉娜。"雷吉说。他刚刚推门进来。他的目光黯然、呆滞，医生说他需要补充维生素C，不过在这里反正也吃不上柑橘。

"哦,闭嘴,雷吉。"

威尔站起来,打算走了。

"不,你待着。"蕾吉娜命令说,"雷吉可以该干吗就干吗去了。我再也不在乎了。我有事儿要告诉你,威尔,因为我觉得你应该知道。"

"蕾吉娜,我觉得威尔……"

"雷吉!"

雷吉·阿伯加斯特无能为力地看着威尔,表情就像在说,看看,我能怎么办?他走了,威尔看着他掩上门,目光充满渴望。

"蕾吉娜?"

"威尔,你刚到香港,我就对你抱了很高的期望。你是其中一个,我抱了期望的人。"说话的腔调就像个上流社会的高级女祭司,这是她一贯给自己的定位,"雷吉和你一起工作,他对你的评价很高。很多次,我想请你一起吃晚餐。"蕾吉娜·阿伯加斯特的晚宴在香港是众多人的追求,奢华的风格,精心的旋律,以及严格限制的宾客名单,让在乎这一切的人追求得孜孜不倦。

特露迪曾经取笑蕾吉娜安排的这一切。"矫饰!自命不凡!你知道吗?结婚前,她自己只不过是曼彻斯特的女店员!她的所有做派都是新学的。我听说,在遇见她之前,这个男人还是不错的。"

"谢谢你,蕾吉娜。"

"但后来你就和那个姓梁的女人过从甚密了。你知道她的过去吗？我感觉她立刻就把爪子搁在你身上了。她肯定知道她在干什么。别人还不知道有你这个人在香港，你就已经归她所有了。你知道他们叫她什么吗？你知道吗？香港女王。"她笑了起来，"实在是太荒唐了！只因为她可疑的混血出身，还有古怪的思维方式，她就让自己超脱于一切之外了？很抱歉，但是，她实在让人无法忍受。我估计爱情让你盲目了。"

威尔不明白怎么会这样。蕾吉娜和他讲话的样子，仿佛他是她社交圈的一个主妇。他们一边喝茶，一边闲扯岛上的是是非非。

"我不太确定，现在讨论这个，是不是合适的时间和地点。"他说话了。

"听着，我有话说。你以为我在说闲话。不是的。"蕾吉娜·阿伯加斯特朝前靠了靠，"雷吉和新总督见过面。杨总督来的第一个礼拜，召集了一个秘密会议，就是钢盔舞会那天。他想认识殖民地的重要人物，问问他们的想法，他刚到殖民地，不知道以前的情况。他知道香港就要打仗了，但不想让消息传出去，让普通公众和那些没用的家伙知道。所以，这次会议……"蕾吉娜坐了回去，"你在听吗？"

威尔瞅着她，怒气和克制的情绪同时出现了。"蕾吉娜！"

她满意了，又往前凑了一点。"会议讨论了很多事。其中一件就是，政府官邸里的皇冠艺术藏品会不会出事儿。你可能知道，一部分是无价之宝。中国文物这事儿非常敏感，因为中国人觉得是我们偷的。我猜古书、花瓶这类东西可能是挖出来的吧。雷吉说这些东西是几世纪前的。最后他们决定藏起来，地点只有三个地位完全不同的人知道。这样，无论发生什么事情，总有一个人会活下来的。"

威尔听着，渐渐有了兴趣。

"当然，雷吉是其中一个。"蕾吉娜笑了笑，以示自己的愉快，"他告诉了我，没有告诉我在哪里，也没告诉我另外两个人是谁。"她的笑容消失了，"这种事，他总是可敬得让人恼火。他把国家看得高于一切，觉得是国家通过家庭抚育了他。真出什么事儿的话，我觉得他一定会为此放弃我，或者连孩子也放弃。所以，我觉得选择他是对的。不错，很好。"

她下了床，趿着鞋子走向房门。

"我没有合适的鞋子穿。也没人能给我做鞋了。你认识谁会做鞋吗？你看，我只有这种难看的拖鞋，简直是鱼市的鞋子。"

"蕾吉娜，你为什么告诉我这些？"

她羞涩地笑笑，表情分外古怪。

"我有种感觉，威尔，我知道外面正在发生什么事情。我知道有许多秘密和阴谋正在酝酿之中。我就是想让你知道。"她伸出手，把他的手握在她的手中，她的手异常干燥，得得瑟瑟的声音像爬虫，"就把它当做送你的礼物吧。"

隔了一星期，再来探监的特露迪穿了一身裁剪讲究的套装，戴着一顶帽子。他从来没见过如此巨大的包裹。

"外面的情况很可疑。"她摘掉手套，坐了下来，"这个奇怪的社会，充斥的都是小丑。我们以前最讨厌的俄罗斯人，现在到处都是。现在他们更加让人忍无可忍了。大家都不见了,他们就觉得自己终于是个人物了。他们自以为是的劲头,比瑞士人还讨厌。我和一个医生一起吃饭,你认识的,塞尔温·克拉克医生是新来的日本总督矶贝的医疗顾问,还有祁礼宾爵士[①],他还和以前一样好玩,虽然这些事让他情绪沮丧。我不知道你记不记得那个俄罗斯姑娘,她的名字叫塔蒂阿娜,以前老是到处出没的,不过总出问题,不是喝得太多,就是太鲁莽什么的。她的话太无礼了,就是对医生说的话。她现在嫁给一个中国男人,这个男人和日本秘密警察上床,所以她现在等于穿上了防弹衣,或者只是她以为自己穿上了……当然了她没把丈夫带来共进晚餐,我想她嫁给他,相当于上保险吧。等战争结束了,我要亲自对她开一枪。"

"在哪儿吃的晚餐?"

"塞尔温·克拉克家。他们做事儿都这么遮遮掩掩的。他装作要开一个计划会议,关于供应之类的事情。确实是部分真相。外面还有士兵站岗,听他们说话。这肯定不是偶然的。你知道谁死了?那个美国人,叫克鲁姆利的,我们常常在巴黎烧烤碰到的。我还记得那天,他进来告诉我们,说他在石澳野餐,刚张开嘴,一只蝴蝶飞进去了,他就把它咽下去了。现在他死了,不管有没有真的咽下去。我有时就是这么想的。你明白的。"她说这人那人的废话时,语速总是非常快。

"大坪现在很崇拜我,要什么就给我什么。看看我都给你带

---

① Sir Grayburn,汇丰银行主席,1941年在赤柱集中营因为给同营病人供应药品被拷打至死。

什么来了！火腿，咖啡，糖，奶粉。我带了很多草莓酱，好像洒得到处都是了。对了，还有蜂蜜。现在，你是真的有理由嫉妒了，亲爱的。"

可是，她的气色不如以前了，憔悴，声音嘶哑，嘴唇干燥，头发盘在脑后，衬衫在她身上显得空荡荡的，好像领口是脖子后头开裂的大洞，她整个人都要沉下去了。

"我想啊想啊，他到底是什么样的人呢。现在我觉得我知道了。他是那种人，只要你说了什么他听不懂的话，他就叫你重复，一遍一遍又一遍，直到他真的明白为止。大部分人不会这样的，他们在你解释了两三遍以后，就礼貌地装作听懂了。他不屈不挠，对社交风度丝毫没有兴趣。我猜这就是他能爬这么高的原因。精确，就是这样。"

"你吃过了没，怎么像什么也没吃的样子。"

"我带大坪去澳门吃'豆子'，你知道吧，小老鼠，没吃过的人以为是豆子。他喜欢吃。他们说中国人什么都吃。"

"我不关心这些事……你怎么像死后复生似的？"他抓住她的手，"他是不是爱你，你是不是在做自己不想做的事儿，我并不在乎。我只希望你好好的。"

她突然笑了。

"你怎么知道我做的是不想做的事儿？要是我是自愿的呢？"

她把另一个包裹猛地朝他推过来。"喏，还有吃的。"

"来这里吧。我照顾你。"他说。

"威尔，我亲爱的人。"她捧住他的脸，"太晚了。我喜欢在外面。即使是这种局势,我还是找到了自己的位置,不管这位置有多小。"

门开了。埃德温娜·史多奇拎着个大包进来了。

"你来看玛丽?"特露迪问。

"是啊。威尔,最近怎么样啊?"

"谢谢。我很好。玛丽也很好。她有愉快的精神状态和勇气,对这里的人,是很好的鼓励呢。"

"是的。她状态很好。"埃德温娜说,"不过情况可实在太糟糕了。"她锐利的目光落在了特露迪的包裹上,"特露迪,你的果酱配给还真不少。还有咖啡!你一定是认识了哪个重要人物吧。"

玛丽·温克尔进来了。两个女人一个瘦小,一个肥硕,热烈地抱在一起。她们进了另一个房间。

特露迪看着门被关上了。

"现在我到处都能碰见她。在战后的新世界里,她很活跃。"她顿了顿,"不过我喜欢她。"

威尔握住她的手。她看上去如此茫然。

"你知道我最优秀的品质是什么?"她问。

"亲爱的,你优秀的品质太多了,我说不好。"

"我能看见人们身上最好的东西。当我看见他们的本质,他们闪光的时刻,我就会爱上他们。我爱过那么多的人。麻烦的是,我不爱起来也很快。我也太容易看见他们身上最糟糕的东西。

"你知道我对你是一见钟情吗?那天在特罗特斯家,我注意到你,先是因为你是新来的,然后你坐到钢琴前,弹了几个音符。就是那几个音符,你弹得太好了。你没注意,没想到有人听到。就是花园边的房间,你一个人待在那儿。我正好去卫生间,看见你在那儿。就在那时候,我爱上了你。为了认识你,我把酒洒在自己身上。"

"亲爱的。"他说。

她站了起来。

"我再也受不了了。"她急匆匆地说,"我真的受不了了。"她转身就走,门咣的一声在她身后关上了。她在门的那一头说:"把那些东西吃掉。你要强壮一点。"她走远了,声音也渐渐远了。

"约翰尼,我必须出去。"

这句话是晚上说的。他们已经躺在床上了,他听到约翰尼的呼吸渐渐沉下去,堵塞,惊醒。

"你?"

"是的。我正在失去她。"

"明白了。"

"你会帮我吗?"

"当然。"

其实他不必问。特露迪总是另有办法。

"我帮你要了一星期假。大坪给我一张通行证,说你要为他工作。好吗?"

"我要做什么工作?"

她凝视他,似乎他错误地领会了她的意思。

"不知道。一种行政工作?你,只有你,无可替代的威尔·特鲁斯代尔,才能完成的工作。记账,给花浇水,拍日本人马屁。这很重要吗?你可以出去了!你不发抖吗?你应该感激!"

"我得做什么?"

"你是白痴吗?什么也不用做!"她叫道,"什么也不用做!我觉得出去对你有好处,看看外面的世界正在干什么。别人没有这机会,你明白?"

"好吧,谢谢你。我确实应该感谢你。"

"你会看见外面的生活是什么样子,我的生活变成什么样了。"

"也许是场交换,你要进来待两星期。"他回答。

"也许。"她用法语说。她想换话题的时候,往往开始讲法语。

因此,星期一,威尔在岗哨前等着。这一个星期,日本人对他好多了,太田带了一份休假命令来看他,想套他的话。

"大坪给你的。"他说。

"是的。"威尔点点头。

"他是宪兵队的头儿。"

"没错。"

"你有什么特殊技术？"

"对的。"

太田站在原地发了一会儿呆，想看看威尔会不会透点口风。后来发现威尔并不打算说话，就把命令扔在了地上，叫他星期一到门口等着。之后，威尔就发现所有的卫兵都对他礼貌多了，不再动不动就奚落他审问他了。

特露迪开了一辆敞篷汽车来。她坚持要开车。她开车让人害怕，换挡太猛，转弯太大。威尔好不容易才说服她把车停在路边，换他开。她耸耸肩。"这辈子都有司机帮你开车，下场就是这样。"

"你气色不错。"他看看她。天气已经暖和了，她穿了春装，戴了一顶黄色的宽檐草帽。

"我找到了以前的裁缝。他帮我赶了几件衣服。他急需工作，我呢，正好出席一些场合，需要几件漂亮衣服。"

他什么也没问。

她带他到了半岛酒店。

"但不要叫半岛了，现在叫东亚酒店。"她凑到他耳边说，"所有地方都改成了讨厌的日本名字，他们指望我们改口呢。"

特露迪经过以前的大堂时，一直面带微笑地鞠躬，打招呼。现在这里摆满了铁桌子，到处都是士兵。

"大坪在东亚有一个套间，我和多米就待在这里，比我们在外面住的老鼠洞强多了。我们已经很走运了。你不敢相信，外面的人都住在什么地方。两三家人挤在一套公寓里。真是骇人听闻。不过,这是战争时期。我以前的住处被一群士兵征用了,莫大的侮辱啊。我可是很喜欢那儿的。"

"你爸爸呢?"

"很好。"她断然回答,"好着呢。"

"你们的钱怎么办?"现在,他出来了,就开始想这些很久都没有想过的问题了。

"同意我们每星期抽一点钱出来。不过非常敏感。不能太多。让他们知道你有账户,正在往外提款,咄咄怪事。谁都不想让他们知道太多。一切都可能朝坏的方向一路狂奔。没有任何规则可言。就算有,他们也可以随时改。"

"你自己料理?大坪不是你的王牌吗?"

特露迪在思索,嘴唇弯成了一张弓。威尔想吻吻她瘦小的、警觉的脸。

"嗯,我不觉得,他这个人太善变了。他帮了忙,立刻就后悔。给了别人东西,马上就想要回去。得花多大的力气和他相处啊。他不是个大方的人。有权力的家伙通常都不太大方。到了。"她打开门,进了房间。

相比他在赤柱的住处,这里就是真正的宫殿。一扇可以俯瞰蓝色海岸的大窗户,海面上星星点点的船只,长毛绒的毛毯,厚厚的丝绸帷帐,风扇懒洋洋地转了一圈又一圈。威尔不是追求奢华的人,但是仍然感觉到了巨大的差异。"欢迎回家!"

"这是什么!"他坐到床上,"真正的亚麻床单!遮光窗帘!我敢打赌,卫生间里有手纸!"

"你说得太对了。现在,你这个忘恩负义的家伙,感谢我了吗?我帮你安排,你给我的却全是抱怨和猜疑。感谢我!"

重聚是甜蜜的。下午的阳光斜洒进窗户,平静的海岸线,海港错落的船只,以及特露迪,一切都在这里,一切都在身边。他思念了她那么久,怀念她皮肤的感觉,她呼吸的气味,抚摸她的感觉像做梦一样惶惑。她异常安静,似乎是羞怯。他们体液充溢,被世界熄灭的身体的平凡的欲望,让他们的渴望越发强烈。

"跟我说真话。"她坐起来,抓住床单,"你在赤柱是不是有个贱人?是不是哪个美国狐狸精偷走了你的心?当然,这么长时间让你禁欲也不可能,肯定有人和你一样饥渴。牢里那么无聊,你还能有什么乐趣呢?"

"我只对你饥渴,你知道。"他没有问她同样的问题,因为知道她的答案会令他无法忍受。只要拥有一部分的她,就已经非常好了。"别在乎这些事,我不会的。"他把橄榄枝交给她,以便享受一起的美好时光。

她放松身体,蜷缩在他怀中。

"……日本人把中国人召集到一起,可以这么说吧,一些意气相投的人,装作为了做生意。"特露迪说,"他们召集荒唐的晚宴,用香槟酒炮制种种政策,这些家伙被捧得上天入地的,好像为社会做了多大贡献似的。太离谱了。维克托和日本人打得火热,想尽一切办法和他们做生意。我真替多米担心,维克托只不过是利用他。

"我们去过一次这样的晚宴,我们的老朋友戴维·何站起来,提议为泛亚洲的优越性干杯。我提醒你啊,他以前娶了个澳大利亚女人,一心一意对她,几年前她死了,他又娶了个中国人。这个胆小鬼,要不是我亲眼看见,真是不敢相信。他的孩子还在澳大利亚上学,真不知道他打算怎么面对孩子。可笑的酒会,他们都是在格洛斯特的舞厅办酒会,想办得活色生香,可惜永远都糟透了。疯狂鼓吹的电影,糟糕的酒,伪君子,没什么比这些更恶心的了。"

"那你还去?"

她站起来,仿佛是在指责他。

"我老忘记自己的处境,这种时候竟然还有良心。威尔,有的时候,人得做不愿意做的事情。我们不可能完全诚实地生活。"

他听到了水声。她喜欢洗澡,一向会在浴室待很久,出来的时候,皮肤总是格外光滑,吸收了热气的脸显得容光焕发。

"水怎么样?"他问。想以这种方式表示歉意。他们在一起的时间太短了,没有必要因为旧时的恩恩怨怨浪费时间。

"还不错。一切都算不错。水忽冷忽热最难受了,你觉得呢?你也洗澡吗?"

她往浴缸里倒了宝滴沐浴露。泡沫浮起,浴室里全是腾腾的蒸汽,青橙的味道在热气中飘飘荡荡。他们滑进浴缸,帮对方擦洗,小心翼翼的,让泡沫留在水面上。他们的情绪和浴缸里的泡沫一样脆弱。

外面的世界很古怪——有一种近似自由社会的感觉。但紧绷的脸，可疑的肩胛，每个人混迹于人群，力图不让自己引起别人的注意。反常的是，美国人轻柔地说话，英国人行为卑谦，中国人小心翼翼地畏缩。每个人都在掩饰。除了特露迪和多米尼克。多米和他们一起吃午饭。他在大堂等他们，吻了吻特露迪的双颊，朝威尔微微点头。

"亲爱的，"他对特露迪说，递给她一个信封，"这是维克托给你的。他让我转达对你的爱。"

特露迪脸色发白。"爱？"

特露迪和多米尼克沿着街道步行的样子，俨然还是这座城市的主人。他们大声说笑，穿着鲜艳的显然也是昂贵的衣裳。

"要是你表现得像穿了防弹衣一样安全，那么大部分人就会真的以为你确实穿了。亲爱的，"特露迪对威尔说，"相信我，我做了无数次试验了。"她取出一本盖了许多章的蓝色小册子，封面已经旧了，"不过，这也帮了很大的忙。这是大坪签发的，哪个小兵要是拦住我，最好对我温柔一点，否则不会有好日子过的。一般他们看见他的章，一下就愣了，赶紧塞给我，烫了手似的。打躬作揖的样子，真让人尴尬。不过，我对此颇为热爱。"

"多米呢？"

"他也有一张，是他的赞助人签发的。一路顺风。"

"你把我从监狱里接出来，大坪怎么想？他知道什么？"

"他帮我安排的。我不觉得他喜欢嫉妒。你们也不用花太多时间相处。对了，你想吃广东菜吗？我想吃面条了。"

"中餐？"

"是啊,其他菜都太难吃了。现在,没人会做西方菜了。"

"你怀念以前的好菜?"

"亲爱的,如果还想那些,这日子怎么过呢。所有中国人都明白这一点。除非日子过不下去了,否则决不怀念。多米认识一家小馆子,那儿有最好吃的米饭。肉汤也煮了一天,味道很好。既然要煮一天,凌晨两点到那儿吃最合适不过了。不过如今,那种时间出现,身边要是没有个伟大领袖,大家都会觉得可疑。"

"雅克还开门吗?"

"哦,我们还是去巴黎烧烤吧。那儿还挺热闹的。不全是日本人,还有一些没被关起来的英国人、美国人。不好去问人家为什么没被关起来。还有日本人不打扰的人,瑞士红十字会的,偶尔有德国人。我跟你说,现在的香港,聚集的是全世界最有趣的人。战争把人群狠狠地搅拌一气,留在筛子里的人真是品种繁多啊。有个美国女人,金克丝·贝克特,我不知道她为什么留在外面,没和你一起关进赤柱。不过我敢肯定她不是什么重要银行家或者政府官员。你肯定会见到她的,她无所不在,反应迟钝,四处乱嗅。现在还有不少酒会,我们还会去醉翁轩跳舞。不过每隔一会儿音乐就停了,在墙上开始放大日本宣传片,全是泛亚洲的超级优越性。他们好像根本不明白,那里的人大半根本不是亚洲人。真讽刺。"

威尔看见一个报纸摊,很惊讶。

"我想买张报纸。最近还有英语广播吗?"

"日本人严密监视下的一家瑞典人的报纸。"多米尼克回答,

"结果呢,你也能想象出来,一派蠢话。"

"无论如何拿一份。"威尔付了钱,拿了一份。

"就是宣传的谎话。"特露迪嘀咕,"别人叫他们说什么,他们就印什么。"

"亲爱的,这很微妙。"多米尼克嘘了她一声,突然掉过脸看着威尔,态度轻松地说,"在外面的感觉如何?里面是不是像传说的那么残暴?不过当然啦,报纸说,你们在里头的好日子,简直像里兹大饭店的贵宾。"他们到这会儿为止,只交换了最简单的问候。

"没那么理想。不过,外头看起来也不是很理想。大家都在踮着脚尖走路。"

"听说阿伯斯利在里头自己洗衣服,像一个拉黄包车的?这是真的?"他说的是一个著名的傲慢的银行家。威尔千真万确地看见过,他在泥坑附近闲逛,想挖一个小花园。也见过他晾内衣,因为他太太大部分时候都卧病在床。

"是这样的。但他也保全了他自己。在这种情况下,还能保持高贵已经很让人惊讶了。"

"是啊,我们不再是自己了,难道不是吗?"多米左右看看,"不过有些人更甚。"

威尔没说话。

"即便如此,最好还是做个自由人吧?"特露迪说,"我们确实得注意怎么说话怎么做事儿,不过好在没人指挥我们干什么,什么时候吃饭。服务业也恢复正常了。食品价格升升降降,可能也快稳定了。我们能提小笔钱出来,公共交通也正常了，邮政也差不多了。日子艰辛归艰辛，不过生活渐渐在好转。也是，在街上，偶然看见尸体确实不是件值得高兴的事儿。日本人做苦力活儿确实挺卖力的，比我见过的任何中国人都卖力，他们也很辛苦。好多日本人去大陆了，我估计得有一半。"

"这种日子没什么是容易的，对吧？哈哈，到面条店了。"多米说。

饭后，多米回去工作。"像往常一样。"他说。特露迪和威尔去逛商店，特露迪经常到市场去找宝贝。

"我能认出来，有的东西在朋友家见过！"她翻着桌子上偷来的东西，"这个铜钟是何家的，这把少见的短剑原来挂在陈家的壁炉上面。我想买，不过没钱。看这些……"她的声音低了下来，"不要脸的耗子，能搬得动的全偷走了，香港的流氓也来了，把每家每户都扫荡了个一干二净。看到那些开往日本的船上，满满的，全是朋友们收藏的珍宝，我真想痛哭。汽车、家具、珠宝！这段日子，多少日本兵的太太用别人家的韦奇伍德茶具招待客人！"

"我们能买到吃的吧？我带回牢里去。"

"得看，看看能找到什么吧。有时候能找到奶粉，有时候是一箱芥末。看看吧。"她顿了顿，"必需品，生活就变成这样了，好像再想着衣服啊野餐啊就是轻浮了。"

"你和多米吃住问题都解决得相当好。"他努力不让自己的语调流露出一丝一毫的责备。

"是的。"她漫不经心地回答，"不过明天可能全没了。所以我们现在就应该尽量享受，对不？"

她穿过石板街，进了一条小巷。

"这里有一家小店，能买到一些惊人的东西。"

"什么销路最好？"

"大半还是食品。现在已经有人开始投机金货了。我们去碰碰运气。"

特露迪推开店门，屋里响起了叮当的铃声。店里很黑，充斥了刺鼻的柚木气味，以及木头上的蜡油味。这是一家古董店，乌七八糟的柜台玻璃划痕斑斑。特露迪和柜台后头的女人说广东话，女人急急地跑到后头，拖鞋啪啪地敲击地面。

"你找什么？"

"替我主子做一点小差事。"

"这么神秘。"他回答。

女人回来了，身后跟了一个穿着黑丝绸衣服的、驼背的小个子男人。男人看上去似乎很生气。特露迪说话很快，她的小手在空中比画出一个硕大的长方形。男人摇头。特露迪的声音变尖厉了。她用刺耳的声音结束了对话，转身走了。

外头的阳光白花花的，和屋里的阴暗恰恰形成强烈的对比。

"吃的？"他问。她想好了，会告诉他的。

"有的时候，我觉得，你也是个中国人。"她挽起他的胳膊，一种暗藏感激的姿态。

湿货市场表面上和以前一模一样。枯萎的老太太，头戴宽檐的苦力帽，穿黑色的褂子，在她们的陶器前佝偻着身体，招揽生意。这里,一篮子绿色蔬菜,那里,豆腐躺在一盒子乳汁般的水里,黄色的嫩芽从水中钻出来。他还记得这种气味,绿色的气息,蔬菜上沾了少许灰土,散发着盐的味道。以前,他和特露迪周末会来。她妈妈教育她说:"永远不要让自己变得太傲慢,不要从来不买菜。至少,每隔一段时间,去一次。"特露迪说:"又不是任何时候都得自己买菜,也不会碰到熟人。不过,也无所谓的,这就是生活,对吧?找你要的洋葱,找你想吃的鱼,让人家替你弄干净。"

"怎么这里一点不像物资短缺?"她弯下腰看萝卜的时候,他问。

"当然还短缺。这些都很贵。偏远农村的农民不顾路远赶来,因为这里的价格是别的地方的五到六倍,所以东西就全在这里了。他们路上就带几个瓜或者一大包豆瓣菜吃。让灵魂看看生存是件多么基础的事儿吧,在土地里种东西,然后挖出来,卖掉换钱,买需要的东西。就是这样。"

他们买了一些罐头食品、蔬菜和香烟,让威尔带回赤柱。特露迪开车带他绕太平山兜了一圈,去看炸毁的房屋和荒废的道路。

"看看炸弹都干了什么?不过他们已经开始重建了。反正有苦力,修路,抢救房子。有一些保留得非常好的,已经被日本军方征用了。"

他们经过一幢房子。几十个苦力正在粉刷外墙。

"泰国国王训练大象刷墙。"

"你又开始讲离奇的故事了。"

"不是玩笑。爸爸亲眼看见的。"

"他们用大象粉刷宫殿?"

"当然不会!我估计大象只能粉刷车库或者谷仓的外墙吧。"

"说得对,亲爱的。"他们停在一个鸟瞰处,游客常常来这里俯视香港海岸。

"我们下去走走?"

铁栅栏歪歪倒倒的,压在鹅卵石和泥土上,冬天残留的金属气味随风而来。她依偎在他身上,头发被吹得狂舞不已。他们望着海面,以及云集在海岸和港口的白色楼群。

"看上去真平静啊。"特露迪陷入了沉思,"香港的水和世界上其他地方的水的颜色不一样,有点像酒瓶子的绿色。我觉得,可能是山的折射。"她顿了一下,"几个月前,水都被血染红了。海面上飘着小船,还有尸体,厚厚的血水。事情这么快就过去了,就像什么也没发生过,都很正常。真是让人震惊。你看泊船的位置,色差多自然啊。"

"安吉莉娜呢?"

"她非要守在那儿,我不明白,为什么她不住到城里去。这个地方到处都是日本军官,真不知道安全不。我们隔一段时间会在一起吃顿饭。多米尼克,安吉莉娜,还有我。不过,她不太想出来。"

"她还不错吧?"

"算不上。没有人真的不错。"

回到饭店，特露迪把新采购的东西放到他的行李里。

"大家一定很欢迎你回去。"

"我们得想个办法送东西进去。孩子们需要维生素和蛋白质。"

电话铃响了。

"维克托。"特露迪对着话筒说，语气冷淡。

"是的。我拿到了。多米给我了。"她停顿片刻，"我知道，我会努力的。"又停顿片刻，"必要的时候我会和你联系的，不要再给我打电话了。"她砰地挂了电话。

"没事儿吧？"威尔问。

"威尔，你看看我有多朴素。"特露迪没有回答他的话，忙着用小锅煮咖啡，"这些咖啡渣已经煮了六回了。你见过这么节俭的人没？你不为我感到骄傲吗？"

他们没放糖和牛奶，小口喝滚烫的咖啡。

"哦，我忘记了，有东西要给你看。"她从床头柜里拿出一张折起来的报纸。

"情人节那天的可笑社论。多米想让我裱起来。"她读道，"在所有的英国殖民地，欧亚人都是一个问题。适用于所有的混婚子女，以及他们的子女，以此类推。英国以及一些西方列强欺骗欧亚人。关注这个问题的观察者认为，接受欧亚人，再利用他们，足以令人惊骇。但对西方列强来说，欧亚人能帮助统治国和当地人建立弥足珍贵的联系。"她抬起头，"还想听下去吗？"

"我看看吧。"

她递给他。他浏览了一遍。一篇粗糙的专栏稿。

"更可笑的是,这篇文章出现之前的一星期,我和大坪讨论过欧亚人的问题。"

"真的?"

"真的。有意思吧?我告诉他,我小的时候,其他孩子都是怎么取笑我的,他们在大街上对我指指戳戳。一些欧洲人把我的照片拿走,就好像我是动物园里的什么动物。"

"一定很难过。这些人只是无知。"

"翻一页。"她指指报纸,命令说。

"是受你的影响吗?"

"不是。只是我们每天都必须面对的荒诞的一个例子而已。你看见那篇文章了吗,写苍蝇的。要是你能抓二两苍蝇,可以到地区办公室换一斤大米。人们带了一包一包的苍蝇就赶去了。难以理解。日本人比英国人还怪,我从没想到世界上还有这种事儿。"

她掉过身,看着他。

"你知道我妈妈失踪的时候,我八岁吧?对中国人来说,八是个幸运数字。也许因为我只是半个中国人?八的一半是四,四是个糟糕的数字,意思是死。"

"她的事儿,你还能记得什么?"

"很多。她很少出门,因为不太适应。她又不是英国人,英国和她也没关系,中国太太也不喜欢她。对此,她无能为力,也没有自信去解决。她的朋友很少,待在家里的时间多。每天打扮得漂漂亮亮,但只能和用人闲聊。我怀疑就连用人都瞧不起她。我爸爸爱她,虽然家里不同意,还是和她结婚了。不过他很忙，没太多时间陪她。她每隔一段时间，就带我去一次植物园，一起去格洛斯特饭店喝茶。她戴手套，戴小帽子，穿保守的长裙。她要我也打扮端庄。她长得很漂亮。我想，她一定很悲伤。"

"以前你没说起过她。"

"我记得的不多。"她犹豫片刻，"她告诉我她的童年。她很穷，她会拿这个开玩笑。她不喝汤，因为对她来说，喝汤就等于贫穷。在她家里就是这样，把仅有的东西全扔进一锅水里，加点盐，就是一顿饭。她不希望我忘记这些，要我知道我们的运气太好了。我估计她希望我认为，富有是安全的。不是指她。她只是希望我觉得财富就是人的防弹衣，她自己则担心一切都不会长久。她可能是对的，是吧？我没有防弹衣，在世界上走了那么长时间，世界一直在变化，我再也不知道我是谁，我该怎么办了。"

做爱之后，他们躺在床上。她突然羞涩起来，转过身，望着天花板。话源源不断地从她嘴里出来。滚滚而来的独白，怎么也停不下来。

"亲爱的，我一直知道，我就是一条变色龙。我是个糟糕的女儿，爸爸把我变成了糟糕的女儿。因为没有了妈妈，他对我很内疚，不知道该怎么办。妈妈在的时候，我是个好女儿。她的生活中只有我。长大后，每年的我都不一样，就看我和谁在一起了。我和无赖在一起，我就会变成和无赖一样的女人。要是我和艺术家在一起，就变成缪斯。和你在一起，第一次，我想大家早就告诉你了吧,变成了一个得体的人。全香港的人都想知道,你为什么和我这种人待在一起。你知道吗?"

她用胳膊肘撑起自己,青铜色的头发落在双肩上。

"但现在情况不一样了。我变了。处境使然。和一个人在一起,没别的原因,简单的,金钱关系。我和那个俄罗斯姑娘塔蒂阿娜没任何区别。我假装鄙视她,其实我们才是真正的姐妹。我们互相认可,我想没人会觉得吃惊。你明白了?"

"荒谬的情节剧。"他回答。

她沉默片刻,头发落到嘴角。她用一只手神经质地撩头发。

"不要说我没告诉你。我告诉你了。你记住,我告诉过你了。"

电话又响了。

特露迪抓起电话,嘴角变成一条拉紧的线。

"是的,我知道。当然,当然。我会注意的。"

她挂了电话,看着他,手继续神经质地撩头发。

"终于来了。大坪想见你。好玩吧?"

"是吗?"

"我不知道他关心的是什么。不过我们得听话,是吧?你介意吗?我们似乎没什么选择。多米也去。"

于是,傍晚,在沉默中热水泡澡,在沉默中穿戴完毕,特露迪把威尔的旧衣服带来了,看见衣服套在他身上空荡荡的,他们都笑了。

在紧张的气氛中强颜欢笑的场景——他们坐在尖沙咀一家

饭店的包间里，特露迪飞快地喝光杯中的香槟，威尔点了一根烟，他们一起看着装坚果的碟子上的红色飞龙。

"这地方有什么好？"

"没什么好看的，不过是市里最好的海鲜馆罢了。"

进门的时候，他看见一个硕大的锡桶，肥大的鱼在里头懒洋洋地游来游去，对自己的命运还一无所知。

"他喜欢吃中餐？"

"尝尝新口味吧。"她的指甲在桌子上叩得啪啪直响，"多米迟到了。这个白痴。他为什么老这样？"

"你经常和多米尼克一起吃饭？"

"每天晚上。"

"这么多座位干什么？还有谁要来？"

"他们都是一群人一起出动的，亲爱的。他怎么也不会愿意人家发现他身边竟然没有一堆拍马屁的。"

"他也迟到了。"

就在这时候，门开了。一群人长驱直入。大坪是哪一个显而易见。大家都等他先挑座位。

"大坪先生。"特露迪站了起来，愉快地说，"你怎么老迟到？"她打扮得很可爱，穿了一条光滑的红丝绸长裙，头发盘在脑后，梳成一个发髻。

为了有饭吃而大声歌唱的时候到了。威尔站起来。

"很高兴见到你。我叫威尔·特鲁斯代尔。"

"大坪。"这个男人粗暴地说，做手势让大家全坐下来，"陈先生还没到？"

"他很快就到。这会儿交通不方便。"特露迪坐在大坪与威尔中间。

这个矮矮胖胖的男人,穿了一身剪裁细致的薄羊毛套装,头发剃得紧贴头皮。典型的军人发型,头皮的油光清晰可见。浮肿的猪眼,疮痍满目的面孔。总之,一个毫无吸引力的男人。坐在他旁边,特露迪如同一只华而不实的、灿烂的火烈鸟。

他的人围着桌子坐下来。没有名字的一群人。他们互相说话,声音很低,所以大坪不用抬高声音。他点了一瓶白兰地。

"大坪先生在学习中餐。"特露迪说,"他现在爱上了XO。"

"中国有些东西很好,至少是亚洲的。"大坪说。

大家都沉默。

"我们吃什么?"特露迪仿佛自言自语,"鲍鱼?鱼翅?你们愿意把点餐的荣幸交给我吗?"

大坪点点头。她飞快地用广东话点餐。她什么话都讲得好——广东话,上海话,普通话,法语,英语。那群人中有人看着她,他们的面孔看不出任何情绪。对他们来说,她是个谜。他们也许来自日本的乡下,被他们的国家暂时征用,来到这个陌生的地方,这里的语言和风俗全然不同,这里的女人,特露迪,如同花蝴蝶一般在他们身边飞来飞去。他们喝啤酒直接对着瓶嘴,没完没了地抽烟,大坪没给他们喝白兰地。

多米尼克急匆匆地推门进来,鞠了一躬。

"大坪先生,对不起。突然出了一点儿紧急的事,把我拖住了。"威尔从没有见过多米尼克如此慌张。

"你又迟到了。"大坪说,"不管是做生意还是社交,这都不礼貌。"

"我知道,我知道。我哈罗的老板老是害我迟到。"

特露迪后来告诉他,日本人喜欢多米尼克毕业于英国最好的大学,他们想知道那儿的故事,多米尼克每次都满足他们的好奇心。"他们恨的,正是爱的。事情不永远都是这样吗?"

他递给大坪一个盒子。"为了感激你为我所做的一切,还有,为香港所做的一切。"

大坪咕哝了声谢谢,但手根本没伸出来。多米尼克明显不适应这种粗鲁的态度,努力让自己镇定下来,坐下。

"也许以后会。"他对威尔说。语气仿佛他们是同谋,暗示他们比这个日本男人有教养。

威尔目光落到别处。他不愿意当多米尼克的同谋。他不愿意这么蠢。特露迪在添茶。

"特鲁斯代尔先生。"大坪用英语开了个头,然后就让翻译解释他的话了。

"集中营怎么样?"翻译是个年轻的瘦小男人,戴着眼镜,没有什么口音。

威尔犹豫了一下。应该诚实吗?"能活下去,不过尽管当局非常努力,食物和药品还是短缺。那儿有孩子和女人,我们觉得这个问题急需解决。"

大坪点点头,说话了。

"这是我们的耻辱。我们会关注这件事的。"翻译的样子很紧张。

第一道菜上了。中餐的凉拌海蜇是一道开胃菜。特露迪告诉过他，正式的中餐有好几道程序，都是有规矩的。首先冷菜开胃，比如猪脚、海蜇，然后是热菜，比如芝麻虾排、鱼翅、冬瓜汤，然后一道署名大菜，可能是北京烤鸭，一道肉菜，比如咕　肉，或者菜心炖牛肉，一道鱼，最后以米饭或者面条结束，这得取决于是在什么地方。中国人不吃太腻的甜点——他们喝凉椰子汁之类的，要是很饿的话，就是热油炸面裹苹果块，炸完之后直接放冰水里冻硬。

大坪先尝了，再把旋转托盘转到他的人面前。特露迪假装什么也没看见。她自己夹之前，先给威尔和多米尼克，还给他们放好了酸辣芥末酱。

大坪用力咀嚼了一会儿，又说话了。

“集中营有很多优秀的人，是不是？社会商业精英？”

“是吧。不过现在的处境让大家都一样了，没人是精英。”

“他们在那儿想必很挑剔吧。生活改变不容易适应的。”

“我猜是吧。”

特露迪面无表情，突然插嘴说：“可怜的休。我简直没法相信，这个可爱的男人会自己洗袜子。之前他连火腿三明治都不知道怎么做。”

他们继续吃海蜇，凉凉的，很有弹性。

大坪又说话了。

“有个叫雷吉·阿伯加斯特的人吧？”

翻译问：“商人？和政府有联系？”

“对，雷吉在里面。”

大坪若有所思地看着威尔。

"他是你的朋友吗？"他通过翻译问。

"朋友这个词太严重了。我们是熟人。不过共同的体验让我们亲密一点，这个倒毋庸置疑。"

"多喝一点。"翻译给威尔的杯子倒满了威士忌。

"谢谢。"他对大坪举了举杯。

"威士忌好。"这家伙亲自说英语，威士忌就成了"娃死祭"。

"是很好。"

"喝吧，今天你是自由人。"

"我以为日本人挺有礼貌的。"威尔替特露迪扶着门。从烟雾弥漫的闷热房间出来，夜晚的空气格外清冷、干净。

"任何社会都有两种人，一种有礼貌，一种没礼貌。"特露迪回答道。她看上去挺愉快，很高兴这个夜晚就要结束，通行证也没被收回。"我想他从小受的教育就不太好吧。"

"他挺有意思的……"

一辆轿车停在他们面前，车窗摇了下来，一只胖胖的手招呼特露迪上车。她的脸色登时变了，飞快地吻了吻他。

"晚点见，亲爱的。今天不要等我了。"

大概是凌晨三点钟，特露迪回来了。他睡得并不安生，时醒时睡。特露迪蹑手蹑脚地进了卫生间。他拧亮了台灯，听到哗哗的水声。他等到她出来。她爬上床，右眼周围有一块刚刚泛起的淤伤。她的脸色警告他不要大惊小怪。

"你有黑眼圈。"他说。

"他吃了一惊。"她说着,熄灭了灯,把他们都关在了黑暗之中。

隔了好一会儿,在她已经不再熟悉的体温的陪伴下,以及柔软床垫的诱惑中,他又快睡着了。她突然低声说:"你知道吃惊的意思,是指一个吃惊的爱人。你知道,是吧?他其实不是个坏人,真的。"这种时刻,月光在她顺滑的头发上闪闪发光,落在她圆润的皮肤上,他觉得她看起来心如蛇蝎。

他睡不着了,坐了起来。她用嘲弄的目光望着他。

"特露迪,"他想了想,"我想你知道,都是有界限的。"他抬起下巴,"我能做到多世故,也是有界限的。"

"哦。"

"我不是你想要的那个人。至少目前不是。"

"我会小心的。我应该小心点。"她抱歉地说,"对不起,我喝醉了,我们不要吵架。"

"好的。"

她坐起来,开了灯。

"我睡不着了。我们要不要谈谈?我们能不能回到以前,假装还是什么都没有发生,就一会儿也好啊?"

"不可能。"他搂住她。她的脑袋靠在他的肩膀上。她一身烟酒的味道。他就是这么跟她说的。

"我闻起来像个婊子。"她靠在他身上,靠得更紧了,"我告诉过你,弗雷德里克死了,但我没告诉你怎么死的。"

"是的,你没说。"

"他回香港了。整个兵团都死光了。他是个头头,不知道是什么官衔,反正他们放了他,押他回香港。他们放他回来,背着……"她的声音开始哆嗦,"背着……手下人的耳朵。所有的耳朵……放在背包里。听说,他手上全是血,包湿透了。那味道……我一直想,想了一遍又一遍,味道有多可怕。他是不是很累……

"市场恢复之前,饥荒……谣言,到处都是可怕的谣言,宠物都不见了,就连……"她哽了一下,"就连孩子,也不见了。"

"特露迪,如果老想这些事儿,悲惨是不会有尽头的。"

"我告诉过你那个酒会,香港的重要人物让自己适应新秩序的那个。我家的朋友,那个和澳大利亚人结婚的,当众指责白人。你记得吗,维克托组织的?"

"记得。"

"我上次没告诉你。在那个酒会上,我们坐在那儿,每个人都想,要穿精美的衣服,但看上去不要太伪善,不要让人觉得我们放弃了自己,希望以后我们还能面对镜子里的自己。到晚上,喝多了,多米尼克开始说蠢话。我忘记他说什么了,不过他一向这样,说聪明的蠢话。你知道,他就是这样。"

"我知道。"他回答。

"然后,安排酒会的那个人,叫伊藤的,他是军政府经济部门的头头,他站起来,走过来,走路的姿势慢悠悠的,故意的。大家安静下来,因为他给人感觉,我不知道,叫意志吗?我们坐的是最好的台子,他站到多米面前,给了他一耳光。那个耳光,打得真重。"

她的手,在他的手中,一遍遍地颤抖。

"那动静，就像枪响。每个人都看着，全都静下来了。我好像听见每个人的呼吸了，听得清清楚楚。我记不清了。多米坐在原地，脸红了，他像是愤怒了，但最后只是掉过头，端起酒杯，喝了一口。所有的人几乎同时松了一口气，继续该做什么做什么。维克托这个吸血鬼，什么反应都没有。

"情形就像，整个房间都挨了一个耳光。多米想当一个厚脸皮的人，但整个晚上他的手都在发抖。我知道，你觉得他讨厌、无情、卑鄙。其实你不了解他。我是和他一起长大的，他是个脆弱的人，随时会崩溃。我想保护他，如果可能的话。我想把他从自己手里救出来。在这里，他就是我的家。我们要互相照顾。他可能不是个好人，但这是有原因的。他不像维克托，维克托令人讨厌，是因为他脑子里只有他自己和钱。多米憎恨自己，才变得这么糟糕。"她稍稍喘了口气，"我以前没告诉过你多米尼克的事儿。他大概十二岁的时候，有个传闻，说他和女仆……他强迫女仆……做些事儿吧，被发现了。有人闯进房间。他父母尴尬透了，打发女仆走了。那些女孩是从大陆来的，给钱就走了。他去了英国。那时候他太小了。他们从来都没真正当过父母，也许他们本来也没打算生下他。尽管他错了，做错了事情，但他只是个孩子。他去了英国，那时候他的英语不好，他老穿古怪的衣服，口音很可笑。后来他的事儿在学校又传开了，年纪大点的男孩……强迫他再做给他们看……他们……你知道，你知道那些学校是什么样的。他告诉我说，有一天晚上他喝醉了。他还记得这些事，还告诉了我。我们一直就像兄妹一样。反正后来，他不一样了。怎么会一样呢？这是他恨英国人的原因。大半如此吧。尽管他在那么多方面，实在太像英国人了。非常复杂。不过话到最后，我想，我们所有的人，不都只是想活下来吗？对吗？"

"有时候，有些事情，比活下来更重要。"这话听起来太自大了，但他没能忍住。他想警告她，并不是为了他自己，而是为了她。要保护自己，要离开可怕的人，比如，多米尼克！这种被误导的忠诚，让她太过盲目了。

"这话，你去告诉那些马上就要上断头台的人吧。"她激烈地反驳说，"告诉那些马上就要被枪毙的人。我敢肯定他们想的，全都是怎么逃跑。我敢肯定那时候活着对他们来说是最重要的事。你也可以说，是唯一的事。你当然可以奢侈地考虑高贵的灵魂，不过……算了，不说了。"她住了嘴，"我没法跟你解释，没法证明什么。问题在哪里呢？"

"我很抱歉，让你觉得应该在我面前证明自己。"

她摇摇手。动作很慢。

"今天晚上感觉像永远一样漫长吧。我拼命想延缓时间，像天方夜谭似的。"

"你是不是觉得，一到早晨，我就会杀了你？"

"光明来到时，一切都会改变，对吧？"

后来，他一直想知道，她这句话到底是什么意思。

他们睡着了，或者说，他们快睡着了，两个人都小心翼翼的，不再打扰对方。

早晨，喝完咖啡，她让他帮她揉脚。

"到了早晨，什么事儿都好多了，你觉得呢？"她提出了和平建议。

她往杯子里倒奶油，溅到碟子里一点。她的双手还是在发抖。

"我的爱人。"她用法语开始了。

"怎么？"

"问你一个问题。"

"嗯？"

"伟大的将军对我感兴趣，有好几个原因。"她说，"其中一个是我还算漂亮。但你也知道，香港到处都是美女，所以，他对我的兴趣能持续这么长时间，还因为，只要他还待在这里，他就要巩固自己的未来。大坪是个野心勃勃的人。他觉得我能帮他。他的胃口很大，不会满足于手表啊珠宝啊之类的东西。他的眼界更高。如果他的政府同意，他就会抢土地，但这不可能，所以他有点失望。东京方面的人，对香港的皇冠系列藏品很有兴趣。据说其中有大量的中国古代的无价之宝，价值不可估量，政治上极为敏感。这些东西都还没找到。据说战争爆发前，被悄悄送走了。中国人想把自己的东西拿回去，日本人也想要，英国人也觉得是自己的。总之情况很复杂……

"长话短说吧。大坪觉得，有几个在赤柱的人，能帮他知道这些宝贝到底藏在哪里。特别是，雷吉·阿伯加斯特，他知道具体位置。大坪要是能把东西运回日本，出手一定很大方。你也知道，香港现在就是疯人院，到处洗劫，紧接着赃物就出现在黑市上。博物馆的藏品卖得三文不值两文，垃圾被当个宝贝装船送到日本。没人知道到底是怎么回事儿。不过,大坪决心要找到这些宝贝,他叫我去所有当铺看看,聊聊。到现在什么都没发现呢。这是他愿意让你休假,愿意和你吃饭的真正原因。"

"他怎么会认为我了解这类事儿?"

"有人告诉他,你在那儿的人缘很好,还被推选当什么负责人。是不是这样的?"

"这和那,有什么关系?"

"你知道什么?"

这个突兀的问题,让他震惊。

"你希望我知道?"

"意思就是你知道喽。"

他站起来。回避问题让他感觉非常不舒服。

"特露迪,不是我们在开战。"

"没错。不过我们的观点也可能有分歧。威尔,现在我需要你。"

"只要是我的,就是你的。"这种话,听起来真虚伪,即使是他自己说的。他看见了她极力掩饰的、孤注一掷的表情。嘴里感觉到金属的腥味。现在,她从他身上看见了什么?是爱,还是同情?

"那么,你会帮我们的?"

他能怎么办呢?她并不是为了自己要。她是为了他们,大家。她已经被毁了。

第三部分

第十三章
一九五三年五月二日

埃德温娜·史多奇是香港一位知名人物。她偶尔在新界的家里召集女士共进午餐。她是薄扶林一所著名的学校的退休校长，还是中国瓷器专家。她是个中国通，退休以后住在了新界。众所周知，她和她的阿尔萨斯牧羊犬、鸡，一起住在一座老房子里，还有一对侍候她的中国夫妇，以及另一个英国老处女，她的终身伴侣温克尔小姐。她们有时候会到妇女游乐会共进午餐，在那儿，克莱尔看见过一群外国女人围着她们。她还见过温克尔小姐抱了一大堆康乃馨去都爹利大道的基督教女青年会，参加比兹利太太的插花培训。温克尔小姐个头矮小，鸟儿一般细弱的骨架；史多奇小姐则高大肥胖，从小腿肚到脚简直是一条笔直的线。她们都穿及膝的裙子，白色棉布衬衫，小圆领上的扣子扣得紧紧的。她们经常为了锻炼身体，和几条大狗在乡间散步，脚上鞋子的式样恰到好处，以显示她们的明智。很少有人拒绝她的邀请。不知道为什么，克莱尔没听过她什么故事。当她的请帖出现在信箱里时，克莱尔发现她用重脂奶油粘了一个金色图饰——她觉得，这对一个退休女校长来说，有点过分。她完全是出于好奇，才接受了这个邀请。

车开到一扇白色木门前，她不得不下车去开门，进门之后再下车关门。木门上随便地钉了个小钩子，拴上就行。不知道为什么，她不敢不关门，尽管她知道这顿午餐至少邀请了二十个人。她的车开过灰尘飞扬的路，经过优雅的林荫道，看见一根粗大的树枝上挂了个木头秋千。至于那幢房子，是不规则的石头结构，看上去随时都要倒塌似的。一条长廊，纱门半掩。克莱尔绕房子走了一圈，在后花园里，听到了音乐和说话的声音。

横靠着屋子，摆了张茶几，上面放了一桶冰，一个盛潘趣酒的大酒杯，鸡蛋沙拉三明治已经招来了苍蝇。五个客人已经到了。克莱尔一个人也不认识。史多奇小姐拄了根拐杖，慢慢走过来问候她。

史多奇小姐是那种和自己相处得极为和谐的人，所以只要是她做的事儿，大家看在眼里都觉得很自然。要是她用茶杯给你倒酒，那么用茶杯倒酒一定是世界上最自然的事情，你不这么想，你就必然是不可救药的庸俗的中产阶级。坐在花园褪色的旧帐篷里，克莱尔看见变色的桌布上放了兔肉馅饼，白面包西红柿三明治和冰淇淋。每套缺了口的餐具旁边都有一把雕花樟木扇子，用来驱散又热又潮的空气。女人们围着桌子，一边小口地呷热柠檬水,吃鸡尾肠,用牙签挑凤梨,一边给自己扇风。

"很高兴见到你。"史多奇小姐说,"一直想请你过来。"

"这也是我的荣幸,史多奇小姐。"克莱尔说,"我听说过一些有关你的了不起的事儿。"

"叫我埃德温娜。叫温克尔小姐玛丽。从现在开始,我们希望你这么叫我们。"

"你真是太好了。"克莱尔清楚地意识到,史多奇小姐精明过人,她注视克莱尔的目光像剃刀一般锋利。

汗珠沿着她的低领装往下滴。"你经常办餐会吗?我听说过,不过我不知道是不是……"她闭上嘴,不知道怎么说下去。

"我和玛丽住得太远了。当然,这是我们自己挑的地方。我们喜欢和人相处,但在这里很难碰到人。所以我们就想出这个主意,经常一起吃吃午餐。幸运的是,看来大家都挺喜欢这个主意,她们愿意不辞辛苦地赶来。不少人来过这里,有政府官员,偶尔还有贵族女士,有很多从英国来的旅游者。"

"你在香港很久了吧?"

"孩子,比你想象得要久得多。"

"呜呜。"一只大杜宾犬跑过来,鼻子凑过来嗅她的手。

"这是亲爱的马默杜克。"史多奇小姐亲切地说,"是它保护我们。它每天要吃和它体重差不多的东西。"

"你有多少条狗?"

"我们有七条狗。不过这时候,大部分都在外头闲逛。晚饭的时候就回来了。战后,很多动物都在寻找家,我们收养了它们。我们受不了说不，结果就养了太多。屋里有八只鹦鹉，三只想吃鹦鹉的猫。对了，可能躲在厨房？一只乌龟。"

"战争时期你也在这里？"

"当然。整个疯狂的过程，以及后来，都在。"史多奇小姐扶了扶她的眼镜。热气聚集在镜片上，眼睛显得格外凸出，皮肤饱满而且潮红。

"我的一个朋友……"克莱尔犹豫了一下。

"嗯？"史多奇小姐鼓励她说下去。

"我的一个朋友那时候也在这儿。不过我刚刚意识到，这听起来有多蠢。至少有好几千人经历了这场战争。真抱歉。"克莱尔急急地行了个屈膝礼以示抱歉，就走开了。马默杜克满怀希望地跟在她后头，没一会儿就去寻找其他期望了。她的心跳如此剧烈，几乎要冲出胸口。她恍惚地找到一把椅子，重重坐下。她不知道什么抓住了她。混乱，闷热，以及史多奇小姐刺探的目光。满脑子的威尔，共同构成了她的此时此刻，让她感觉，此刻仿佛分外重要。

她拿了一把扇子给自己扇。她悄悄看过去，史多奇小姐正忙着应酬别人，根本没留意克莱尔的古怪反应。

她渐渐冷静了，开始留意周遭的环境。这是个不错的地方。一株高大的优美的老橡树，一片广阔的草地起起伏伏，与远处的山脉相接。

"感觉不像香港，是吗？"

一个声音在她身后响起，她跳了起来。

"对不起，我没想到会吓你一跳。"

胸前挂了一副眼镜的小个子女人说:"我是玛丽·温克尔。"

"哦哦,我是克莱尔·彭德尔顿。谢谢你今天的午餐会。"

"这是我们的荣幸。我们想见人,只好用午餐引诱别人过来。"

另一个小个子中国女人走了过来,站在旁边等。

"你想喝什么?告诉阿周你要什么。"

"柠檬汁。"

"来杯柠檬汁。"温克尔小姐大声说。阿周点点头,走开了。

"她的耳朵有点聋。日本人打的。"

"悲哀。"克莱尔说,"你们收留她,真是件好事。"

"我们像一家人。我在赤柱的时候,她每个星期都给我送东西。我知道其实她自己都不够吃。那时候,她和埃德温娜在一起。埃德温娜没被关起来。"

"我听说过这些事。骇人听闻。"

"嗯,我想,那时候的英国也不是太舒服吧。"

"我们躲在防空洞里。食品也短缺,不过不算太糟的。到现在,我还记得防空警报的汽笛声,还有,和妈妈跑到防空洞的情形。"

"是的。听到这种声音,有种内脏下坠的感觉。"

"对,正如大家说的,一场噩梦。"

叮当一声铃响。

"吃饭时间到了。"

她们朝帐篷走过去。

西红柿像花朵一般堆在桌子中间,埃德温娜拿了一个。克莱尔恰恰坐在埃德温娜右首边。埃德温娜吃西红柿的样子,仿佛是吃苹果,完全无视红色的汁液滴在了她白色的亚麻裤子上。

史多奇注意到克莱尔的目光。

"味道很好,孩子,来一个吧。和糖一样甜,是自己花园里种的。我们也用来煮汤。最后一批了,快过季了。"

"不了,谢谢。想想,在香港可以种自己的菜,多了不起啊。"

"我在别的地方已经没法活了,已经被香港惯坏了。要是回英国,大家会觉得我根本不是英国人。他们是对的。"

"你觉得你再也不会回去了吗?"这是个亲密的问题。

"我不知道回去干什么。在那儿没有家,我的家在这里。"

克莱尔喝了一口西红柿汤。她的胆子变大了。

"我能问你一些不相干的问题吗?"

史多奇说:"如果我可以不回答的话。"

"你怎么挑出想邀请的人来的?我们以前没见过。当然我很愿意来。不过,你根本不知道我是谁。"

史多奇小姐笑了,表情很愉快。

"一个好的女主人应该想法周全。每次都见相同的人,一遍又一遍,多烦人。需要的是不同的混合,国籍、职业、性格。你也知道,香港太小了,很容易让人厌倦。人老了,就应该学会自己找乐子。你以为呢?"

一个美国口音的女人跟史多奇说话。

"我听说你有一批山西的宋朝瓷器，堪称有博物馆的品质，你给别人看过吗？"

"有时候会。"史多奇小姐微笑地说。中国女人期待地看着她。史多奇小姐的笑容更深了。

在这段沉默之中，史多奇小姐左首的红头发女人开口了。刚才吃饭的时候，这个女人一直在谈女权、选举权和移民的困境这类重大问题。

"你听说过没？政府正在组建一个委员会，打算一次清除所有同情日本的人。大家都被这群人恶心坏了，他们一直在捣糨糊，还假装自己很清白。"

"好啦，"史多奇小姐说，"太极端了。当然有很多人是投机分子。不过大部分只不过是想找事儿做，有饭吃而已。最应该送上审判席的，是那些从来不为生存担忧的想要暴发的人，他们根本不在乎伤害了谁。贪婪和欺骗永远存在，有没有战争都一样。"

"必须让他们站到更高的权威面前。"红头发女人以一种确定无疑的欢乐语气说。

"没那么容易证明。那段时间留下来的书面文件非常少。"另一个丰满的女人说，"他们从来没能发现皇冠藏品的情况。"

"我想，他们会找到目击者和第一手资料的。"史多奇说。

"现在？"克莱尔问，"投降已经是很久以前的事情了。"

"嗯，但还没有任何官方行动。最近出了几件事，到了官方采取行动的时候了。那些最公开的人，酒井、日军总司令、田中中将，不是死刑就是坐牢。不过，我想，还是应该花点力气把那些过度热衷于和新主子交朋友的香港人找出来。他们假装啥事也没有。我估计,有人正在挖掘以往的仇恨吧。"

"你听说了?"红头发女人问。

"有人告诉我,就快了。也许我能帮帮那些人。"史多奇小姐站了起来,"谁想看看我新买的克罗斯利冰箱?上星期刚刚送到的。黄油放进去不会再坏了,还会自动除霜。"

谈话结束了。

女人们继续喝柠檬茶,吃冰冻奶油蛋糕。温克尔小姐突然站到克莱尔身后,仔细地看着她。

"克莱尔,你愿意为我们弹首曲子吗?听说你是个才华横溢的音乐家。"

她的脸刷地红了。"哪里谈得上才华横溢。我只是教学生,自己很少弹的。"

"你教的是陈小锁吧?"

"对,我教了她有几个月了。"

"你喜欢这工作吗?和他们相处得怎么样?维克托和梅洛迪?"

"我没什么机会碰到他们。我去上课的时候,他们一般都不在家。"

"是了,他们很忙。可以想象。"

"你认识他们?"克莱尔问。

"认识他们?"温克尔小姐的语气颇为古怪,"是吧,应该算是认识的。实际上,埃德温娜算相当了解陈先生了。"

"哦，这样。"克莱尔说，"如果你愿意的话，我会转达你们的问候。"她喝了一口茶。谢天谢地，这会儿，让她弹琴的想法烟消云散了。温克尔小姐被人叫走了。她可以收拾围巾和钱包，然后说再见了。

第十四章
一九五三年五月五日

"人们希望我是一个没有大脑的浅薄的坏女人,我就尽心尽力满足他们的期望。也可以说,我为了他们的期望而堕落了。我想,这是我们中的大部分人都会接受的心理暗示。我们是社会动物,我们和别人一起生活在社会之中,所以我们希望自己正是他们希望的那样,即使这种看法会毁了自己。"她笑了,抬起脸看他。她的眼睛,她的皮肤,光芒四射,让他涣散不安。"你觉得呢?"

他惊醒了,在闷热的空气中,长长地吐了一口气。意识渐渐清晰的过程,他渐渐发现,风扇在头顶缓慢地转动。全身都是汗水,床单也湿透了。她的声音如同铃铛,在他的大脑里清晰地震动。她逼真的、鲜明的轮廓在黑暗之中浮现。他早已忘却，她那么热爱发表见解，即使是一杯冷饮，她也能够引申到哲学，在那段不同寻常的日子里，她表现出了惊人的洞察力。

她在等待他，盼望他能够拯救她。

他能怎么办？他也想知道。现在，他有了克莱尔，这个女人对他越来越重要。尽管他，在他自己身上，看见了一个从未发现的自己。伴随着她愚昧无知的偏爱，柔情四溢的懵懂，以及偶尔出乎意料的澄明，他见到了一个宛若初生的他。对他那早已崩溃的希望来说，她的天真是一剂膏药。难道归根结底，爱情不过是一种自我陶醉？她同样也不请自来，进入他的梦乡。在他的梦中，与前一个女人搏斗，那个夜以继日萦绕心头的女人。克莱尔，她的一头金发，还有他熟悉的女性的温柔。她是一朵英格兰玫瑰。特露迪是来自异域的蛇蝎美人。

窗外的夜晚如同天鹅绒一般光滑，把一切都纳入自己的怀抱。他下了床，推开窗户，香港温暖而暧昧的气息扑面而来。即使在这样的海拔，还是能感觉到芬芳的人体味，以及不时飘浮而来的海的气味。这里从来没有清冷的时刻，有的是并非永远让人难受的潮湿和闷热。黑暗包围了他。遥远的地方，一盏孤独的灯火明明灭灭——是船吗？和他一样失眠吗？

他又听到了她的声音。听起来更绝望，更尖厉。

他明白，行动的时候到了。

第十五章
一九五三年五月七日

整个香港都陷入对加冕礼的狂热之中。庄严的伊丽莎白公主和英俊的王子，成就了她移居海外的臣民以及殖民地所有人的想象。铺天盖地的布告都是与此有关的促销，裁缝们定做用于那一天的加冕礼服，为了这个特别时刻还要发行纪念币和纪念邮票。上流社会的主妇们都忙着安排那天的酒会，所有酒店的舞会都被预订了。克莱尔每天早上都等报纸送来，她想看加冕礼的一切准备工作和详细信息。

她一直对公主们很着迷，还看了一遍她们的家庭教师写的八卦传记，贪婪地咀嚼她们私生活的一切细节。现在，公主变成了女王！

香港也装饰一新，还要举办阅兵式。《南华早报》和《虎报》都把头版头条让给了这件即将到来的大事。皇后像广场出现了一个灯火通明的喷泉，深蓝色五朔节花柱头顶皇冠，四头雄狮象征大英帝国，四只火盆代表英联邦的光芒。女王陛下的代表将夜以继日守卫它。九龙也要建一座加冕花园，用蓝色的紫阳花、白色和红色的睡莲拼一面英国国旗。报纸还要负责报道平凡世界。建筑权威机构警告市民，如果房屋主人打算设宴招待狂欢的人，就必须注意走廊和阳台的承重。

克莱尔仔细地看了邮局的工作安排，看他们怎么处理对加冕纪念邮票的需求。已经安排了专柜出售邮票，还要安排更多的专柜。她打算去德辅道分局买。她还留了一笔钱打算买纪念盘子，盘子上有伊丽莎白女王的头像。

当她倾诉自己的兴奋之情时，威尔嘲笑她。

"为什么你会关心一个要戴王冠的傻女人？仅仅是因为她恰巧出生在某个家庭？还是因为她叔叔爱上了一个大家都讨厌的女人？"

他的话让克莱尔震惊。

"你说话真像共产党，威尔。"她警告说，"要是我，我不会到处去发表这种言论。"

"有时候你真是蠢得够可以的了。"尽管这么说，语气却很亲切，"你是我认识的最傻的女人。"他轻轻地吻了吻她的额头。

他们在一起有八个月了。八个月，已经足够培养出相处的节奏了。不过仍然还是陌生，陌生到她的双手仍然颤抖，陌生到看见他时，她仍然不轻易让自己的想法流露出来。马丁稳定的工作时间给了他们在一起的机会，反而是威尔的工作时间让克莱尔困惑。

"他们从没用过你,只用那两个中国司机。他们到底雇你干什么?"她问。

"我自然有有用的地方。"他回答。不肯再说了。

他无所事事,意味着他们整个下午都可以待在一起,随便给阿仪派点小差事,支走她,他们就可以待在他的小公寓里了。如何面对这个小个子女人,几乎成了克莱尔的心头病。偷情对她的困扰,让她无法正视阿仪的眼睛。她无休止地焦虑,不知道自己该说什么、不说什么,也装不出来对阿仪视而不见的模样。她问他的想法,威尔声称他不在乎,冷漠的态度比平时更让她愤怒。

"没关系,她是个谨慎的人,守口如瓶。"

"我担心的并不是这个。"克莱尔说。

"那么你担心的是她的看法?"他讽刺说。

"我觉得不舒服,就是这样。"她回答。

"我明白。不过她才不在乎我们干什么。她见过更多比这糟糕的事儿。"

"什么?"

"她和我在一起很多年了。"

"你是说……算了。"她闭上嘴,已经不想知道他在说什么了。

"你关心女王干什么?"他突然问。

"她是我们的女王。你这问题是什么意思?为什么我关心她?为什么我不能关心她呢?"

"你相信皇权帝制?"

"当然。"她这么回答,但她根本不明白他在说什么。

他用胳膊撑坐起来,饶有兴趣的模样。

"喏喏,你到底怎么想的,你觉得女王关心你吗?"

"什么?你的问题真奇怪,威尔,有时候我完全不明白你在想什么。"

"没什么,我不过想知道,你是不是觉得不管是女王,还是准女王,她对你的健康安宁福利都感兴趣?"

"她的国民很多。不过我敢肯定,她希望我们所有的人都好。"

"于是你就把忠诚献给了她,认为你是她的臣民?"

"是的。"她摇摇脑袋,"你干吗这么顽固?同样是英国人,感觉亲密,这么想不奇怪吧?"

威尔笑了,笑容懒洋洋的。

"我只是觉得,可爱的小伊丽莎白没有你想的那么关心你。"

"你真是无可救药。我们别说这个了。这话题让我情绪很坏,你这人太讨厌了,真让人愤怒。"

他大笑。只要她指责他,他就很高兴。

威尔为人乖僻,让他大动肝火的都是些奇怪的事儿。

有一次,她锁上了门。听到咔嗒一声,他顿时暴怒。

"我告诉你,我从不锁门。把门打开。"

他的严厉让她异常尴尬。

过了一会儿,她问他:"为什么锁门让你这么生气?好像不值得吧。"

"说起来就太长了。请你以后别这么做了。"他没有解释，也没有道歉。

她被吓着了。不过随后他就把她拉上床，亲吻她。她就觉得够了，一切都很好——所有的疑惑、羞辱和罪恶感，都是值得的。

另外，克莱尔想要孩子了。

这个想法十分突然。多年以来，她一直觉得这种哭个没完没了的小动物除了是个祸害以外，什么意义也没有。现在，她身体内仿佛有什么改变了，她的每一个细胞都渴望要一个孩子。拥抱，亲吻，一个婴儿浑身散发的气味。她殷切地渴望腹部膨胀，胀大，从身体内部感觉到神秘的悸动，知道自己正在孕育一个新的生命，骄傲地四处走动。

在每个地方，她看见的都是孩子。中国女人的背袋里，妇女游乐会门口的草坪上，头发蓬乱的婴儿四处爬行。她觉得自己被剥夺了什么，不像个女人，体内有种必不可少的东西被撕裂了。她记录自己的月经周期，每次看见内裤上的血迹就哭。每当熟人说他们盼着她生孩子的那一天时，她就觉得腹内有什么掉下去了。可能是她想要的孩子。

当然，她想要的是威尔的孩子。要马丁的孩子，这种想法她也并不排斥，不过也从没往心里去，似乎只是一个不可能的念头。马丁好像已经离她的生活很远很远了。每当她醒来，看见他在身边，都会感觉有点惊讶。他的气味似乎很陌生，皮肤黏湿而又庸俗。她不让他靠近,他天然的好脾气默许了这种状态。这反而让她瞧不起他,后来就变成了瞧不起自己。她一贯都这么残忍吗?什么让她变成今天这样?马丁更辛苦地工作,待在办公室的时间更长,反倒方便了她。是什么让他变成这样?是什么让她变成这样?

第十六章
一九五三年五月八日

突然有了个了解陈家夫妻的机会，克莱尔还没想了解他们，机会就来了。

也是一件怪事儿。小锁的妈妈课后进了房间，忧心忡忡的模样。这些日子，她似乎变了。大部分时间，她把自己锁在房间里。克莱尔来上课的时候，她也几乎总是在家。人越来越憔悴，瘦了很多。

她看着克莱尔，说："彭德尔顿太太，你最近好吗？"

"很好。谢谢你。"克莱尔开始收拾东西。下课时间一到，克莱尔刚一离开钢琴，小锁就跑掉了。

陈太太说："今天晚上有空吗？我们一起吃晚饭？你和你丈夫一起来吗？我知道，有点仓促了。"

克莱尔不知道怎么说，她张开嘴，没发出声音来。

"我们很希望你能来。维克托和我办一个酒会……你看……"

克莱尔明白了。最后一分钟的邀请。有人临时不能来,他们需要两个闲人凑数。

"我恐怕……"

"哦,说你们会来吧。"陈太太叫道,"参加的人都很好,政府官员之类的,我想彭德尔顿先生会有兴趣的。"

她用这些东西诱惑克莱尔。

"好……"她说。她确实知道马丁想参加。

"那就这么说好了。八点钟,中环,一家叫金瓶梅的广东餐馆。我们订了包厢。"

"谢谢你的邀请。"克莱尔说。

"你觉得他们会不会让我们吃毛毛虫或者鸡爪之类的东西?"马丁听说这个突然的计划之后,问。

"谁知道他们打算干什么。"克莱尔回答,"反正这些东西我不吃。"她望着马丁,马丁蘸湿了梳子,正在梳头。

"我穿哪件衬衫?"

"我真不知道我们为什么要去。为什么?"她问。但马丁已经不在了,他回房间翻他的衬衫去了。她注视镜子里自己的面容。她看上去很沮丧。她在鼻子上扑了点粉,双颊补了腮红。

晚宴并不顺利。他们谈的话题,克莱尔都不熟悉,很难插上嘴。而且,他们讨论自己也讨论得太多了!

他们是准时到的。所以除了在餐厅角落喝酒的陈家夫妇以外，他们是最早的。

"哦，你们来了，我太高兴了。"梅洛迪朝他们走过来，她消瘦的身体裹在一条怪诞的绿色薄纱裙里，蝙蝠袖，树枝形的绿宝石耳环，硕大的祖母绿宝石戒指。克莱尔头一次看见那么大的宝石，她的目光一直落在戒指上。

"梅洛迪。"这个名字是如此陌生，她想了很多遍，该怎么称呼陈太太，终于决定还是按照社会场合的惯例，直接叫她的名字比较得体，"梅洛迪，这是我的丈夫马丁·彭德尔顿，你们在海边的俱乐部碰到过。"

马丁和陈家夫妇分别握手。

"我知道你平时待在水里。"陈先生说。他领马丁去找男招待要酒喝了。

"你的衣服很可爱。"陈太太赞美的这件衣服，克莱尔在阿伯加斯特家的酒会穿过。似乎已经是很久以前的事儿了，她在那儿第一次遇见了威尔。"我喜欢这颜色，非常清新。"她似乎挺诚恳。她曾经美丽的脸庞让克莱尔想起瘦骨嶙峋的鸡，肉很少，但照样下垂。

他们本应该非常愉快——完美的主人，有趣，魅力十足，为他们介绍每一位到来的或即将到来的客人。不过，克莱尔觉得越来越不舒服。

她坐在一个叫安森·何的先生旁边，这人在上海有家纺织厂，在香港也新开了几家，显然规模很大。并且，他觉得，英国和他的成功毫无关系。

"中国人天生就是企业家。"他不断地说,"不管在哪里,我们都能赚到钱。以前政府没有给中国人太多机会。英国人很傲慢,不过他们应该意识到,现在时代已经不同了,在香港的中国人应该自治。"他大概喝了太多白兰地,鼻子已经成了通红的酒糟鼻。他动作粗鲁地端起酒,敬了全桌人一圈。她保持微笑,频频点头。

马丁的位子离她挺远,正在和一个漂亮的巴西女人聊天。他喝了不少,动作姿态渐渐变得轻松愉快了。

大伙儿都在谈红色中国以及韩国,"李承晚在玩火",还有,最近缅甸发生的事件。克莱尔对面是一个美国美妇,贝尔,自称是个记者,她认为香港的港口比不上悉尼和里约港。贝尔夸张地吸烟,问克莱尔对港口的看法。克莱尔用餐巾擦擦嘴,说她要到化妆室去一下。

她碰到了梅洛迪。她洗手的样子很神经质,一遍遍地用水淋湿双手,看着镜子里的自己。克莱尔进来吓了她一跳。戒指躺在水池边。

"宝石很漂亮。"克莱尔说,"我从没见过这么漂亮的石头。"

"洗手得摘下来。"梅洛迪擦干了手,"祖母绿太脆了,容易损伤,而且老从手上滑下来。"她小心翼翼地戴上戒指,"真麻烦哪!"

"你最近瘦了很多。还好吧?"

"很好,的确很好。"梅洛迪看也不看她一眼,"我需要多多休息而已。维克托说我在外面跑得太多了。"

克莱尔堵了到门口的路,不过她没有挪开。

"你高兴吗?"梅洛迪走到了她旁边,"维克托和我都很高兴,这么仓促的情况你们还愿意来,实在太好了。小锁的进步也让我们很开心。你对她的音乐教育,真是及时的恩赐。"她扶着门站了一会儿,"今天晚上很高兴,不是吗?"门关上了,她消失了。

克莱尔随手拿起衣架上一件小心翼翼叠好的女装,把台盆上的水迹擦干净。台盆重新变得纯洁无瑕。

她回去的时候,大家正在回忆战争,以及之后的生活。

"我觉得离奇的是,战后,香港变得那么友好。"梅洛迪说,"对待一切都充满善意似的。然后就有人越境来香港,挺长一段时间了。不过现在要是有人再偷渡,就不会有这种热情了。这种人太多了,悲惨的故事也太多了,大家的同情心到尽头了。你们知道吧,有一年,有六个亲戚住贝蒂·刘家,她只好把他们全送到加拿大去,花了好大的工夫。光是为了他们,她就多雇了三个女佣!"

"出入境专栏一定很忙。"贝尔说起《邮报》读者甚多的一个专栏,那个专栏专门记录坐飞机入境的人,离境的人,以及住在格洛斯特饭店的人。

"一阵阵的浪潮。中国人来香港了,从香港走了,完全取决于历史的发展。"维克托说,"没什么事情真的改变了。"

"那时候你们在哪里?"贝尔问梅洛迪,"日本人来的时候,你们在香港吗?"

"我不在。维克托早早地就觉得要出事儿,把我送到加利福尼亚去了。我和室友住在贝尔艾尔酒店。那时候我正怀着小锁。"

"他真聪明。"贝尔说,"他一直这么聪明。"

每个人似乎都有相同的历史,仿佛他们一起长大的似的。其实他们来自世界的不同角落,却说着同一种语言。

"是了,我很幸运。"梅洛迪说,"维克托凡事都想在前头。"说这话的时候,她的脸色平静,然后是短暂的沉默。

"好了。"维克托说,"现在我的预言是我们要玩游戏了。你们英国人的酒会不是喜欢玩游戏吗?"他把这个问题扔给了克莱尔,"我老被逼着看手势猜字谜,笨得像匹马。你的老乡为什么觉得这是娱乐?"

克莱尔张张嘴,一句话没说。每个人都在等着她反驳,但是她想到的,却是一个荒唐的句式:"共产党来了,共产党就要来了。"这句话在她脑海里穿行,如同一曲得意扬扬的小调。

"应该问问你自己,维克托。"贝尔开口救了克莱尔,"我见过你敲碎猴子的脑壳,吃它的大脑,还觉得这是消磨夜晚时光的好办法。"

"说得太好了。"一个法国人说,"好的进攻就是好的防守。"

听着别人把谈话缓和地进行下去,克莱尔静悄悄地坐着,试图平息那一个短暂的时刻,每个人的注意力都无情地落在她身上时,她紧紧抓住自己的恐惧。她强烈希望夜晚赶紧结束。梅洛迪的目光落在她身上,不失同情的眼神,以及暗淡的笑容。

回家以后,马丁因为喝多了而喋喋不休,她则异常沉默。

洗澡，换睡衣，他们就上床睡了。

"你不觉得今天晚上很多时候都很尴尬吗？"她问。

"我没注意。"他说。

她真想揍他。要是他天生麻木，毫无感知，那么就用拳头揍他天生麻木、毫无感知的胸膛。

他的手搭在她肩上。他在征求她的意见。她转了个身。他安静了。

"克莱尔。"他说话了。

"马丁，我累了。"她打断了他，"求你了。"

他没再说话。隔了一会儿，他盖上被子。又一段寂静之后，他轻轻说："晚安，亲爱的。"

这会儿，她不知道自己更加恨谁。是马丁，还是她自己。

第二天，她对威尔说起了那枚戒指，说戒指有多么漂亮。他的神情顿时变得古怪。"是的，令人难忘。我见过。"

"很贵重吧？"

"听说是无价之宝。"他说。

"你见过这戒指？她买了很长时间？"

他笑了起来，一种短暂的激烈的笑声。

"你们女人，你们女人的小玩意儿，全都一样。"

他没再说什么了。

"我去埃德温娜·史多奇家吃午饭了。你认识她吧？"

他的肤色如同覆盖了一层阴影。此时，他们一起躺在床上。

"我认识她很长时间了。她待在殖民地的时间比谁都长。我想她待得很愉快吧。战争的黑暗时期,她没让自己进赤柱。幸运者,显然。"他顿了顿,"你在那儿觉得怎么样?想想就知道,女人的午餐会肯定吵得让人绝望,每个人都唧唧歪歪没完没了地说自己新做的衣服。你愉快吧?"

"你觉得我们只会这个?讨论新衣服和蜜饯?"

"难道不是这样?"

"我倒想让你知道,我们的话题非常严肃,我们讨论了战争和战后赔偿。"

"和阿妈讨论?"他咬咬她的肩膀,"还有哪里卖最好的羊腿,怎么招待……

她的嘴盖住了他的嘴。

"亲爱的,闭上你的嘴。"她很害怕,害怕自己会成为他讲的这种女人。

"有的话题挺有意思的。有人说,他们打算把战时和日本人勾结的人全挖出来,起诉他们。你认识这样的人吗?"

"你今天到底怎么了?在审问我似的。你对世间万物哪里来了突然的好奇心?"他问道。

"别犯傻了。我只是想了解一下而已。大家说战争是一场灾难,我就想知道你是不是认识一些人,他们做过这类事情,然后就跑了。"

"不认识。我很高兴我不认识。"他说。

"带着这样的秘密生活,感觉一定很可怕。"

"肯定。我想,有时大概都不想活了。"他稍稍顿了一下,"我说,我不知道你会不会同意,不过我需要去澳门处理点事情。

你愿意和我去吗？你能找借口一个晚上不回家吗？"

这个威尔，突然羞怯了，温柔地抚摸她。他几乎从未对她提过任何要求。他平常对她的态度，实在算不上亲切。

到澳门的前一天，克莱尔整夜无法入睡。大部分时间，她只是接近睡着，起床的时候，她头重脚轻，筋疲力尽。她告诉马丁妇女辅助小组要到新界去看鸟，晚上就在某个成员西贡的度假屋过了。

在终点站和威尔碰头，感觉到他看她的目光。他一定觉得她面如菜色。他不看她的时候，她就拼命挤压双颊，咬嘴唇，让自己有点色彩。

他们走向码头，那儿有到澳门的班轮。入口的地方，人群拥挤。警察站在四周，阻止人群一拥而入。威尔去打听出了什么事儿。克莱尔在售票处等他，他回来了，克莱尔没见过他这么紧张。

"非常不幸，刚有人跳码头了。是个厨师，刚刚失业。现在送到医院去了。不过，已经死了。"

"太可怕了。"

"现在在清理现场，很快就正常运营了。"

海水绿得发黑，她踏上跳板时看见浮在水面上的垃圾。"今天有个人死了。"她无法将这种重要的事情，和肮脏的水面上漂浮的橘子皮以及废纸联系起来。

上了船，她浑身的倦怠和紧张的神经搅拌在一起，没有一点力气说话。她坐了下来，努力让自己的注意力集中在遥远的海岸线上的某个地方。两个穿着白色汗衫、肮脏长裤的瘦小男人爬上甲板，松开绕在拴船柱的绳索，推船离岸。他们哇哇地大声说话。他们的皮肤有褐色的纹路，说话的时候露出了残缺不全的黄牙。

船上几乎都是中国人。一对带孩子的夫妻，女人的脸色疲惫不堪，孩子则放声大哭。克莱尔的胃不由自主地翻动，掉过脸去。孩子一直不停地哭，哭，哭，孩子晕船了。一个穿汗衫的男人在看报纸。头版有两个英国士兵的照片，这两个人因为谋杀一个香港女人，最近频频出现在报纸上。昨天他们被判处了死刑，这是战后，第一次判处欧洲人死刑。

"他们这么年轻。"她对威尔说。

"他们得到了应有的惩罚。以前就有很多人这么以为，以为他们可以对当地人为所欲为，就像对待牲口。现在世界不同了。"

"女人是兵营的阿妈。"克莱尔不确信自己这句话到底是什么意思。这话有没有她自己以为的那么无辜？她和威尔相处了不短的时间，知道这句话会激怒他。

"然后呢？"威尔问，用前所未有的尖利语气。

他给她讲故事。战争时期，有一家人，被囚禁的时候，阿妈还是一直跟着他们。只要她能进赤柱，就给他们送食物，送其他的生活用品。她随身挎一个大野餐篮。她和他们在一起生活了十六年，从她是个年轻姑娘开始，就一直在一起。这家人对她很好，所以他们被关起来的时候，她决心要对他们忠诚。阿妈一如既往地每周送食物。有一个星期，她没有来。第二天，这家人收到了篮子。篮子里放了一只手，用脏毛巾包着。"他们以为是个玩笑。当然会这么以为。除了丧心病狂的日本人以外都会这么以为。我们只能这么想，我们也只记得这么多。没有人知道出了什么事，她究竟得罪了谁，做错了什么事，或者只是在错误的时间出现在了错误的地点吧。"

这个故事就是他的辩解。她明白他不需要辩解。她就这么了解了他的想法。

船的另一头，贴了澳门总督、海军大将埃斯帕泰罗的画像。小胡子，白帽子，他在那头等待观光的客人。

"他看上去很绅士。"克莱尔说。

他们出了护照检查处，立刻看见了一团混乱。喧嚷的人群压在金属栅栏上，挥手大叫："车子，车子！""载你，载你！"

威尔走到一边去，用广东话和一个人飞快地交谈了几句。每每他讲广东话的时候，她倾听自己熟悉的嘴里冒出源源不断的陌生发音，她就感觉身体发紧，不仅仅是欲望。

司机看看她，现出一副立刻就明白的表情。他不怀好意地一瞥，露出了缺损的灰色牙齿。她转过脸去，让威尔搀扶住她的胳膊。他立刻本能地感觉到了怪异的气息。

"走吧。"她说，对他的保护充满感激。

"就快好了。"他说着，结束了讨价还价。

出租车的空调坏掉了，车里的闷热简直不堪忍受。威尔摇下了窗户。车子加速，风卷了细小的沙粒砸在她脸上。这是件微不足道的小事儿。现在是他们浪漫的开始。

"我在这里，"她想，"我在远东，我是一个和情人共度不法假期的女人。"她看着街上的行人，他们什么也不知道。在这里，她是安全的，没有人知道她的秘密。东方人的面孔总是漠无表情，他们忙碌的生计和她的罪行一点关系也没有。

他们在葡京酒店门口下了车，走到议事亭前。

"这里是市中心。"威尔说，"过去就是大三巴牌坊，以前一座老天主教堂留下来的白色石头墙。右边一直往前，就到了。"

"就是因为战争？"

"不是，十九世纪的一场火灾。我们晚点去吧，还能看见浮雕和雕刻，非常漂亮。"

酒店大堂很简陋，但很宽敞。威尔似乎很熟悉这里。

"你经常来？"

"我以前经常来。不过是很久以前的事儿了。"

一个年轻的中国侍者带他们看了房间。门在他身后关上以后，他们彼此看看，再一次感到了羞怯。

"在这儿，你看上去不太一样呢。"她说。

"是啊。"

这时，光线渐渐暗淡下来，太阳光穿过灰尘仆仆的窗户落进来。他们仿佛重新认识了对方。换了地方，似乎他们的身体也更新了，更有了激情。

他说："我们就像结婚很久的夫妻，一起出来旅游。"

"感觉很不错。"她说。他的温柔前所未有，但她已经筋疲力尽了。

"是的。"

"你在这儿要办什么事儿？"她问。

"去向某个人致敬。"他回答。

"我去吗?"

"你愿意的话。"他用手指绕她的头发,"没关系。"

出租车到了公墓。威尔付了钱,下车。早已荒废的守卫室空荡荡的,漆一条条地脱落了。一块大铁牌在房顶摇摇欲坠,写着鲜红的中国字。

"公墓。"她惊讶地说,"你就是这样和姑娘度假的?"

"你知道中国人是怎么埋葬死者的吗?"他根本不理会她的话。

"不知道,和我们很不一样吗?"她问。

"非常不一样。"他把地图在墙上铺开,手指顺着路线摸索,"喏,这里。"

墓园的空气似乎比外头黏稠。克莱尔害怕死人的灵魂钻到她身体里,几乎不敢呼吸了。在香港的日子,她越来越迷信了。灰色的石头墓碑,有中文有英文。坟墓之间有条交错的小路,崎岖的石头台阶歪歪扭扭地通往山上。

她读了一路经过的墓碑。

"'这里躺着的是威廉·沃波尔,亨利的弟弟。'大概家里已经没有别人了。他死于1936年,享年四十三岁。看看这个,'玛格丽特·波特,我深爱的人'。我喜欢这个,我的墓碑就想要这种简单的描述,你呢?"

威尔置若罔闻,回答的完全不是一回事。

"战后清点死者很困难,所以大部分都是集体埋葬。每个家庭都很难接受。他们爱的人,竟然连尸体也找不到了。"

"葬礼也许多少是个安慰,至少有一点安慰吧。我想。"

"这是葬礼的一个原因。人们需要仪式,需要什么来放置悲伤,需要忙点什么转移注意力。全世界都这样,仪式是死亡的一部分。这让大家对人类还抱点希望,原来人真的有共同之处。"

"在文明时期,"克莱尔说,"生命处于危急之中的时候,不是指死的时候,人和人是不同的吧。"

威尔抬起头,惊讶地看着她。

"是了,文明时期,在别的时期,什么都没了。"

他张开嘴笑。

"我尚未开化的情人,今天的你如此高贵。"他说。

"我们在找什么?"

"一位老朋友。"

他们在山顶停下了脚步。

"中国人喜欢把墓地建在山上。他们觉得这样吉利。中国是一个讲究阶级的社会,即使对死人也一样。上层的人还要在上层,和活着时一样。"

这里不是墓碑,而是一幢幢小小的建筑。有的相当精美,有塔楼,有大门,还有雕花的路,类似中国人的家居小院或寺庙,有的底座上搁了陶瓷骨灰盒。

"这里面放的是骨头还是骨灰?"她问。

"骨头。"威尔回答,"头骨放在最上头。"

他小心翼翼地看每幢小房子,忽然停下了脚步。

"我们到了。"他说。

灰白的水泥,有一扇木门,金属门环是龙的形状。门的上方有一块金字匾。

"我们什么也没带。"克莱尔说。

"我们来这里不是为了给,是为了拿。"

他推开门,站在原地,似乎在等待什么。

"威尔!你打扰了死者!"克莱尔反感地叫了起来。

"我是为了让他们安宁。"他走了进去。

第十七章
一九五三年五月十二日

　　后来，她对澳门的印象就模糊了。炎热，当然，一个葡萄牙餐馆相当不错，全是木椅，墙上的石膏已经脱落了；热乎乎的硬皮面包，红酒，一道叫非洲烤全鸡的菜，还有蛋挞，一种滑溜溜的黄色鸡蛋饼。"你说什么澳元，我说马铃薯啊。"他冲她唱起了歌，在这片小殖民地，他换了个人似的。在公墓，其实从在酒店开始，威尔就一直激动不安。那座神祠里面又冷又黑，充斥着熏香刺激的气味。一路纷纷跌落的尘土让他们极度紧张、疲惫。

　　"多米尼克的坟。"他告诉她。
　　"多米尼克是谁？"
　　"一个，嗯，我想可以说是，被误解的男人。尤其是被我误解。至少在我最宽容的时候，我是这么想的。这是一个悲伤的故事。到了最后,连他家里人都不想和他有什么关系,所以他把自己埋葬在澳门了。不是他香港的家人埋的。他不是澳门人,不过他死在澳门。并不心甘情愿的背井离乡吧。"

"战争时期去世的吗?"

"差不多吧。或许说是死于战争?"威尔以提问的语气说,声音高了起来,"谁知道呢,不是那么简单的事情。"他的手指在遍布灰尘的祭坛上摸索。

"到最后都不重要了。他躺在这里,他做过的一切,大部分人都忘记了。"

他一巴掌拍在棺材上。

他从墓里拿了什么东西,漫不经心地放进了自己的口袋。她不敢问他拿了什么。后来的事情一切正常。他们吃了一顿好饭,午餐后小睡了一会儿,在酒店吧台喝了香槟,在澳门散步观光。她假装自己来这里就是为了观光。他恢复了原来的自己,说话永远是讽刺的腔调。回香港后,他再也没有提过公墓的事情。

第十八章
一九五三年五月十三日

之后的一个礼拜,她到陈家,发现小锁不在。
"她跑哪里去了?!不知道!"用人们大叫。
不过这个姑娘大概没听见。
她在房间里坐了有半个钟头,然后去了化妆间。洗手的时候,隔着透明的纱帘,她看见了梅洛迪。她坐在花园外头,一边写信,一边哭。克莱尔安静地收拾好自己的东西,走了。

又过了一个星期,玉玲把报纸放在早餐桌上。那天的头版是女王的名单。维克托·陈青衣。
"马丁,看,维克托得了官佐勋章。"
"真的?"马丁大吃一惊,"这机会可太少了。"
"是啊,有历史了。"她通篇浏览了一下文章,"开放中国和世界的贸易他祖父还起了中介作用？"

"下回去他家的时候，记得转达我的祝贺。你今天上课吧？"

"上课的。不过我很少有机会碰到他。一般只有孩子和用人在。"

"是吧，今天对他来说，真是骄傲的一天。"

"我还从来不知道这种勋章也颁发给外国人。"她回答。

不过，在陈家，下课前她终于没能忍住，对小锁发了脾气。这一课极其糟糕。

"小锁，不练习，就永远不可能进步。"她站起来穿外套的时候说。她的大脑充斥了小锁制造出来的噪声，吵得她头痛不已。没人说话了。小锁装腔作势地看以前的笔记，显然上堂课记了之后，她还没翻过这本子。

"知道了，彭德尔顿太太。"她从钢琴边走开的时候，小锁说。

"下课就再也不碰钢琴了。你这样上课，是浪费咱们两个人的时间。"

小锁咯咯地笑，捂住嘴。处境尴尬的时候，她这种讨厌的东方习惯就出来了，笑得神经兮兮的。

"我不知道是不是还值得再教下去。"克莱尔越来越生气。这个女孩就连最简单的练习曲也弹得磕磕绊绊，没有一点点音乐天赋，却有一架施坦威钢琴！

"对不起，彭德尔顿太太。"小锁溜到了门口。

"你这样站在门口非常没有礼貌,你急着让我走是吗?"

维克托·陈的脑袋探进门来。

"到底怎么了?"他的语气实在不算太客气。

"我没练琴,爸爸。"小锁说,"彭德尔顿太太告诉我应该练琴。"

"但你们刚刚说的是礼貌。"

克莱尔张开嘴,没说出话来。

"彭德尔顿太太说我站在门口没礼貌。"小锁回答说。

"是吗?她说了?"他看看克莱尔,"你觉得她站在门口就是没礼貌?"

"我说了。"她终于开口了,"我的感觉是我正被人推出门去。"

"小锁,你可以回房间去了。你肯定有作业要做。"他说话的时候,并没有看女儿。小锁心怀感激地走了。

"那天晚上的晚餐怎么样?"他突然凭空来了这么一句,声音远远的,从门口传过来,"那些伴儿过得去吧?"

她点点头,突然想了起来。

"祝贺你得到了官佐勋章。你们全家人一定为此感到骄傲。"

维克托·陈进了房间,一直走到克莱尔身边,就像她的话他一句也没听到,脑袋凑到克莱尔的面前,姿势好像打算告诉她一个秘密。

他还没开口,她立刻倒退一步。

"我听说,你和特鲁斯代尔在一起的时间挺长。"他轻声说,手伸到她脑后,把她拉近他,"是爱吗?"语气意外的亲密、轻柔。

但暴虐如此显而易见。她猛然倒退一步，被地毯绊了一下，紧紧抓住她的包。

她倒退着跑出房间，维克托在她身后高声叫道："替我问候他。一定帮我问问他什么时候回来上班。我们最近一直没看见他。"

她跑出房间，跑出大门，扑进了热气之中。

"再问问他特露迪！"维克托·陈的声音在整幢房子的走廊上回荡，"我相信你一定知道！"他的笑声高昂、短促而又剧烈。

惊慌之中，她沿着马路飞快地往前走，过了公交车站，过了一幢幢建筑。急切的、激烈的嗓音，在她脑海里来回地响。她越走越远，他的嗓音也越来越轻。他的话，汽车路过她身边的动静，偶尔传来的鸟鸣，以一种无法觉察的节奏，开始彼此渗透。她放慢了脚步，浑身都是汗水，衬衫紧紧贴在后背上。她拽拽衣服，想让空气透进来。热气在她后背上翻滚，在脑袋里炸开了。

"克莱尔？"

声音好像来自远处。

"克莱尔？"

"威尔？"她努力透过黑暗想看清楚。

"马丁。"她的丈夫说，"威尔是谁？"

"马丁。"她回答，"我是谁？"

现在又太亮了，什么都看不清楚。她的眼前忽黑忽白，头痛欲裂。

"你在家呢。陈家的阿妈发现你倒在街上，就把你送回来了。玉玲给我办公室打了电话，你先起来，喝点水再睡觉。"

"我晕倒了？"

"想必是吧。你感觉怎么样？你脸色苍白得像鬼一样。"

她闭上眼睛。"可怕。"她想了起来，"哦，维克托！"她猛然一惊，闭上了嘴。

"维克托·陈？"

"实在是个……亲切的人……我下课后碰到他了。"

"好，那就好。"马丁也想了起来，"你祝贺他了？"

"哦，我忘记了。时间很短，没想起来。"

"哦……那你休息吧。你想要点什么不？"

"不用了，我挺好的。休息一下就好。"

"问题是……"他犹豫片刻，"有一个项目……"

"去吧。"她回答，"你在这儿瞎转也没用。我已经好多了。"

他的唇碰了碰她的额头。

"亲爱的。"他说。然后，就走了。

第二天，恰恰在克莱尔准备出门的时候，梅洛迪打电话来了。

"听说你晕倒在我家外头了，现在你怎么样？"

"你实在是太好了。"克莱尔说了这句话以后，再也无话可说了。

"那么，一切都好？"梅洛迪重复了一遍。

"哦，是的。哦，对不起，我不是……"她又没话了。她想起了维克托，他灼热的呼吸喷到她的脸上，她想起曾经看见梅洛迪坐在窗外哭泣。

"现在好多了？"梅洛迪沉默之后，又问。

"好多了。"克莱尔想了起来，还有顿晚餐可说，"还有，我要谢谢你的晚餐。我们过了一个快乐的夜晚。"

"哦，是吧。我很高兴。"梅洛迪的语气，显然没听明白她在说什么。她已经忘掉晚餐这回事儿了。

谈话中断了这么多回，克莱尔觉得自己无能为力。

"嗯，谢谢你打电话来，谢谢你的关心。我刚打算出门……"

"没问题。"梅洛迪说，"我很高兴你感觉好多了。"

她在中环过去的那个植物园和威尔见面。这是个由热带动植物组成的、地形陡峭的、绕来绕去的迷宫。她打电话说有紧急情况。不过听起来，他并不关心她的紧急情况。

"梅洛迪·陈刚给我打过电话。"她一看见坐在角落里的威尔，立刻说。

"哈罗。"他的胳膊环绕她，用力亲她的嘴。占有欲。她本能地四处张望。天气太热，动物们懒洋洋地缩在笼子里。

"猴子不知道你结婚了。"他说。

有时，她恨他。

"梅洛迪给我打电话了。"她重复了一遍。

"小锁的事儿？或者是施坦威钢琴？"他毫无兴趣地问。

"差不多吧。"突然之间，她害怕了。如果威尔知道了维克托·陈的话,他会做什么呢。哦,也许她怕的是,他什么也不打算做。

"走吧,到我家去。"他懒散地说,转身就走,似乎肯定她会跟着他。她把心里话又咽了下去。以前也是这样。她一直都是这么做的。

水纷纷泼溅的声音。威尔在浴缸里哼一首歌。门微掩。湿淋淋的牛奶香气从浴室飘出来。克莱尔坐在他的桌子前面,心怦怦乱跳。她悄悄拉开了抽屉。一张银行存折。她打开——数量适度。一沓信件,用红绳子扎起来。地址和姓名她都没听说过,伦敦的邮戳,书写潦草。几张邮票。一支金笔。一包醉翁轩的火柴。还有一张照片。穿着晚装的四个人,笑容满面,手里拿着烟和酒杯。这是在酒会上。一定是有特殊意义的照片。威尔、梅洛迪,另外还有一个男人和女人,都是亚洲人,或者是欧亚人。威尔是唯一的欧洲人。这个女人是谁?特露迪?她异常醒目,是照片的中心人物,尽管她消瘦,穿了件纤细的短装,但她充满活力的面容和男孩式的短发,反倒突出了女性气质。很难说到底谁和谁在一起,他们看上去都很亲密。克莱尔的手指滑过威尔的脸,他的脸还那么男孩气,那么天真。晚礼服衬托出他光滑的面容,以及明亮的双眼。蝴蝶领结松松地挂在胸口。

威尔裹着浴巾进来了,用另一块浴巾在擦头发。他看见她坐在拉开的抽屉前,停下了脚步。

"你翻箱倒柜找什么?"

她看不出他的情绪,决心不认错。

"这是——"她举起了照片。

"一张照片。"他回答。

"我看见了。你和梅洛迪,还有另外两个人。"

"说得对。"

"你以前常常在社交场合见到梅洛迪?那两个人是谁?"她努力让自己的语气显得自然一点。

"克莱尔,有的时候,你就是个乡下人。"他被激怒了,吹了声口哨,"不过,我还是要回答你。我以前常常在酒会上看见梅洛迪,不仅仅是在我的车后座见到她。明白了?"

"太奇怪了,出了什么事儿?"克莱尔问。

"我的社会地位降低,让你很烦恼?"他就是在故意愚弄她。

"我只是想知道你的事儿!"她吼了起来,"你为什么把一切都弄得这么丑陋?"

"克莱尔,有很多事情你并不想知道。"

"你这么肯定?"

"克莱尔,继续偷他们的东西,不要拿大个儿的物件就行了。"

她感觉到身体在燃烧。她的脸被烧得通红。火力如此迅猛,她几乎要晕过去了。她狠狠地给了他一记耳光。他没动弹。她穿上衣服,打算一走了之。他站在原地看着她。沉默如此漫长,紧张感渐渐涨满又渐渐消退,然后就变成了荒唐。还有一个问题是,那个女人是谁?维克托在担心什么?她不能纵容自己留下来问他。她静悄悄地关上了门。甩上门显得太孩子气了。她恨他，不是吗？

她不知道自己可以去哪儿，就叫了一辆车到市里，在马路上晃荡。阳光依然明亮，中环的路人仿佛都有地方去。她在皇后大道下了车，漫步于装裱店和珠宝店之间。她在一个橱窗前停下了脚步。展品的光芒洒在她身上，项链、戒指、手镯，甚至还有一个精巧的钻石王冠。中国人的珠宝总是艳丽浮华。她看见自己的面孔就在眼前，在玻璃的反射中。一个漂亮的英国女人，脸色憔悴。这个女人的情人刚刚残酷地对待过她，但她却不知道怎么办才好。她试着慢慢调整自己的位置，让橱窗里的钻石项链，在反射中环绕她的脖子。她蹲了下来，配合项链的高度。

她站起来，把衬衣拉平展。她要到天星码头等公交车，公交车会把她带回家的。回到马丁身边。

第十九章
一九五三年五月二十日

一周后的星期四,克莱尔到陈家的时候,看见一个司机躺在花园的长凳上,报纸盖住了脑袋。女仆在擦窗户,唧唧喳喳地聊着天。她松了一口气。维克托不在家。

"小姐还好吧?摔跤了?"开门的女仆问她。

"很好。谢谢你。"她第一次注意到,这个女仆有一张大方的脸,一双明亮的眼睛,以及愉快的嘴角,"谢谢你的问候。"

这个女人闪烁不定地笑笑,领她去了钢琴室。小锁正等在那儿。

"我听说上星期你出事儿了,彭德尔顿太太,你还好吧?"小锁低头拿起一块饼干塞进嘴里,"你要柠檬吗?"

"太感谢你了,小锁。我感觉好多了。"这个小姑娘终于懂了点儿礼貌。她想。

"妈妈说你肯定怀孕了。"小锁咯咯笑了,"爸爸笑了又笑。"

克莱尔的后背一僵。

"小锁,你练琴了没有?"她的声音陡然像结了霜。

小锁惊讶地抬起头,被她突如其来的变化吓了一跳。

"我星期一练了《日本天皇》……"她说。

"没关系。咱们开始上课。"克莱尔说。

课后,梅洛迪叫克莱尔去喝杯茶,聊聊小锁的教程。她领克莱尔去了起居室,然后告退去找女仆了。

一个壁炉架,挂满了装在银框里的照片。克莱尔第一次看见的时候,就觉得是典型的英国风格,除了照片上都是东方人以外。她信步过去看照片。大部分都是维克托和梅洛迪,还有形形色色的家庭成员,老人的照片,几张小锁的照片。还有一个穿游泳衣的女人,站在海边,手里拿了支香烟,冲照相机吐舌头,像是时尚杂志的照片。克莱尔凑得更近了一些,顿时浑身一颤。她认出来了。就是那张照片里的女人,那个和威尔、梅洛迪在一起的女人。她是个欧亚人,精瘦灵巧,魅力十足。她的游泳帽上还别了朵花。她的脸向前探,轮廓分明,非常迷人。

"这是我表妹,特露迪。"梅洛迪拿了一杯水,出现在她身后。

"非常漂亮。"克莱尔小心不让自己流露出过度的好奇心。

"并不漂亮。"梅洛迪立刻说,"不漂亮。她有一半葡萄牙血统,就是欧亚人种。欧洲人都觉得她漂亮,有魅力。不过中国人都不喜欢混血儿。"克莱尔觉察到了她语气中漫不经心的轻视,吃了一惊。通常时候,梅洛迪都是优雅的。

"不过每个人,绝对是每个人,都会注意她。那时候,她在香港非常有名,可以说是声名狼藉。有一回,她牵着她的狗去赴宴,给狗系了蝴蝶领结就当男伴了。她还给狗安排座位,喂东西吃。狗在座位上撒尿。贝蒂·王的脸都青了。"

"嗯,她看上去很会享受生活。"

"是了,要是她还在的话,我想是这样。她是殖民地第一个穿比基尼的女人,她穿着比基尼去总督府野餐。总之什么疯狂,什么不合时宜,她就干什么。她就是这类招人非议的姑娘。不过通常她都很走运,没有什么严重后果,胆子就大了。"

"她不在了?"克莱尔赶紧又谨慎地补充,"我的意思是不在这里了?"

梅洛迪转过脸,凑到杯子前喝水,做了个苦相。

"不在了。她是战争的牺牲品。我想可以这么说。"

"真是难以相信。她的样子充满活力。"克莱尔看着照片说道。

"活力都快爆炸了。"梅洛迪回答,"她父亲是我父亲的表亲。所以我们也是表亲。隔一代。"

"你们关系亲近吗?"

"哦,也许。"梅洛迪说,"她可能觉得我无聊。我们太不一样了。我们在香港亲戚也多,算是个大家庭。她和另一个表弟关系很近。他叫多米尼克。不过他也在战争中去世了。可以说,他们是最好的朋友。他们都相当有名。两个人都算得上臭名昭著。"

"这个……"克莱尔不知道怎么说了。不过没关系，梅洛迪正谈在兴头上。

"这枚祖母绿宝石戒指就是她给我的。重要场合我都戴着，确实非常特别。"她伸出空荡荡的手来，好像她还戴着那枚戒指。

"我见过。那天晚餐你戴了。确实非常特别，她真大方。"

"我也希望有什么东西纪念她。"梅洛迪说，"这不就是家庭的意义吗？"

仆人端了一托盘的酒水进来了。

"喝茶？"

"好的，谢谢你，加点牛奶。"

梅洛迪给她冲了一杯，自己却没倒，继续喝小杯里的东西。

"维克托老以为我脆弱。"她突然说，"但我没有他想象得那么脆弱。你知道吧，那段日子，他把我送到加利福尼亚，大概因为我老追问他，把他问烦了。"

"我相信不是这样的。"克莱尔说。

"等我回来，什么都不一样了。"她含糊地说。

梅洛迪反复地说，仿佛她有大把时间，要和女儿的钢琴教师聊个够。这个下午仿佛比平时漫长。她甚至一次也没有提到女儿，一次也没有。

"你有没有回想过哪个已经死掉的人？"梅洛迪问，"回想他们活着的时候是什么样子。有的时候，我会想起特露迪和多米尼克，好像看见一个写了高危的牌子就悬在他们头顶。他们早已经被命运打上了记号,只是当时我没看见。我觉得从一开始,他们的命运就已经注定了。幽灵就在他们身边,一直在的。"梅洛迪的眼睛湿润了。

"我到现在也没法相信,特露迪死了。她爸爸娶了一个葡萄牙女人。她妈妈就是个非常特别的人。你知道不?特露迪还是个孩子的时候,她就失踪了。他们对外说是拐骗案。但我妈妈一直认为,她就是厌倦了,坐船去美国了。

"她爸爸和我家是亲戚。不过谁也不知道,他这么有生意头脑。我估计,实际上,他的生意做得是最好的。"

"他还活着?"克莱尔问。

"当然走了。"梅洛迪说,"和战争的炮灰一起,没了。和那些可怜的牺牲品,那些不愿意站在正确的立场上,拒绝合作的人一起死了。"

克莱尔点点头。

"你有没有什么亲近的人去世的?"梅洛迪又问了一遍,"我知道战争后,这问题很傻。不过仍然有些人毫发无伤。确实有幸运的人。"

"是没什么亲近的人。"克莱尔回答。"一个叔叔,只见过一次。有一张他八岁生日时的照片。战争时期有各种熟人,最亲近的是个小学同学,她到威尔士度假淹死了。学校给大家放了一天假。回学校的时候,很多同学胳膊上戴了黑纱。"当时,克莱尔不知道她死了,她感觉就像被排斥了,觉得大家都知道什么事情,这些事唯独和她全无关系。

"你认识雷吉和蕾吉娜·阿伯加斯特吗?"梅洛迪又换了

话题。

"我去过他们家。不过,不能说认识他们。"克莱尔回答说。她努力让自己跟上这场漫无边际的谈话。

"他们要办个加冕酒会,哦不是,实际上是办两个。前一个规模小点,更私密一点,在收音机里听加冕典礼。后一个是放映从英国直接寄过来的胶片,办个大型酒会请更多人一起看。我估计那个更像鸡尾酒会,应该挺有意思。加冕礼那天你有什么计划?"

"还没有。"克莱尔说。

"我组织个活动,你和威尔一定会来吧?"梅洛迪突然问。

"你指马丁?"克莱尔吓了一跳。

"真抱歉,当然是马丁。"梅洛迪平静地回答。

"当然。"克莱尔重复了一遍。

梅洛迪似乎还在等待什么。下午的光线已经消散,克莱尔已经看不见在阳光中飘浮的灰尘了。

"已经晚了。我该走了。"她说。这个下午,真是古怪、混乱。

正在这时候,威尔进来了。

"你!"梅洛迪的声音颤抖,"你把一切都弄得乱七八糟。"

她的声音很轻,但克莱尔一下明白了。就像迅速蔓延的墨水,事情的脉络顿时在她脑海里展开:这夫妻两人害怕威尔。他们雇他,让他留在身边,付给他钱,却根本不需要他工作,是因为他们别无选择。她透过另一种视角看到了她的情人。他才是那个重要的人。他能决定他们的命运。

"我要见维克托。"他说。没有理会克莱尔。

"他不在。"梅洛迪回答说。

"很快回来吗?"

"不要用这种屈尊俯就的态度对待我。"梅洛迪突然说,"我们已经认识很久了。"

"陈太太,你和这事儿没关系。"

"哦,不要跟我猜谜玩儿。"梅洛迪叫了起来,"太太,先生,阁下,今天你们想去哪儿?你是不是一直在嘲笑我们?你到底在做什么?可怜的,可怜的特露迪。"

克莱尔这才反应过来。梅洛迪醉了。她一直捧在手里的是酒精饮料,而不是克莱尔以为的白开水。

"不要提她,梅洛迪,你甚至没资格再提她的名字。"

"你呢?你就有了?"这个中国女人的声音越发尖厉,"就像你有什么权利!你假装爱她!"

"梅洛迪,这不是你的事儿。小心,离远一点。"

"威尔,已经控制不了了。维克托暴怒了,你必须住手。我现在当你是老朋友,才这么说。住手吧。"

"太晚了,梅洛迪。现在我什么也做不了了。"

他们还在说。克莱尔退了出去,站在车道的拐弯口,按捺着激动的心跳,镇定地等他出来。

威尔出来了,双手深深地插在口袋里,样子很愤怒。

"特露迪是谁?"她跟上去,问。

他被她吓了一跳。"不要问。不要现在问。克莱尔,走,咱们去游泳吧。"

第二十章
一九五三年五月二十日

　　<u>鲨鱼来了</u>。赤柱正滩和石澳都有人见到了。在南区海湾的跳水台，一个香港本地人把手伸进水里，结果指头被咬掉了。他被吓得失魂落魄，挥舞着手尖叫不已，结果岸上的一个女人听到他凄厉的叫声，派了一条船去接他。

　　克莱尔和威尔喜欢到石澳游泳。不过他们只能在平时的一大早或者傍晚去，以免被认识的人看见。这一次，他们在沉默中开车去了威尔的公寓，收拾好游泳的衣物，再开车到海滩。很幸运，海滩空无一人。

　　香港的沙滩是粗糙的，不精细，沙粒更像石头。威尔告诉她说，印度的海滩，沙粒如同筛过的面粉，精细得几乎可以呼吸。不过在石澳，潮水退去以后，潮水坑里爬满了寄居蟹。以前他们抓寄居蟹，克莱尔还带回家，搁在盛了海水的碗里，没多久就臭了。

"你是一条美人鱼。"威尔终于打破了沉默。他们铺开了草垫,他坐在上头,看着她脱衣服。

和他在一起,她还是很紧张,没法回应他的调笑。她把衣服叠好,放进篮子里。他站了起来。

"咱们游到码头吧。"她刚一提议,就想起来了,"你觉得有鲨鱼吗?"

"上个星期那个倒霉的男人会告诉你,肯定有。"

"那我们还游泳吗?我都盼了一天了。"

"你觉得你有冒险精神吗?"他问。这时候,他们面对海水,她就站在他身后。

"算不上。不过天气实在太热了。"她把手放在他的背上。他已经脱了衬衫,后背光溜溜的,全是汗。

"你已经习惯香港的闷热了吧?"

"只是和闷热一起生活而已,谈不上习惯。"他的手伸到后头,把她的手从他背上拿下来。他总是干这种事,让她觉得自己被拒绝了,或者是他想和她保持距离。她装作不在意,走进水里,一直走到水淹没了她的膝盖。

"这里的水从来都不冷,对吧?"她回头和他说话,"倒是更像洗澡。"

"是的,克莱尔,香港不是英格兰。"他说。

她朝海岸线望过去。这一天,所有的事情都那么突兀,都在她的意料之外,她完全不知道该怎么反应,如何判断。

"为什么那么粗暴?"她说。但是他没听到。或者是装作没听见。

"谁后到谁就输了。"

他跳进了水里。

"等等,我还没……"她叫道。但是他已经到了海浪之间,飞快地向跳水台游过去了。她犹豫不决地看着他的身影越变越小。只能跟上去了。

"该死的威尔·特鲁斯代尔!"

水不止一层。表面上的一层,被阳光晒得暖洋洋的。大概腰以下,就是来自深处的冷水了。她努力让自己在温水层里游,但是双腿仍然有时会伸进冷水里去。

她轻松地游蛙泳,力图让自己从容不迫,不去想水里的<u>鲨鱼</u>。

在她的前方,威尔已经爬上了跳水台。他的身体在阳光下闪闪发亮,尽管已经有点苍老了,但仍然很精瘦。很奇怪,她全身仍然浸在水中,但看见他,体内的欲望立刻就开始滋长。她继续游,推开波浪,推开恐惧,推开欲望。

她爬上跳台时,非常恼火。

"我告诉过你,我不想在这里游泳。"

"你没有告诉我。"

"因为你跑得太远了,根本听不到。你让人一点办法也没有。"她离他远远的,坐在上下摆动的木板上。

"别生气,小东西。"

她没说话,把头发扎成一个马尾辫拧水。水滴在木板上,渗成一个个深色的斑点。

"还记得我们第一次来这里吗?"他试图弥补,"是不是感觉已经是很久以前的事情了?"

海滩上出现了一对当地的情侣,他们在沙滩上铺了一张毯子,竖起了洋伞。

"是啊,感觉好远。"她顿了一下,继续生气,"你知道我可以离开你。你会失去我的。"

他谅解地点点头,沉默了一会儿,好像投降了。

"你不再需要我了,克莱尔。如果说,你以前需要过我的话。"

"是的。"她回答。

他们平静地坐在一起,愉悦渐渐地渗透了他们。太阳缓缓接近海平线,水面上掀起了一阵阵清凉的风。完美的舒适。

"威尔,到底出了什么事儿?"她问。

他没有吭声。她只好自己说了下去:"你知道我指的是什么。所有人都那么奇怪,而你是事件的中心。"

他躺下去,闭上了眼睛。

"战争期间,发生的都是最荒唐的事儿。你知道吗,我们被关押的时候,日本人给了我们一张账单,让我们支付食宿费用。你能想象吗?我们做不到把账单扔到他们脸上,我们只能说,我们先写欠条,事情解决以后,政府会帮我们兑现这些费用的。他们想让我们付钱,付腐烂的蔬菜的钱,付每星期一小杯大米的钱。"

"现在呢?"

他立刻接上了话:"我在这里,听你说话。"

他又说了下去。

"我们和抓捕我们的人跳舞。行为妥当,保持自尊,这两者间的界线非常清晰。我们一直抱着希望,做些小事,比如在花园里种蔬菜,种成V字形,等到发芽的时候,就是个惊喜,像得到了鼓励。很孩子气吧?没有人会习惯当囚犯,尽管我们学会了习惯那里的日常生活。

"有些人很卑鄙。当然了,另外有一些人,仁慈、慷慨得难以置信。什么样的事儿都有。日本人也一样,他们中也有好人和不好的人。"

"还有一个女人,叫特露迪。"克莱尔插嘴说。

他犹豫了一下。"是啊,特露迪,特露迪。如果你认识她,会喜欢她的。"

"我们大不相同。"克莱尔回答。不知道为什么,当她说这话的时候,她觉得自己对威尔很客气。

威尔哼了一声。

"说得对。确实不同。这已经是个非常保守的说法了。不过,我还是知道,你会喜欢她的。"

"那时候,你和她在一起。"

他踌躇片刻。"是的。"

"然后……"

"没有了,她不在了。"他回答。

"怎么会这样?"

"我辜负了她。她想让我出去,和她在外面生活。她不是英国人,所以她在外面。她给我一张通行证,但是我拒绝了。"

"你不想离开牢里的人?"克莱尔问。

"这是一部分吧。我在牢里能帮他们做些事情。当然没人希望我走。不过……"他闭上嘴,不说话了。

"嗯?"克莱尔催促他继续说。

"不过,我害怕。"他轻轻地说,"外面是一个全新的世界,我得学会新的规则。我会像一个初出茅庐的学徒,处境困窘,到处重新建立社会关系。

"我太累了,不想改变了。在监狱里确实艰苦,不过只要遵守规则,没人打扰你。外头一片混乱。特露迪走在街上,就有人从她手里抢东西。有一次是面包。一个男孩跑过来,把面包抢走,立刻塞进了嘴里。他太饿了,其实根本跑不动了。没鞋子,也没上衣。我想他的所有财产就是身上的裤子吧。到处都是饥饿,绝望,痛苦。这是真的,完全是真实的。"

他看着克莱尔。

"我是个懦夫。在外面,和特露迪在一起,我的生活会好一些,但是我做不到。有时候,你不得不让自己变坚硬起来。在监狱的小世界里,我们都是受害者。在外头,我就变成了幸运者中的一个。"

"她死了。"克莱尔下意识地说出了这句话。

"她死了。"威尔说。

"怎么……"

"有人说,是被她的保护人,亲手……"他说,"这个人,给了她很多东西,只要他愿意,也可以随时收回去。要是我在外头,和她在一起,他也会控制我。"

一只蚊子在他们之间嗡嗡地飞。空气湿润。

"他逼她做可怕的事情。他发现她给监狱送东西的时候也传递消息,于是再去探狱的时候,给她的全是腐烂的食物。不会致命,只是让我们生生病。里头没有药物,大家都是活活忍着。他就是这号杂种。她来的时候,精神差不多已经崩溃了。我告诉她,她居然都不知道。我到现在还是相信,她不知道,不能指望她什么都知道。她不知道他还会不会这么干,也不知道自己带的食物是不是好的。我们的食物太短缺了,只要有,我们都拿来吃。"

"你怎么知道是他?也许,根本不是谁故意的。"

"就是他。她回去以后,他还问她朋友们还好吧。看见她的脸色,他就笑了。后来她告诉我了。"

"还有维克托?"

"维克托·陈。"他笑了起来,"是了,我尊敬的主人。"

"他怎么回事儿?"

"他怎么回事儿?怎么回事儿?这从哪儿说起呢?"

他突然用力打了克莱尔胳膊一巴掌。

"抓到了。该死的吸血鬼。"他把手摊给她看,一个沾了血的黑斑,混成一团的昆虫腿和触角。

他弯下身子,在海水里洗手。水从他的手指间流下来。他若有所思地看着自己的双手。

"维克托杀了特露迪。"他说。

第二十一章
一九四三年四月十日

"如果大坪懂得感激就好了。"特露迪说,"要是他懂得感激,会做什么呢?也许他愿意遣返你回国!不过你不要走,我不想让你回英国!"

她后来再没有问过他,或者说,从没有直接问过他。她低语,她暗指,她逢迎,她时不时让他知道好处就在眼前晃荡,最后,她心怀仇恨地暗示他,如果她不听那个男人的,什么厄运会降临到她头上。

"他想要一笔不菲的回报。"她说,"他是个简单的人。他想回国,在乡下买块地,盖个农庄,想把父母接到身边照顾。真是一个顾家的人。"

每当她描绘这个美妙的田园梦想时,他就深深赞许地点头,假装在听。

"现在他有点不耐烦了。不过我觉得快了。他已经发现了，雷吉·阿伯加斯特知道地点。所以你得清楚，他在哪里都有眼线。他们已经有了进展。不过，他碰到了点小挫折……"她声音低落了，"他一碰到挫折……"

三个星期之后，又有了休假。

"我在努力帮你每周都休假。你高兴吗？"她来接他的时候说，"所有的银行家都出去了，我不明白为什么你不能出来。日本人把他们都安置在六国酒店了，每天还护送他们去办公室。我不觉得他们的待遇比我们好，不过谁知道呢？"

他坐进了驾驶座。

"你最近见过安吉莉娜吗？她怎么样？"

特露迪抬头看天。

"安吉莉娜，安吉莉娜……好像快崩溃了。精神危机？你们是这么说的吧？"

"怎么回事儿？"他发动了车。

"她什么也不说，觉得我不可信赖。你想到没？"她紧张地笑了笑，"我是她孩子的教母！"

"她没告诉你为什么？"

"没说。我去九龙看她，她的用人说她不在家。真可笑，真的。我往外走的时候，抬头看见安吉莉娜在窗口看我。她甚至连躲都没想躲一下，直勾勾地看着我，然后就把窗帘拉上了。无情呐。"

"你认为……"

"哦哦,不是我认为……"她说,"我非常了解安吉莉娜,所以她根本不用跟我说什么,我知道得一清二楚。我只希望你不要和她得出一样的结论。我是个不可接触的贱民。现在我明白得很。"

他打断了她的强颜欢笑。

"特露迪,我没要求你这样。"

她立刻明白了。

"也许现在不是最好的时机。"

他不愿意对她撒谎。

"我不打算要求。这是错误的。"

"你竟然连试也不试一下!"她的声音突如其来地哽住了,"错误!是了,我知道!"

"阿伯加斯特为什么要告诉我?"他虚弱地说,"我们不是朋友。"

到东亚酒店之前,他们再没有说话。

"到了。你饿了吗?"她问。

该死的中国人就知道吃。

"不饿。你呢?"他下了车。

"大坪想和我们一起吃午饭。他在楼上等我们。"她说。

"哦,你现在才告诉我,还有一步我就要坐到他腿上了,你才说?"

她大叫起来:"威尔!我不是开玩笑!多米尼克答应了大坪,他要帮他弄到消息,我也要帮他!如果这事儿不重要,我不会要你……"

她不说话了。

"特露迪，我帮不了你。真的帮不了。"他说。

"威尔，要是你知道，这有多危险……"

她没说下去。她了解他。只是她怎么操纵他的问题。

进房间的时候，她已经收起了坏情绪。她的情绪就像一件斗篷，想穿就穿，想脱就脱。

"要是我因此丢了通行证，你是第一个要付代价的人。"她轻声地说，推开了门。

"大坪先生！勇敢的威尔·特鲁斯代尔来了，他将告诉我们度假胜地赤柱的美好生活。昨天吃的是酒焖仔鸡吗？我听说你已经安排了娱乐节目，是来自赤柱的演员吗？"她在屋里转来转去，活力四射，散发香吻，大放厥词，说种种狂想式的宣言。威士忌里的冰块叮当作响。仿佛她活在这个世界上无忧无虑。仿佛她进门之前，没有用意味深长的恳求眼神盯着他。

多米尼克和他们一起。威尔注意到大坪看多米的眼神，几乎无法掩饰轻蔑的神情。他的手搁在多米肩上的时间稍稍久了一些，也愿意多米递给他菜。多米尼克的言谈举止有了一种熟练的奴性，让他感到恶心。就是这样的，他想。老油条变成狗，士兵变成主子。武力决定一切。生活终归如此。

这和他没什么关系。自打他们一下车，一直到回特露迪的套间，真正折磨他的，纯粹是另外的感受。

他心神不安，一直在苦苦思索。面对妥协，他心不甘情不愿，这种不情愿到底出于什么——他无法摆脱这种苛刻的想法：他以为他要保持的完整和正直，也许实际上不过是怯懦。

第二十二章
一九四三年五月二日

阿伯加斯特在尖叫。威尔无法忍受这种声音。他周身僵硬，想用手堵住耳朵，想象自己也发出凄厉的尖叫。成年人个个脸色苍白，沉默不语。妈妈把孩子亟亟地带走了。

通常，卫兵会把倒霉的嫌疑人带到房子外头，带得远远的，先让他们在招供书上签名，开口说话之前先写长长的忏悔录。但，阿伯加斯特！他们静悄悄地来了，目的明确，手段残酷——两个男人，架住他的胳膊，把他拖到太田的办公室，就在警卫食堂边上。走的时候并没有动静，然后，尖叫就传出来了。

威尔休假回来已经三天了。他一直留心避开阿伯加斯特，仿佛只要走近这个人，他的秘密就会传染给自己似的。这个秘密，他完全不想知道。

阿伯加斯特的任何事，他都不想知道。他是不是能保守秘密到底的人，他是不是认为家庭利益高于国家利益，或者他是不是愿意不断付出以改善环境的人。他不感兴趣。他故意忽视这个人，这个曾经高傲，如今拖着浮肿的双脚，抱怨他的老婆和他的痢疾，在监狱里到处走动的男人。

门开了，阿伯加斯特又被拖了出来。很奇怪，暴力在真实生活中并不是那么触目惊心，也算不上逼真。他身上只有几条血痕。给人的感觉大部分只是，他刚刚淋了雨。水刑。他们把他带到外头去了。他还在尖叫，不过因为筋疲力尽，声音已经哑了。从阿伯加斯特嘴里发出的撕心裂肺的声音，让威尔的喉咙也开始疼了。

威尔突然想到——这种想法显得无情，也不合时宜——他想，这个人已经告诉了大家他是什么样的人。一个面对危险尖叫的男人。他希望自己在这种情况下能够沉默。但，谁又能提前知道呢？

约翰尼在他旁边，他们一起看见他们把他拖走了。
"可怜的家伙，他们以为他干了什么？"他说。
"这很重要吗？"威尔反问。
约翰尼瞅了威尔一眼。"一点也不重要。你这么愤世嫉俗！"
第二天，两个士兵把阿伯加斯特带回他的房间，扔在了床上。蕾吉娜在地上翻滚，歇斯底里。她丈夫奄奄一息地躺在床上。他的右手不见了，手臂的尽头裹着血淋淋的破布。

医生被叫来了，尚存理智的女人把蕾吉娜拖走，不停地让她喝茶。医生摇摇头，说没有药物和设备就无能为力。

"我能做什么？他活下来，或者死掉。只能这样了。"

大家只能让他躺在那儿，和无能为力的医生待在一起。他已经面目全非了。脸一团青肿，断肢浸渍在一层层的破布中。

清晨，D楼的住户一晚上没睡着，因为他的呻吟清清楚楚。阿伯加斯特，这位富有的商人，生活把他还原到这个地步。所有人都被生活还原了。

秘密已经泄露了，威尔想。肯定。

第二十三章
一九五三年五月二十七日

维克托的恐慌，就连躲在钢琴室的克莱尔都发觉了。他从一个房间窜到另一个房间，冲用人大喊大叫，对梅洛迪连吼带叫，拿起电话随即又扔掉。

为了孩子，她努力把课上下去，但这几乎是不可能的。在门第三次被甩上，发出砰的一声巨响之后，她合上了书。

"小锁，你有什么话想说吗？"她问。

"说什么，彭德尔顿太太？"

克莱尔开始同情小锁了。住在这样的豪宅里，有梅洛迪和维克托这样的父母，她是什么感觉？这孩子的面孔平静得令人难以忍受。她那东方人的皮肤几乎永远光泽滋润，褐色的眼睛充满了好奇。克莱尔伸出手去，把小锁耳后落下的一缕头发掖了回去。这种母亲的姿态吓了她自己一跳。当然，也吓了小锁一跳。小锁飞快地笑了笑,面露羞怯。

"我们今天早点下课?"

"好的,彭德尔顿太太。"小锁立刻站了起来,撞翻了放在钢琴上的水杯。

"哦,天哪,妈妈说我是个笨蛋。"

"小心点就行了。所有的孩子都很粗心。"克莱尔说。

"妈妈说我让她头痛。我已经不打扰她了,她为什么还给我安排那么多课?"小锁严肃地说。

"我想她一定希望你将来变成一个兴趣广泛、多才多艺的姑娘。"

"我们要办个酒会!"小锁的脸色突然亮了,"女王加冕!女王给爸爸发了勋章,你知道吧?"

"我听说了。你一定觉得很骄傲吧?"

"我有新衣服穿了。一条橘色的丝裙,镶了花布花边。"这孩子小心翼翼地描述说,"妈妈从法国订的花边,所以是香港唯一的一件。"

"听起来就很可爱,小锁。"小姑娘的眉开眼笑,转眼就变成了疑虑。

她结结巴巴地继续说:"嗯,是妈妈的衣服剩下的料子。她把剩下的给我,让我做新衣服。"

"我相信,你们两个都会很漂亮。"克莱尔回答。

维克托如此暴怒的原因,克莱尔猜想,是因为今天的报纸。报纸连篇累牍地报道伊丽莎白公主,以及她在威斯敏斯特教堂的游行典礼,把这消息——由雷吉纳德·莱丝格爵士领导的战犯委员会,将负责调查最新得到的线索——挤到了第七版。威尔早些时候特意把这条消息指给她看。

"真他妈的难以理解!"她听到维克托在电话中咆哮,"这就是政治迫害!战争已经结束十年了,他们打算清理垃圾!你告诉戴维,我不会忘记这事儿的!这就是反华情绪!他们就看不得别人好,官佐勋章就是他们……这个肮脏的老头子,整个战争时期都是我保护他,整天待在礼宾府里弹肖邦,喝苏格兰威士忌,吃小牛肉!他有什么权利——"

有人关上了门,他的声音变闷了。

小锁笑了。

"我现在可以走了吗?"

"走吧。"克莱尔说。

克莱尔让她悄悄地回去,不要撞到梅洛迪或维克托。

她和埃德温娜·史多奇有个约会。

这个老妇人上个礼拜给她打电话,请她喝茶。她们约了今天在半山区的图书馆辅楼见面。

小巴在地利根德里路停下。克莱尔下了车。史多奇小姐刚刚走进会所。不知是为什么,克莱尔没有叫住她,反而停下脚步看着她走进去。她戴了顶粉红色的帽子,麻花般的发卷从帽檐底下冒了出来,一条及膝的粉红棉布裙裹住了宽阔的后背。她拄着拐杖,身体轻微地摇摆,肥胖的小腿从上到下都是蔓延的静脉曲张的痕迹。她在门口停了一下,喘了口气,才沿着台阶上去了。

克莱尔等了一会儿,走到门口,推门进去。屋里头黑暗、阴冷,风扇兀自转动,沉重的缎子窗帘帮家具挡住了外头刺眼的阳光。克莱尔眯着眼睛,努力想看清楚。

"你好。"埃德温娜·史多奇说。

克莱尔惊得跳了起来。

埃德温娜·史多奇摘下了眼镜,用衣角擦拭。"热气把眼镜都弄模糊了。"

"我刚才就在你后头,不过天太热了,就没追你。"她说。

老妇人没有像上次那样,叫克莱尔直呼其名。

"的确太热了。"她取出一条白手绢擦了擦前额,"有种什么东西,我叫不出名字来,就是在这里待了二十年以上的人,就会培养出来的适应能力。我实在是想不起来了。"

"适应了热?"克莱尔问。

"对。大部分日子都是在躲热浪,没完没了。永远在和大自然作斗争,而不是和它们和谐相处。我们英国移民就是这样。"史多奇小姐凝视着克莱尔。克莱尔想起第一次和史多奇小姐见面时,她的眼神几乎让她晕倒。

"坐?"

"好。"

克莱尔不清楚为什么埃德温娜·史多奇给她打电话。这个行动缓慢的老太太,大家都很尊敬她。

"很高兴能再见到你,史多奇小姐。"特意迎出来的经理打招呼说,"谢谢你来看我们。"

"你认识麦克斯威尔太太吧?"埃德温娜问克莱尔,"她在香港待的日子和我差不多长了。"

她们握了握手，麦克斯威尔太太陪她们进了餐厅。餐厅里厚厚的缎子窗帘更多了，旧桌子，配的却是过度鲜亮的新椅子。

"今天我们有你最喜欢的葡萄干烤饼，还有上好的中国乌龙茶。"麦克斯威尔太太说。

"太好了，哈丽特，你实在是太好了。我们两个是来喝午茶的。谢谢。"埃德温娜小心翼翼地坐了下来。

"这里很好啊，我是第一次来呢。"克莱尔说。

"不算太坏吧。打仗的时候，我在这里待了好几个晚上。"埃德温娜说。

"是吧。"克莱尔回答。

女招待来帮她们倒水。褪色的杯子上还有刮痕。

"欧亚人挺悲哀的，是吧？"埃德温娜·史多奇的目光跟着这个姑娘的背影，"总有什么东西不完整，老要寻找什么。我一直觉得这些人永远在寻找，想让自己完整起来。"

"你这么觉得？"克莱尔礼貌地回答说，"我觉得他们很有魅力，实际上，他们的皮肤、眼睛、头发，都很漂亮。我刚到香港的时候，确实觉得他们挺怪的。不过现在我觉得，他们确实非常漂亮。"

"哼哼哼哼。"老妇人不屑一顾，"你太年轻了，太浪漫了。这些孩子过得很尴尬，因为没有一个民族愿意接受他们。"

克莱尔自己的生活方式并不完全是传统型的，所以从没想到史多奇小姐这么狭隘。

仿佛知道了克莱尔的想法，史多奇稍稍挺直了腰。"玛丽和我一直是按照基督徒的良好价值观生活的。我们爱上帝创造的一切，即使是那些不幸的。"

"当然。"克莱尔回答。

那个欧亚姑娘又端了一壶茶过来。她放下茶杯，在杯子上放滤网，目光看着桌面。

"我来倒水。"史多奇打发她走开。

"你不觉得她有魅力？"克莱尔问。有一种顽固的冲动让她继续这个话题。

"克莱尔，"史多奇小姐说，"我不觉得。我觉得她不幸。有一份体面的工作，是她的运气。我敢说，她爸爸玩够了，就把她妈妈抛弃了。大部分情况就是这样。"她把热茶倒进克莱尔的杯子里，克莱尔端起了牛奶罐。

"这种茶不要倒牛奶！"史多奇小姐叫了起来。

克莱尔的胳膊抬在半空中，不动了。

"这种茶就是要保持纯净。放下牛奶吧。他们给我们牛奶干什么？"

克莱尔顿了一下，把牛奶倒进自己的杯子里。

"我想喝牛奶。"她说。

史多奇盯住她，摘下眼镜，又开始擦。

"你很有勇气。我很高兴发现这一点。"她打量自己的眼镜，说。

克莱尔不说话。

"你会需要勇气的。"埃德温娜·史多奇说，"一塌糊涂。我明白了,你在中间。"

"我不明白你在说什么。"克莱尔回答。

"哦,我觉得你明白得很。"史多奇呷了口茶,扮了个苦脸,"太苦了,泡的时间太长了。"

"我叫点热水吧。"克莱尔抬了抬手。

"不要麻烦了。我们还有事儿要谈呢。你挺喜欢欧亚人的哦。"她叹口气。

"很难这么说吧,我不过是……"克莱尔表示反对。

"那么你肯定知道特露迪·梁了。"史多奇小姐从眼镜底下望着克莱尔,目光专注,"她活着的时候是香港一个著名的欧亚人。她家很有钱,所以能逃离偏见的压迫。"她的语气并没有讽刺,"你知道我说的是谁吧?"

"知道。我听说过她。"克莱尔说。

"这是战争时候的事儿了。她用不着关监狱,因为她是个葡萄牙人,或者说中国人也行。我没进监狱,是因为我妈妈是芬兰人。我觉得这样好一些,就努力这么做。那些日子,能言善辩的话,是可以做到的。混乱的时期,规矩每天都在变。"她闭上了眼睛,一脸回想的神情,"我没法帮玛丽出来,不过我在外头,可以给她送吃的,给她带包裹,就是这类事情。这已经是最好的办法了。"

她突然又说:"克莱尔,你长了一张倾听的面孔。人人都会相信你。你发现了吗?"

"没有。"克莱尔并不觉得。她觉得,埃德温娜·史多奇的脸像一条肉乎乎的爬虫,写满了精明和贪婪。

"你知道特露迪和威尔·特鲁斯代尔的事儿,对吧?"

"我听说了一些。所有人都听说过。"克莱尔回答,"这和我有什么关系呢?"

"哦,没关系!"史多奇小姐笑的声音很尖厉,"你倒是希望大家都相信。不过,这两个人确实好得像一个人似的。大家都以为他们会结婚。要是你问我,他的处境不太好,他本可以做得更好一点。但是没有,他和她在一起,然后战争爆发了,事情就多了。"她停下,"你一定想知道今天我为什么约你来这里,上次为什么叫你去吃饭。我想好好看看你的脸。不过,这事儿说来话长,我说的时候,你吃你的东西好了。"

老妇人突然就严肃了。

"现在,你必须要应付自如。你必须要坚强。是你影响这事儿的时候了。"

傍晚的光线中,辅楼的门开了。即使外面的光线已经暗淡下来了,站在门口的克莱尔还是忍不住眨眼睛。

她向埃德温娜·史多奇告别。

"谢谢你的茶。"她说。

"亲爱的,我希望,我的话对你有用。"史多奇小姐说。

"当然。"克莱尔之后的话就结巴了,"不过,实际上……我不知道。"

"不要这样,亲爱的。"史多奇小姐的语气带有明显的恼火成分。

"但是,史多奇小姐。"克莱尔慌乱地说,"史多奇小姐,我在想,我应该说些什么。几个星期前,我在你的花园里见到你,你说过,我让你想起了年轻的你。我现在想说的是,这话不太准确。我们两人非常不同,没什么一样的地方。"她飞快地转身走了,没有回头看一眼。

太阳正在落山。在步入那一个阴暗的房间,听这个张牙舞爪、满腹恶毒的老太太讲故事以前,克莱尔以为,今天不过是平常的一天。

第二十四章
一九四三年

一个孩子。

一个十一根指头的男人。十根。又是十一根。那一根指头总会长出来,只要一年时间。正好一年。时间很精确。

有好人。

有坏人。

有死人。

一个女人,不见了。

一个孩子。

特露迪,她的束腰外衣越来越肥大,裹住她瘦长的身体。她的脸圆了,皮肤上散落了孕斑。他是什么时候发现的?很多事情都是这样,某个渐渐要睡着的时刻,一个念头突然出现。

这是他再次休假回去以后的事儿。他跳了起来，明白了：一个孩子。他再也睡不着了，不停地在薄薄的床垫上翻腾，身体像着了火。

她没告诉他。他也没注意。就这么缓慢地发生了。

他的想法像个老太太的想法。这是个什么样的世界，能让孩子来这个世界吗？她怎么能在战争时期生孩子呢？然后是另一种想法，但原有的念头仍然保存在意识里。

这样的事情，在这样的时期，还用在乎什么？

接下来的周末，特露迪突然说："我知道我是哪类女人了。一怀孕就变得无比粗暴的女人。"这是她第一次提及自己的处境。当时他们正在吃早餐，是面条和烤猪排，她铲起了长长的面条塞进嘴里，模样像个街头小贩，丝毫也不在乎形象了。要是她早几个星期告诉他，在他自己发现之前，他会表现得更有君子风度，告诉她这样子很好。但是他没说话。这是他小小的报复。报复什么？报复谁？不是她，而是战争。这么做太不公平了。

后来就越来越明显了。忽然之间，这个女人就像一夜之间大了肚子。变化加快了，她人还是很瘦小，但是无论穿多宽松的衣服，都挡不住她肚子的膨胀。他觉得很像肿瘤。这么想让他觉得羞愧。

她再也不提了。

一个十一根指头的男人。

多米尼克。新学到手的狡猾，让他的神情也精明了。他放任自己的肌肉变松变软，毫不在乎。特露迪悄悄说："多米尼克变了。他和讨厌的维克托天天在一起。他们想让我爸爸进他们在澳门开的公司，那公司就是和日本人做生意的。我不想让我爸爸参与这种事。这不好。但多米不听。他已经站到维克托那边去了。"这句话，是她最为意味深长的失望。她最好的朋友，没了。孤独。威尔在监狱里。多米尼克变了。特露迪，谁也没有了。

有好人。

第一次休假后，威尔回到集中营，一张张充满了渴望的脸祝贺他。他们的脸上挂着希望。他把带回来的东西分了——卫兵已经不管他了，大家都知道他在外面有关系。

他回房间。

约翰尼站到门口。

"你想一个人待着？"

"不不，没关系。"

"休假怎么样？一大堆人很忌妒，你明白。消息比野火还快。你既是个恶棍，也是个英雄，观点大不相同。"

"约翰尼……"他开了头，发现自己不知道怎么说。

"我们认识的人，有还在外头的吗？"

"有吧……听说，每天街头至少死掉两百多个中国人。不知道名字就死掉了。一半的医院还在关门。"

约翰尼仔细地看他的脸。

"你看上去不太好。出了什么事儿？"

"太多了。太多了。"

"特露迪还好？"

威尔点点头。

"你并不太了解她，对吧？"

"听说过一些。"约翰尼说，"我对你的了解也不过如此。我想。"

"你觉得她是一个什么样的人？"

约翰尼犹豫了一下。

"你问得真奇怪。她是你的女朋友。"

"哦，真的，我真的想知道。"

"哦，我喜欢她。她身边总是有这个那个的噪声。我听说过。不过据我所知，只是噪声而已。她似乎挺不错，就是吸引了太多的注意力。我觉得挺辛苦的。"

"回答得真老练。"威尔说。

约翰尼笑了。"那你想听什么？"

"你为什么不找一个？我老看见你和几个姑娘打转，时间都不长。"

"没找到真在乎的。"约翰尼轻松地说，"她们和我待够了，跑得比火箭还快。"

他们一起坐了一会儿。约翰尼拿出自制的香烟。

"这可是好东西，赤柱生产的草卷的。"他递了一根给威尔。

威尔摇摇头。

"哎，我想什么呢？"他从床底下的包里拿出两包红太阳香烟，"我带给你的。虽然是日本货，但至少是真烟。我不知道你的良心允许不允许……"

约翰尼快活地笑了。

"你真是太好了！先生！"

他们抽了一会儿烟，享受着尼古丁带来的微小的愉悦感。

"C楼几个人装了一个短波收音机，什么也没听到，不过还在试。"约翰尼说。

"特露迪和一些不好的人来往。"威尔说。

约翰尼看看他。"我想象得到。"

"她控制不了局势的。当然她不这么想。她觉得自己做得不错，活下来了。她以为和这些人来往，对她有帮助。"

"她想要什么？"

"不是她想要。其实是人家想问她要。问她要，当做交换。"

"这就危险了。她得小心。你也是。"约翰尼的回答很简单。

"是的。我们会小心的。"威尔说。

"快到吃饭时间了。"约翰尼站了起来，"我们才华横溢的厨师发明了一种新菜，非常好吃。花生油炸香蕉皮。要是你闭上眼睛，就会以为是蘑菇。我光吃这个就能吃饱。"

"听起来确实不错。"威尔很高兴不用再讨论特露迪了。

有坏人。

维克托·陈和雷吉·阿伯加斯特握手。两人都穿着蓝色的薄羊毛西装，系了红色领带。释放之后，总督为精心筛选过的部分赤柱幸存者开了鸡尾酒会。当然不是乌合之众，只有医生、高级律师和商业精英。他对他们和他们的祖国在战争期间的遭遇深表同情，敬他们香槟。

想想吧，杨慕琦从被囚禁的马来西亚回到香港，回到这个让他以及他的国家蒙羞的地方。战争结束了。大家用尽一切努力歌颂他胜利的回归。一架皇家空军飞机，在721中队的勇士和海盗船战斗机的护送下返航，辉煌地降落在启德机场。机动车队护送，回到府邸，然后举行欢迎仪式。枪炮，制服，盛况空前。和政治活动家握手，众人发表演讲欢迎他的归来。维克托·陈也在场，朗读了他的演讲稿，赞美香港精神的坚韧和伟大。

大坪在黑暗中看文件。一盏只照亮了一小圈的桌灯。他的嘴唇在动。特露迪和多米尼克并排坐在办公室的沙发上。他们没说话，也没看对方。他们在等他的指示。

有死人。

这是他的想象吗？一个男人的尖叫。威尔从床上坐起来，侧耳倾听。海水的声音从敞开的窗户钻了进来。没有其他声音。一个孩子睡梦中的喊声。一个妈妈睡意浓浓的嘘声。

早晨，他发现约翰尼不在他的房间里。房间凌乱。约翰尼是个整洁的人。床垫掀起来一半，床单掉在地上。

他们让威尔去东边的审讯室。

约翰尼的眼睛睁着，衬衫被撕破了，污秽不堪。他躺在地上，毯子随意地盖在身上。房间里只有一个马桶，一枚光秃秃的灯泡。他们让威尔去看他，大概是想警告他。

"他不肯说。只能这样。"他们说。
"他什么也不知道。"威尔说。
"那么你说。"
"他确实不知道。"
"你知道?"他们反问。

多米尼克。

他叫喊,乞求,哄骗。刺刀一下下捅在他身上。他的脸上全是血。一根小指头被砸断了。然后,一根又一根,全砸断了。一个星期不到的时间。

他什么也不肯承认。他招认了一切。

他只是个浅尝辄止的男人。看看,结果怎么样。

特露迪的爸爸,梁万基。

死于他位于南湾的豪宅之中。尸体日渐腐烂,床上充满尿味。死后多天没人发现。

一个女人,不见了。

特露迪噔噔地上了楼梯。这是位于德辅道的宪兵总队。她的肚子沉沉的,就要临产了。

她回头看了一眼埃德温娜·史多奇,给了她一个飞吻,是埃德温娜陪她来的。特露西的表情写的是渴望,而不是谴责。让我们再来复述一下历史。特露迪的妈妈,不见了。特露迪,不见了。

第二十五章
一九四三年五月十日

　　人们窃窃私语地议论，埃德温娜·史多奇留在外头的手法颇为可疑。她用死去的母亲的芬兰国籍，赌来了一个自由国家的护照，不再是英国公民了。玛丽·温克尔被关在赤柱，埃德温娜常常给她送东西。
　　特露迪在街头遇见她，过去打招呼。她对埃德温娜一向心软，尽管她早就听说了埃德温娜在学校的古怪行径。她显然有点过度热衷于手里的权力，不太谨慎。听说有个男孩子因为受到过于严厉的处罚，后来住进了医院。不过这件事最后瞒下来了。男孩是个欧亚人，父亲是英国公务员，母亲是他的香港情人。虽然父亲更偏爱这个家，但这不是个合法家庭。男孩再也没回过那所学校。
　　"你也在外头？"

"是的,感谢我死去的母亲,她是芬兰人。"

"无论如何都好。到处都太可怕了。"

"是啊,你的亲戚维克托帮了我大忙。他的关系很神奇,什么都能做到!"

特露迪的脸立刻沉了下来。

"代价也不错,我想。我很高兴听说他对别人有帮助。"

"你们是表亲?对吧?"

"确切地说,我和他太太是表亲。梅洛迪现在在加利福尼亚,去生孩子了。"

埃德温娜的目光落在特露迪明显的腹部。

"我想,一切都挺顺利的……我的意思是,一切都会好的。"史多奇小姐压低了声音。

"是的,挺顺利的。一切都会好的。"特露迪说。

"是啊。"女校长说。

"希望以后还能看见你,这是个奇怪的世界,对吧?我这会儿要和多米尼克去吃饭了。"

"代我问候他。我们都能过得去的。"老妇人说。

特露迪瞅着埃德温娜·史多奇远去的身影,她可爱的脸蛋上,有种奇怪的表情。

第二十六章
一九五三年五月二十八日

威尔躺在午后的阳光下,翻来覆去,发出轻微的鼾声。他的睡眠看来并不平静,额头湿湿的,全是汗水。克莱尔拍了拍巴掌,看他会不会醒过来,但是他只是又翻了个身,咕噜了一声。

她看着他潮湿的脸庞。在睡梦中,他的嘴角不易察觉地抽动。她对他第一次,有了种怜悯的感情。

"抱抱我。我想知道这是不是真的。"她的声音如此绝望。

他抱住了她,紧紧地抱住她。

"你不知道他逼我做什么。你不知道。"她的声音压在他的肩上,听起来闷闷的。

"没关系,没关系,不要害怕。"他说。

"有关系！有的，你不知道。要是你知道，你就再也不想见我了，再也不想碰我了。你再也不想看我一眼了。"她挺直身体，望着他，看他的表情。

他很平静。

她退却了。

"我知道。我还能指望什么呢？"她说。

"我不知道你需要我什么。"他说。

"正是因为这样，我才这么爱你。不是因为你是个好人，是因为你其实不需要任何人。我以为我能让你需要我，但是……"她哭了。他从未见过这个特露迪。这个脆弱的特露迪已经不在乎别人看见她的脆弱了。"没有人爱过我。他们爱我的钱，或者爱我的外表，或者，甚至只是爱我说的话。因为这让他们觉得，我就是这个样子的。我爸爸爱我，只是因为他不能不爱我。妈妈爱我，但她离开了我。没有人爱我，他们只觉得我是酒会的调味品而已。这是最讨厌的，对吗？但你爱我，你喜欢我这个人。这是神给我的启示，是天意。然后，大坪来了，我问你要消息，我看见你变了，或者说你的感情变了，你再也不像以前那么爱我了。在你眼里，我也变了。你不可能不论我是什么人都爱我。"她抹眼泪，眼睛又红又肿。

"哦，我的样子是不是像在钓鱼？"以前的特露迪突然又回来了，她深深呼吸，"威尔，事情已经发生了，改变不了了。

"和你在一起的时候，我假装我还是自己。我们分开几个星期……"

"有一场战争。"他说。他不知道她的话从哪里说起的，也不知道这个只顾自说的人是从哪里来的。

"嗯,分开了几个星期,对付阴险的日本人。吹灭蜡烛,我就又变回以前的特露迪了。那个特露迪只关心她自己,道德适应能力很强。那样很对,可能也很糟,但是,只有那样才对。我不是你想象的那个人。你去操场集合之前我就告诉过你了,我希望你明白我在说什么。你明白了吗?你明白了吗?"

"特露迪,我没有权力赦免你。"

她给了他一记耳光。

他用手捂住脸颊。动作像个女人。

"有的时候,我真想杀了你。"她慢吞吞地说,"你,还有你所谓的道德。"

她转身,想走。他抓住她的胳膊。

"你错了。太荒唐了。这不是你应该做的。像个男人一样,让我看看你对我的真实感受。"她凝视着他。

他一动没动。

"我就知道。"她朝门口走去。

"谢谢你,威尔。"她平静地说,没有回头,"我知道我现在的处境。谢谢你让我走。"

都是这样伤害所爱的人的。

噩梦。幻觉。

男人们的舌头烫伤,膝盖碾碎,眼珠挖了出来。堆积如山的尸体,躺在通往赤柱的路上。女人们盖住孩子们的眼睛。

房间里的女孩子,面无表情,衣服破碎,头上流下来的血结成了一块一块的，粘在头发上。淤痕斑斑的腿因为男人的体液而额外光滑。

一扇门打开了，一个女孩被捆在桌子上，没有发出一点声音。

一具尸体，缝在麻布包里，扔到了大海里。没入黑暗之前，溅起了一片浪花。

梳妆台前，阿罗帮特露迪梳头。有条不紊，一下一下，梳成一条光滑的辫子。外头的炸弹声。特露迪的口红，特露迪的茉莉清香。

大坪的双腿前，多米尼克优雅的头颅。他的目光看见了威尔，突然睁大了眼睛，神情恐惧，面色灰暗。他没有停，只是闭上了眼睛。威尔本能地倒退回去，还清楚地记得不要发出声音，不要让大坪知道自己进来了。

半夜出生的孩子，被不知情的护士送走了，打了镇静剂的母亲，未能亲眼看上一眼。

刚从加利福尼亚回来的年轻女人，眼神空洞，分娩后的腹部还没有恢复，怀里抱着别人的孩子。

第二十七章
一九五三年六月二日

好的酒会永远光彩四射。酒杯迅速地被一次次倒满。食物丰盛。沉默的侍应生动作敏捷,手脚麻利。客人放心地知道他们自己是被精挑细选过的,有许多没来的人想参加,想占据他们已经得到的位置。

陈家的加冕酒会就是这样光彩四射的,克莱尔和马丁刚刚走到前门,就感觉到了。

装满了沙子的烛台,从车道摆到了屋里。穿制服的男人们在汽车之间飞快穿梭。欢快的音乐叮当作响。陈家请来了弦乐四重奏乐队在大厅里演奏。三个汗流浃背的中国男人,还有一个瘦小的女人,小提琴架在她细瘦的肩膀上。他们的臂膀前后摆动。音乐更像一种体力劳动。

女主人站在门口,端着一杯香槟。她穿得像个幽灵,长裙仿佛是银子做的。

梅洛迪的嗓音发颤。"见到你们实在是太好了，今天每个人都有节杖。"她指了指插满拐杖的筒，"今天我们每个人都是女王。"

"你真是淘气！"一个干瘦的金发女郎叫她，"那天那个酒会，我看见你了。这个星期已经碰见三次了，富丽华酒店，梅吉的午餐会，还有铜锣湾的小意大利。你到底和谁在一起，疯丫头？那个男人很英俊啊。"

"表亲。"梅洛迪眨眨眼睛，"对我来说，家庭很重要。"

"你就是胡扯！"金发女郎像阵风似的冲进了屋里。

马丁和克莱尔站在一起，等着。

"克莱尔！你能来，我真的很高兴。"梅洛迪说。

"谢谢你们邀请我们。"马丁回答。克莱尔看出了他的不安，她突然觉得很恼火。

"见到你真好。梅洛迪，酒会真漂亮。"她礼貌地回答。

马丁去拿酒水了，克莱尔站在客厅里。她在这里待的次数太多了。现在，这儿却全然不同，到处都是人，活泼泼的，说话，笑，亲密地靠在一起。

马丁回来了。"我一个人也不认识。真奇怪，他们为什么要邀请钢琴老师，还让她带上丈夫。"

"马丁，你用不着这么想吧。"克莱尔回答。

不过，马丁想得很对。酒会的其他客人彼此都认识，也不打算接受新来的人了。克莱尔和马丁相互笑笑，在角落里喝自己的酒，完全被众人忽视了。

马丁不想再待着了,就到外头欣赏码头美景去了。克莱尔一个人站了一会儿,到壁炉架看照片去了。

特露迪还在那儿,穿着游泳衣,冲着镜头笑。

房间里有四个人,在谈论他们的伦敦旅行,戴着羽毛帽子,穿着丝绸衣服的那种。克莱尔慢慢地喝她的酒,听他们谈话。

"但也太讨厌了。在远东待过之后,就会觉得那儿的服务简直是可怕。完全不知道他们给你吃的都是什么东西,又冷又难吃,他们倒一点不觉得有问题。全英国就没有服务的概念,希望服务都在香港。他们为此还觉得很骄傲呢。"

"波比现在在伦敦吧?我想她肯定在威斯敏斯特教堂啦。"

"哦,天哪,她太可怕啦。我敢说她什么都想插一脚。等她回来,说的肯定全是这个。"

克莱尔清了清喉咙。一个体态丰满的红头发女人,回头看了她一眼,继续说话。

克莱尔站的位置,正好能看见两个面朝她的男人。两个女人都背对她。他们都是英国人。她本以为他们邀请的多半是当地人。

"苏梅今天来吗?"红头发女人问另一个金色短发的年轻女人。男人们站起来添酒去了。

"不会吧,我猜。她和梅洛迪闹翻了。"

"真的?不会吧!"

"很正常的。"金发女郎的声音低了下来,"你也知道,梅洛迪这些天简直不可理喻。健忘又粗鲁。星期四我约她到花园俱乐部午餐,她没说去还是不去,到时候也没出现,之后也什么都没解释！不知道她出什么事儿了。"

"官佐勋章塞进脑袋里了。"

声音更低了："最本土的人，反而是最英国化的人，实在太有意思了，对吧？"

"亲爱的，看看周围！我们和在伦敦社交界有什么不一样！"

"不过，当地人在自己的房子里什么人都招待，还是挺奇怪的。我来这里以后，这里应该是我到过的第一户中国人家。"

"维克托最擅长暧昧，没人知道他想要什么。明天他还要办个酒会，请来的人完全不一样了。不过不是在这里，是在俱乐部。"

"他自己那类人吧。"

"不知道梅洛迪是怎么和他相处的。查尔斯说，这人是他打交道的人中，最明显的贪污犯。"

"不过，我好奇的是，他们说，鸦片……"

一个路过的女人和她们打招呼，这两个女人不说话了，她们急急忙忙冲过去，像小鸟一样互相啄。

"拉维妮娅！"

"莫德！"

"哈丽特！"

克莱尔溜走了。

后来，她和一个头发颜色像冰香槟的女人聊天。这个美国女人叫安娜贝尔，是从乔治亚州的亚特兰大来的。她是和丈夫一起来香港的，她丈夫彼得是跟国务院一起来的。

"你呢,亲爱的?"安娜贝尔问道,眼睛因为酒精闪闪发光,头发像蜂窝。

"我和我先生一起来的,他在水利部工作。"克莱尔回答。

"看看这些部门!"安娜贝尔说,"国家!水!保证水龙头里有水!"

"呃,哦,是的。"克莱尔回答。她从来不知道怎么和美国人谈话,他们不拘小节,大惊小怪,什么都要感叹。

"那你平常做什么呢?有孩子吗?"

"没有呢。你呢?"

"四个。都不到五岁。我不停地生,彼得已经打算掐死我了。不是我一个人照顾他们。在这里,我们全都有阿妈。回美国就没这种好事了。"

"你在香港待了很久?"克莱尔礼貌地问。

"三年。在这里生了威利。感谢上帝,他是个专制统治的拥护者……"这个女人喋喋不休,说了又说,因为自己的滔滔不绝而精神大振。克莱尔只是听着,很高兴自己有了个借口安静地待住,不再手足无措。

马丁在化妆室门外找到了她。

"我们该走了吧?"

她点点头。

"马上出来。"她冲进卫生间,往脸上洒水,好像在等待什么事情的发生。

她听到红头发和金发女郎,莫德和拉维妮娅在议论她。

"那个鬼鬼祟祟到处转的女人是谁?"

"我好像听见梅洛迪说是钢琴老师。"

"真的?"

"挺漂亮的,你觉得呢?"

"好像是金发,白皮肤那类。"

巴掌响声,然后是笑声:"你这个婊子!"

"看看那皮肤,你懂哦,男人都会疯掉的。"

"是啊,好皮肤迟早都没有了,年轻的时候光浪费了。"

门口突然骚动。天气太热,一个姑娘晕倒了。人们叫男侍者来把她带走。

"该死的,太热了。"一个戴草帽的男人说。

"一直都这样。对了,你听说没有?"另一个男人说。

听到人声,威尔下意识地停住脚步,恰好站在他们面前。

"你听说没有?"他一脸被震撼的表情,声音并不高,但大家都听清楚了,"雷吉·阿伯加斯特死了,开枪打死了自己。"

两个男人张大了嘴。

"那个在太平山开酒会的人?"克莱尔脱口而出。在克莱尔简单的大脑里,仍然相信钱能够买到幸福。几个人转过身看她,不知所措的样子。

人群中的嗡嗡声几乎是立刻,清晰了。

"他可怜的太太。"

声音压低了。"蕾吉娜?我倒奇怪他为什么不掉转枪头冲她来一下。"

"孩子呢?"

"都回英国了。肯定会给他们发电报。悲剧啊。"

"我上回在粉岭见到他,打高尔夫的时候他就不太对头。只打了九洞,然后就跑到酒吧去喝酒了。我走的时候,觉得他好像要崩溃了。"

威尔是来这里找原因的。他看见了维克托。

"你这个畜生。"他抓住维克托拼命地晃,"是你让他一直以为是自己走漏了消息。"大家突然都安静了下来。

维克托·陈倒退几步,但没摔倒。他摸着下巴站好,努力让自己微笑。

"威尔,你这么长时间没来,突然跑来就这样对待我?"

"你是个卑鄙小人!"

所有的人都愣住了,一动不动,尽管他们的礼貌告诉他们应该走开。几个最有礼貌的人,一点点开始往门口挪。

"你是这一切的幕后黑手。你以爱国为幌子,把该死的皇冠藏品卖给中国政府,对不对?你不在乎别人的痛苦,只在乎你自己的钱。你只和新来的人打交道,就是因为这个吧?你知道你们中国政府是怎么处理这些东西的?可能当成资产阶级残余砸碎吧?!"

"中国人当然有权力处理自己的历史。"维克托硬邦邦地说,"本来就应该留在中国。"

"伪君子!"威尔就像没听到似的,继续说,"你在剑桥读历史的时候,懂的全是快活的英国。平底船、草莓、冰淇淋。到了香港为了自己的利益,你就变成了模范中国公民,到处拍马屁,不管是民族主义者还是共产党,谁给你都行。你不知道你自己什么下场,老家伙。"他逼近维克托,威胁说。

"我并没有指望你理解。威尔。"维克托一边整理自己的衬衫,一边说,"你没那么重要。你来香港,找到自己的亲密伙伴,找到混血姑娘,和世界没关系。卑鄙的英国人抢占了道德制高点,也还好意思为了自己的利益用鸦片毒害中国。"

"这已经不重要了,维克托。你的命运已经注定了。"

"你一直这么戏剧化,和特露迪一样。"维克托说。

威尔静静地站了片刻,终于开口了:"你不值得,你什么都不值。"

忽然,梅洛迪挤到了威尔身边。

"威尔,"她恳求说,"我们不是敌人。我们爱同一个人。我们都经历了悲剧,就不能彼此原谅一点点吗?"

她看着他。他没动弹。她转过身,犹豫片刻,用恳求的语气对克莱尔开口了。

"克莱尔,你一定明白。生活很复杂,我们得做艰难的决定。"

克莱尔毫无遮蔽地暴露在众人的眼皮下。马丁在。全世界都在。在众目睽睽之下,这个女人对她说话。她在他们的目光中获得重生——她是一个被重视的人。

现在,她在整个世界面前,揭下了面纱。她和这里的主人,和威尔,和这个谜团,有丝丝缕缕的关系。她还是没能习惯被众人注目。她还记得上次的晚餐,大家都盯着她,等待她机智的反驳,仿佛这是一个信号,证明她是他们之中的一员。但她什么也没说。她想起和威尔在一起时,她时常的感觉——和他在一起，她完全是另外一个人，一个从没有机会浮出水面的克莱尔，这个克莱尔有自己的观点，有人愿意倾听她的观点。一个能被人看见的人。所有的事，她都想了起来。她环视四周，看见一张张脸，都在等她回答梅洛迪的话。

她先是点点头，尽量让自己显得不那么冒昧。她的脸突然红了，垂下了眼睑。埃德温娜·史多奇汗津津的脸突然跳进她的脑海。你必须要应付自如。是的，是必须，但完全不是埃德温娜设想的情况。

克莱尔抬起头，抬起了眼睛。

"梅洛迪，我们都在做选择。我们要坚持自己的选择。但是，如果我们发现自己错了，就应该承担责任。"她的声音颤抖，所有的人都在听她说话，都看着她。

她感觉到了马丁迷惑的目光，她一眼也不能看他，她必须集中精力。

"我不知道发生了什么事儿。但我知道威尔说的，是一件重要的事。"

她想让自己落落大方，努力理解。这时候，女王正在英国加冕，当然希望这一天的她能够做到宽容。她希望自己表现得仁爱，善良。她想轻轻碰碰梅洛迪的肩膀，告诉她没关系，一切都会解决的。她知道。

克莱尔想了这么多，感觉到自己身体里有一股股善行的暖流。

但这时候，梅洛迪的脸猛然抽搐了。

很快就消失了。虽然如此，克莱尔还是看见了。梅洛迪想的一定是，这个女人，不过是我女儿的钢琴老师！我雇来教我女儿怎么敲打黑白键的人而已。只不过个英国人。我不需要向她求助。

消失了。这个女人天然的现实本性消除了脸上一切的情绪和痕迹。不过晚了，克莱尔已经看见了。一股热浪从她的胸腔蹿到头顶。她才是那个不需要求助的人。她转过去，看着她的情人。

"威尔。"她鼓起勇气说，"我知道你不是——"

"这事儿和你没关系。"他打断了她的话。

她已经了解了他。

"我知道。不过梅洛迪有不同看法。"她知道这话会激怒他。

"真荒唐，你根本不知道我们在干什么。"

"不过——"

"出去。"他指指门。

在这种情况下，他的命令让她不由自主地激动起来。终于，他承认了她。她听到一句"我说"，声音听起来像是她的丈夫。她闭上了眼睛。现在，她看不见马丁了，看不见他茫然而又屈辱的脸，她想清楚自己在想什么。她闭上眼睛，感觉到头上交叉的血管突突地跳动，感觉到所有人的目光聚焦在她眼睛上的沉沉重量。于是，她睁开了眼睛，看着面前模糊不清的人海，他们的面孔。她想怎么办呢，但所有的一切似乎都变成了慢动作，仿佛她身在大海的最深处。她眨眨眼睛，但仍然模糊。厨房里传来了一个女仆的叫声，女仆还不知道已经出事儿了。另一个一无所知的仆人把酒杯装进托盘，她听到玻璃杯叮叮当当的撞击声。一只苍蝇在她的耳边嗡嗡地飞着。她看见一个红头发的女人，动作缓慢，极慢，用手捋捋头发，眼睛一直盯着她看。所有的一切似乎都发生在一个和她距离遥远的房间里，隔了一层玻璃。她站直了身体，深呼吸。这一会儿，她能想到的唯一的事情就是，离开这里。仿佛是怯懦，事情仍然乱七八糟，一切都留给了以后。但是这一刻，她的内心是那么充溢，而且温柔。她不知道自己还有什么选择。她离开这些盯着她看的女人、惶惑的男人，直接走到了门边，手放在了把手上。不知道为什么，她犹豫了一下，然后才拧了把手。她记住了手心中冰冷的金属，然后，走了出去。她甚至没有看一眼马丁。她已经做不到了。她也没有看威尔。她只是走了出去，走进了某一种全新的、未知的生活。

第二十八章
一九五三年七月三日

后来,她听说了事情的经过。那些和她没有交情的,平时当她不存在的女人给她打电话,在路上拦住她,表面上是为了告诉她之后的事儿,实际上是想看看她和这事儿有什么关系。

"他们说,他在网球场把枪塞进自己嘴里。一塌糊涂。你知道,他只有一只手。另外是个钩子,难度很高。是阿妈发现的,也被吓得进了医院。她们不总是希望大家是一家人吗?"

"可怜的蕾吉娜。"克莱尔回答。她想起了自己去过的那个酒会,她在那儿碰到了威尔。有一对父子身穿白色网球服来回击球。她想象雷吉·阿伯加斯特摊开四肢躺在草地上,血从嘴巴里流出来的样子。"有人知道为什么吗?除了外面流传的那些……"

"他不是因为自己,皇冠藏品失踪后,他一直自责。还有,他觉得自己应该对特露迪·梁的死负责。你知道特露迪吗，还有多米尼克？"

她回答："不清楚。我来之前他们就死了。不过我最近听说过他们。"

"多米尼克人品很差。他和女人交往就像换手帕。听说他喜欢两种……你知道我什么意思吧……"

克莱尔耐心地等对方继续说。

"陈家？威尔闯进来毁了他们的酒会，他们脸都青了。不过当然了，他们是百毒不侵的……可惜你没看见，你走了以后，维克托一直面无表情，什么都赖得个干干净净。不知道该相信谁好。"

"这事儿我也不清楚。"克莱尔这么回答，"我只是教小锁，和他们相处不多。"

"哦……"电话线那头，一声长长的、失望的叹息，"嗯，他们真是人物呀。"

她们随即挂了电话，没再打过来。对她们的直接，她也颇为惊讶。

政府结束了对皇冠系列藏品失踪的调查。女王授予了雷吉·阿伯加斯特身后的荣誉，感谢他为大英帝国所做的一切。蕾吉娜·阿伯加斯特把太平山的大房子卖给了一个想转到香港发展的上海商人，回了英国。官方并没有提及维克托·陈。

第二十九章
一五五三年七月五日

远远地,她看见他走近。一个细长的身影,拄着一根拐杖。很难相信,正是这个身影,仅仅在两个星期以前,还能够唤起她身体内排山倒海的欲望。一个谜。

他走近了。他消瘦的、苍白的脸,凌乱的头发,他说话的样子,再一次让她感觉到倾心。

"克莱尔。"他吻了吻她的双颊,"坐。"她有一种挫败感。永远是他,决定他们见面的基调。

他们坐在一张长椅上。这会儿,他们在太平山,他们在这里碰头,是因为不会碰到熟人。和以前的原因不一样。他们想对了。傍晚时分,只有他们两个人。他们俯瞰海港,吹在身上的风不太怡人。

"我和特露迪来过这里。"他说,"铁栏杆还是一样的。似乎有些东西真的能永恒，很有意思。"

"威尔。"

"你想怎么办呢？"他的语气，就像她刚才什么也没说。

"我不知道。我和父母联系过了，他们似乎并不急于让我回去。也许跟一些费用有关（回去的费用，父亲的养老金也不多）。我没有工作，也不知道能做什么。所以，我不清楚。"她简单地说，没有想和他谈什么责任。

"明白了。"他说。

"你呢？"

"我也不知道。待在这里似乎不可能了，离开似乎也不可能。"他说。

"是的。"她回答。

"所以我们在这里。两个无处可去的人。"他说。

"我还应该教小锁吗？"

"他们什么也没说？"

"没说什么。酒会后，我们还没说过话。"

"嗯，"他想了一下，"要是他们没叫你走，我也去。不过……"他笑了起来，"太像故意作对了。"

"你从澳门的坟里拿了什么？"其实，她一直都想知道。

"哦，那个，"他说，"特露迪在银行寄存了一个保险箱，她说只有我和多米尼克可以去取。她的律师给我寄了封信，通知我法律正式宣布她死亡以后就给我钥匙。我不知道放到哪儿合适，所以就藏在了多米尼克的坟里。没人会去那儿，那就行了。"

"盒子里是什么呢？"

"文件、信件，证明战争期间她为大坪做了什么，还有，别人做了什么。"

"别人包括维克托·陈？"

他简单地回答："包括。"

"那你怎么处理这些东西的？"

"我送到合适的人那儿，匿名送的。"

"维克托知道是你？"

"他知道我是唯一一个可能能拿到这些资料的人。"

"有麻烦吗？"

"我不觉得。不过，我的感觉又不是没错过。"

他们坐在一起，有一种奇怪的舒适感。

"其实，维克托·陈，某种意义上也没错。英国政府以前没有，现在也没有权利拥有这些无可替代的中国古董。首先就是英国人窃取了这些东西。尽管英国人不同意这个说法。但是，他拿到这些东西的手段……"他摇摇头，"这家伙做什么事儿都只有一个手段。"

"我没有离开过特露迪，没有完全离开过她。自从大坪发现我什么消息也不会给他之后，就不再给我休假了。不过，只要我想出来，特露迪就能让我出来。这也是我最后悔的，这也是……一切都化成了泡影，她本来应该能……有更好的出路。我不知道她出了什么事儿，我真的不知道，我以为我会发现的。一定有很多人很高兴告诉我，包括维克托。"

"但你又能做什么？"

"什么都可以做，除了这些我做的事儿。"他回答，"什么事儿都行。除了我在集中营做的那些毫无意义的事儿。成立委员会，申请热水和床单！"他的声音抬高了，变得很激烈，"我是个懦夫，一个真正的懦夫！我一点儿也没有帮过她。而她是我爱的女人。我竟然什么也没有做，躲在我自以为是的荣耀感里，什么也没有做！""特露迪有没有……"但克莱尔甚至没机会把话说完。

"她什么也没说过。她没有怪过我，或者骂我，都没有。她就是一贯的样子。从来没有装模作样。这是她最美的地方。"

他挺直后背。

"我告诉她我帮不上她的忙，她假装相信了我的话。其实她非常聪明，她知道真相的。她什么也没说，就原谅了我。"

他站了起来，朝一棵大树走过去，心不在焉地摘下一片叶子，撕成两半，然后扔在地上。

"香港一直这样，绿油油的，真该死。"他说，"你会不会有时候也希望没有这些颜色？英国的灰，有一点点雾什么的？"

克莱尔点点头。他渐渐放松下来了。她给他让出一点地方。

他继续说："有的时候，我就恨她这个样子。她为什么不能跟我直接说呢？她让我变成了懦夫。太残酷了。"

特露迪鄙视男人的眼泪，他知道的。

"我看见了一个景象。我看见特露迪在外头发疯一样地跑，样子就像被砍掉了脑袋的鸡，不知道是怎么回事儿，我一点也不知道，只知道她很绝望。我知道她是绝望的，但是她从来没有要我帮她。除了第一次。当我说不行时，她再也没有开过口。"

克莱尔摸到他的拐杖,把手放在他手上。他没有动,任凭她握住他的手。

"她没有一个可以信任的人。她是彻底地孤独了。是我害了她。"

香港空气一直这么湿热。一滴汗珠慢慢从克莱尔的背上滴了下来。

她希望他看看她,相信她就在这里,和他在一起。但是他望着远处的海港,眼睛里一片空白。她渐渐地意识到,他的放松不仅仅是因为说出了心里的负担,而且还因为,她并不在他心里。

他看见了特露迪,他下车时,她站在东亚酒店的台阶上,朝他挥手。车子要把他送回赤柱。她的表情是渴望的,太阳落山时的余晖,从身后把她琥珀色的头发点燃了。有孕在身的圣母玛利亚。她给了他一个飞吻,挤挤眼睛。他恨她这样,永远能把严肃变成玩笑。但这是她的生活方式,是她赖以生存的办法。她就是这样一个动物,她从没说过她不是。她早就警告过他。

阿伯加斯特说了。这回休假的时候,她告诉他。

他点点头。"我知道,我后来看见了。"

"不过,你知道吗?"她说话时,声音里有种毫无来由的恐慌,"是假的。大坪暴怒。有证据说肯定在那儿。旺角的一座老仓库。有人抢先了一步。"

"大坪怎么知道阿伯加斯特知道地点的?"

她踌躇了片刻。

"我想是维克托吧。"她终于开口了,"我没证据。这个男人,什么好处都要沾手的。"

"小心为好。"他说。

"我知道。"她点了点头,"大坪已经厌了我了。反正,我们得加快行动了。"

"会怎么样呢?"他努力不让她看出他心里的如释重负。

她笑了。

"总之不会是什么好事儿,我想。也没什么,和平常一样,反正就是我的小命儿捏在他手里,只不过再也没本事哄他高兴了。"

"你现在愿意去集中营了吧?"

"又来了!别老是集中营了。你不能老把鸟儿关在笼子里,亲爱的,我就是这么长大的,在黑暗的、危险的,以及如影相随的羞辱之中长大的。"

"不过你还是可以……"

"我在联系另外一个……靠山。"她慢慢地说,"也可以说另外一个人在联系我。所以,你别操心了。"

他的眼泪就这么掉了下来,突如其来的温热。他甚至想,如果被她看见他哭了,他简直生不如死。

"我该走了。"他说。

"是的。"

他转身要走,她抓住他的胳膊。

"每次我跟你说再见的时候,我都想知道,是永别还是再见。你知道吗?"

他点点头。

"你对我的影响太大了。"她轻快地说,"我得假装什么事儿都没有,就像你无关紧要那样。怎么会这样啊?"

他看着她,他爱的这个人。怀孕让她的脸色红润,瘦小的骨踝肿胀着。这个幸存下来的女人,怀了一个她并不想要的孩子,六个月的身孕。他发现自己不能原谅这回她最终的背叛。给她贴上个坏人的标签,然后回到集中营去。这样做最容易。扮演一个受害人的角色,舔自己的伤口。而他正是这么做的。没有什么荣光,但能活下来。他明白了如今他们之间的关系。

第三十章
一九五三年五月二十七日

埃德温娜·史多奇告诉了她一切，知道她会告诉威尔。

埃德温娜的声音还在她的脑海回响。老太太在黑暗的俱乐部倒水的动静。

"特露迪明白威尔不会再出来，帮不了她了以后，她加倍地努力，想让大坪需要她。我认识大坪，我的通行证就是他帮的忙。我和他保持联系，希望有什么小事我也能帮上他。"她从眼镜底下瞅着克莱尔，"你要明白，我不是通敌，在那种情况下，我跟上形势，对英国，对任何人，都更有好处。没有理由要疏远这个人。"她摘下眼镜，擦了又擦。

"特露迪想证明自己对大坪是不可或缺的——你知道，这个姑娘知道香港所有的事情，几乎是密橱里的钥匙——她的表哥多米尼克嫉妒了。这个人我一直不喜欢。好像只有一个人的位置似的，他们两个人只好争宠。多米尼克人品不好，我不知道你知道不知道他的事儿，总之，他就是个糟糕的人。一个虐待成性的小个子，肩膀上少了块骨头。他们都是大坪的走狗，四处奔走，领他会见中国的领导，让他知道中国社会正在发生的一切事儿，就连那些没关起来的欧洲人的小圈子的事情，也一样告诉他。多米尼克弄到了钱买卖必需品，通过他的渠道低价买进，再高价倒卖给市场。他从有用的人那儿打听消息，然后汇报给大坪。不用说，以前的熟人都不愿意和他来往了。不过当然，他过得相当滋润。多米尼克比特露迪明显，更外露。大家都不和他说话了。"

克莱尔打断了她的话。

"你工作吗？你怎么养活自己？"

埃德温娜撅起嘴。

"我一向不太愿意活在不愉快的过去。"

克莱尔几乎要大声笑出来，但显然埃德温娜·史多奇根本没发现自己的话非常反讽。

"香港到处都是这样的生意，日本人借机想发财。对战胜国来说，再平常不过了。到处都是皇冠藏品的传说，据说都是些价值连城、极其罕见的瓷器。大坪发现我知道一点点，就找我打听。我把我知道的一点告诉他了。"

埃德温娜的目光闪烁。

"实际上，我知道的远比说出去的多。不过，我觉得那不是合适的时机。"她顿了一下。

"克莱尔，总督是战争状态的时候到香港的。"她笔直地坐着，精神恍惚的样子，"他知道这里的局势非常复杂。他是知道的。他宣誓就职，接手一块殖民地，所有的情报都已经告诉他了，这个地方短期内就要被日本人占领。他接到伦敦的命令，其中一个就是保护皇冠藏品。他的悲剧是……"

她笑了，打断了自己的话。"这个故事有意思吧？政治家都够蠢的。毫无理智啊。他的悲剧就是，他要告诉三个人东西藏在哪里，生怕战争过去就没人知道了。和伦敦的通讯也已经不安全了，所以他得想别的办法。"她看看克莱尔，"我就是三个人之一。"

"这一定是件光荣的事儿吧。"克莱尔低声说。她想象这样的场景：埃德温娜被叫了到政府大楼里，喝着茶，吃着烤饼，一位对他要管理的城市一无所知的男人热情地接待她，他就这样被派到这里，要熟悉他自己住的地方，熟悉用人的面孔，还要完成艰难的任务，屈尊接待埃德温娜，只是因为她的年龄和经验。这么多年，怎么没有人知道这件事儿，没有人质疑过她呢？

"他们知道我在香港待了很久，了解很多人，知道历史，熟悉地方。另外两个人，嗯，我也知道他们是谁。我们本不应该知道，但是消息走漏了。总督很紧张，他信任这几个人，不是因为官衔，是因为身份。闲言碎语越来越多，一切都明明白白的了，有一个是雷吉·阿伯加斯特。你知道他吧？"

克莱尔点头。

"可笑的家伙，就这样放弃了。"她的嘴角变得坚硬而冷酷，露出了一种不可原谅的表情，"这个蠢驴太太，蕾吉娜，毁了英国人的声誉。"

"第三个人是谁？"克莱尔忍不住问。

埃德温娜惊讶地看着她。

"我以为你已经猜出来了，维克托·陈。"

第三十一章
一九四二年四月

　　香港一下雨，世界都不转了。暴雨如洪，整个城市都被淹没在一片灰色的海洋之中。人们像惊惶失措的老鼠一样，迅速消失了，他们窜进了过道、商店、饭店，躲在屋里抖掉身上的水，点一杯咖啡等雨停。

　　特露迪和维克托·陈坐在苏菲咖啡馆里，铜锣湾的一家法国餐馆，看着外头的雨水。

　　"这里看上去永远都脏兮兮的，就是雨过天晴了，也不干净。"特露迪说，"雨水倒是把污秽冲走了，不过不到两秒钟，全回来了。香港就是个脏地方，一直就这么脏，但别的地方又去不了，这么肮脏的城市是我家。"她的手搁在椅子扶手上，扶手上的红色绒布已经被磨得闪闪发亮了，"我一直喜欢这家餐馆，小时候，每个星期天爸爸都带我来吃早午餐，每回都给我买一件新衣服。"

维克托哼了一声。

"每个星期?"他反问,"你被惯坏了。"

"惯坏了?"她也反问,"你不用急,维克托,我敢保证,这场战争会把我的最后一点尊严也撕得干干净净。"

"大家都表现出最真实的一面嘛。"

"早就有所表现啦,维克托,我亲爱的表姐夫,大家早就说话了。我听说大家在议论我们通敌的事儿呢。勾结?你也是这么说那些和敌人走得太近的人的吧?"

"勾结不是个好词,特露迪。我会留心你是怎么用这个词的。"维克托克制地说,态度像条蛇。

他们坐在铜锣湾一家空荡荡的法国餐馆里。红天鹅绒椅子,编织挂毯。在这里,没有人认识他们。维克托飞快地呷了一口白兰地,脸色发红。特露迪穿了一套得体的套装,戴着帽子,她只坐了个椅子角,看上去很不舒服。面前的咖啡杯空了一半。

"我们不就是这样吗?维克托?"特露迪说,"大家不都这么称呼我们吗?"

"别傻了。"他嗤之以鼻,"你教英语和礼节。你只是一个将军的家庭女教师。他对西方感兴趣,你就教他。我也不过是竭尽全力平稳过渡,让我们的人民少吃点苦。以后别说这种傻话。不是所有的事情都黑白分明的。难道在这么艰苦的时候,我们就应该让自己心怀仇恨,疏远可以帮助我们的人?特露迪,你已经不是孩子了。"

"但是，大坪那么……"

"你除了教他英语，完成他交给你的任务以外，没必要把他和自己联系起来。"他的脸上流露出精明的神色，"我想，他要你做什么你都得照办。不管是什么事，找什么理由都行。"

"他是头猪。"她静静地说。侍者过来，沉默地给她添杯。她往杯子里放了糖和牛奶，喝了一口。

维克托仔细看她的表情。

"你变了。"他说，"因为那个英国男人？他用他永恒的价值观谆谆教导你？用正确的方式做事，荣誉什么的，还有那些英国人最擅长的垃圾？真到了该他们负责任的时候，他们一样找得到借口，也不过如此，他们什么也不承担。所以听起来永远那么正确。你可以说这是一种艺术。听起来漂亮，什么也没干。"

"你有没有不恨的人，维克托？"她心里想的是，牛津口音破坏了这一番言论的效果。

"你更是个中国人，特露迪。在别的国家，你都只是外国人。你就是香港人。"

他自己点了一根香烟，没有给她。

"这就是通行的规则，你知道的。"他看着发亮的香烟头，"事情变了，在新世界得到一个立足之处，就像在流沙上打地基。你必须得适应。"

特露迪把双手撑在桌子上，身体往前倾。她想露出牙齿来嘘他。

"我很忙，维克托。找我什么事儿？"

"我只是想确定,我们是不是站在一边。我们是一家人。"

特露迪笑笑。

"你以前从来没有这么强烈的家庭观念,我想,也许我应该待在赤柱,威尔说……"

"别这么白痴了,特露迪。你在外头,得到的比在监狱里多多了。别犯错误。监狱里只能如此。你又为什么要放弃?"

"但是威尔……"

维克托笑了。

"亲爱的,我从不知道你这么多愁善感。当然,还有一件你父亲的事儿。"

特露迪紧张了。"他有什么事儿?"

"我不想说什么,不过……他的情况不好。"

特露迪的表情凝固了。"他什么也没跟我说过。"

维克托瞅着她,仿佛她智力低下似的。

"你觉得他会告诉你?"

"我不相信你。"

维克托挥挥手。

"这事儿和我一点关系也没有。"说完,又意识到不对,赶紧补充道,"我当然关心他,我想你有权利知道。"

一个男人进了餐馆,在钢琴前坐下来,开始演奏。特露迪和维克托面对面坐着,谁也不愿意有所表示。

"德彪西。"特露迪说。

"嗯。"

他们就像两个棋手,面对面坐着,眼睛环顾四周,就是不看对方一眼。维克托的烟抽得只剩下过滤嘴了,按熄在水晶烟缸里。他拐弯抹角,先开口了。

"现在找演员也不容易。日本人把自己的牌子带进来了,旭日东升之类的垃圾牌子。运输许可、进口许可之类的事儿。渠道越来越窄,货物越来越宝贵了。"

特露迪抬起头来。

"商品,比如药物,你的意思是?"她的嘴角浮起一丝笑意,但并不明显。

"嗯,这只是一个例子。质量过关的药物。美国和英国的制药公司当然不会运送药品到沦陷区。至少不会通过合法途径运进来。大家都得学聪明点儿。"

"你一直很聪明,维克托,犯罪学敏锐。"

他猛地举起双手。"都是误会。我只是想让你明白现在的形势。食品很快就会极度短缺。这可并不是丝袜或葡萄酒的问题。"

特露迪站了起来。

"对不起,我的鼻子需要补点粉。"她优雅地走进化妆室,门静静地在她身后掩上了。

维克托玩他的烟盒,等着。

她出来的时候,脸色鲜艳,重新涂了口红。坐下来的样子显得很愉快。

"大家大概以为我们在相爱,维克托,找一个偏僻的地方避开人悄悄碰头。"

"绯闻?"

"你对我就没幻想吗?"

维克托本不应该这么严肃地考虑这个玩笑。

"你对我来说,就像妹妹,特露迪。梅洛迪一直很喜欢你。她走的时候,希望我能照顾你。"

"有意思。她叫我到澳门去,和我爸爸待在一起。"

"他确实需要身边有个人,照顾他。"

"他有阿良。"她父亲有个忠心耿耿的男仆,照顾了他四十多年,"他照顾得比我好多了。"

"你没听说吗?"

特露迪的脸沉下来。"什么?"

"阿良肚子被捅了一刀。好像是有日本兵想抢你爸爸的劳力士,他想保护你爸爸。一触即发的形势吧。他死了。"

"爸爸自己会告诉我。他会和我联系的。"特露迪说。

"你了解你爸爸的。"维克托安抚似的说,"他不想让你担心。不过,也不用担心,特露迪,我会照顾他的。我派了一个上海女人去照顾你爸爸,替他做饭。他不想让你担心,我也不想让你担心。我告诉你,是因为……"

很长时间的沉默。特露迪抬起眼睛看着维克托,虚弱地笑了笑。她抓起香烟,给自己点了一根,把烟吐到维克托的脸上。

"大坪……很喜欢我,他觉得我是来自异国的花朵。"

"我知道。你得让他一直这么觉得。"维克托说。

他心满意足地站了起来。

"下个星期我要办一个花园酒会。"他说,"你就是女主人。

我们是一家人，大家不会议论什么的。你把大坪带来，告诉他想请谁来都行。"

特露迪点点头，动作轻得几乎看不见。

"我想，谈话结束了。对了，还有一件事，特露迪。当你决定做一件事时，你应该自始至终做下去。没什么比优柔寡断更可怕的了。这种东西会危及生命。日安。"他扔了几张钞票在桌子上，走了。

第三十二章
一九五三年五月二十七日

  克莱尔和这位退休的女校长，一起坐在图书馆里，几乎晕倒。
  "维克托·陈？他怎么会是其中一个？为什么他不……"
  "哦，他当然不愿意卖得太便宜，这家伙要不是个好商人，就什么也不是了……"埃德温娜说，"政府对他的看法，实在是大错特错。要我说，只要价格合适，他连自己的妈妈也会卖的。他们觉得应该有一个中国人知道，有可能所有的英国人都会坐牢，或者被杀掉。他们以为他对英国很忠诚，因为他是在英国受的教育。他发现我和雷吉都知道，雷吉在赤柱，他自己又绝不打算说出来，他和我不太熟，所以就请我吃饭喝茶，见了几次。从来没人这么奢侈地招待我。他很老练，想打听我的想法。不过我可不会上当。我们玩了好长时间猫捉老鼠的游戏，他一直在监视我。"

"特露迪知道吗？"

"我想不会，否则她用不着这么东奔西走找消息了。我估计维克托看她为了得到他早就知道的消息，折腾得这么辛苦，肯定挺有乐趣的。还有多米尼克。他亲眼看着这两个人忙忙碌碌的。维克托观察了一段时间，我猜，等他觉得他们的势力有点过度，才决定采取行动。他是那个幕后操纵的人。他们不过是他的木偶。"

她顿了一下。"你想来点烤饼吗？这是香港最好的烤饼。一个姓王的厨师做的，他是我亲自教出来的。他是这里做英式餐点最好的中国厨师。"

"哦，不用了，谢谢你。"克莱尔说。

埃德温娜往烤饼上涂了厚厚的果酱，塞进嘴里。

"嗯嗯嗯嗯，我在这里住了那么久，要是没有茶和烤饼，我早就过不下去了。"她说。

"特露迪和多米尼克做事的办法，把维克托·陈激怒了。他们做得太显眼，过分安逸地享受和大坪的关系。这太不得体了。所以他就开始在他们之间撒了一点动荡的种子。他希望他们在他的控制之下，而不是大坪。他还把多米尼克拉进了自己的生意里。生意一直欣欣向荣。他把汽油之类的基础物资卖给在广州的日军，钱滚滚而来。多米尼克做的都是小生意。他就是这么告诉多米尼克的。他有工厂和巨大的财源支持。后来呢，他告诉多米尼克，特露迪在他背后行动，想自己一个人弄到消息。当然了，多米尼克相信他。多米尼克开始陷害特露迪。他告诉大坪,其实特露迪早就知道皇冠藏品在哪里,就是不想告诉他。维克托对这事儿,当然乐观其成。"

"多米尼克不知道维克托知道?"

"不知道。"埃德温娜语带嘲笑,"维克托没有告诉任何人。只有我知道。不过,可笑的是……"埃德温娜的目光望向远处,"很古怪。感觉就像,特露迪清楚地知道发生了什么,她只是不管而已。她知道。但是她放弃了,不在乎了,她只是被动地接受一切。"

有人推开了门,往里看。埃德温娜·史多奇没抬头。门又轻轻地掩上了。

"就这样,大坪觉得特露迪是个麻烦,厌倦了她。他多少偏向多米尼克了。他是个贪得无厌的人,是头猪。他决定用这个借口除掉她。他让我帮忙。你明白吧,奇怪的就是这个,他无论做什么,她似乎都毫不在乎。他好像动不了她,这让他几乎发疯。她怀孕以后,他告诉她,要把她转手给他的副官。这就是他对她做的事儿。但是她不动声色就去了。他说什么,她就照办。他一点满足感也没有。他想让她痛苦,把她分派下去。你明白的,她是个女继承人,从出生开始,就拥有了最好的一切。所有人都知道。我不知道她为什么会这样,也许她真的只是不在乎了。"埃德温娜第一次流露出她的悲哀来。

"特露迪怎么死的?"

"多米尼克告诉大坪,特露迪知道皇冠藏品在哪里。特露迪不知道。大坪觉得她可能信任我,因为我是个英国人。所以他安排我们偶遇几次,让我们重新熟悉起来。这很容易,他对她每天的行踪都很了解,所以我和特露迪经常碰到。"

"为这个男人做这些事儿,你犹豫过吗?"克莱尔问。

"完全没有。"埃德温娜立刻回答,"克莱尔,你必须得明白,在这种情况下,没有一个人是圣徒。大坪是敌人。不过,特露迪、多米尼克、维克托,全都跟他睡一张床。据我所知,他们都是敌人。他们心里没有别人,只有自己的利益。"

"几乎是你身为一个爱国者的责任。"克莱尔安详地说。

"是了。"埃德温娜立刻抓住了机会,"我认为这是我帮助祖国的一个机会。我知道如果情况有变,维克托·陈打算放弃皇冠藏品。其实就看代价。我想要是我一直密切关注,也许我能做点事情。所以,我告诉……大坪,特露迪的确知道。"

克莱尔张大了嘴。"……但是……"

埃德温娜语气强硬了。

"这是最好的办法。必须把他引向错误的方向,不让他发现正确的地方。"

"你这么告诉大坪,她就死定了。"她本想忍住不说,但话还是脱口而出。

"太简单了。你的世界不是黑就是白?"埃德温娜说,"事实上,从一开始,特露迪的命运就已经注定了。她做事儿的方式就决定了。她再活一个月都不可能了。这样,有两个人告诉大坪说,特露迪知道,就是不告诉他。大坪叫我送她去他的办公室。他这么处理,显得很奇怪。日本式的?她知道不正常,她常常去那儿,从来不需要我护送。不过她很有礼貌,我到她那儿,我们坐在一起喝了会儿茶,聊天,然后一起走过去,她就自己上去了。我告诉她,他在等她。就这样。后来,没人再见过她。"

房间似乎更冷了。克莱尔抱住了自己的胳膊。

"所以……"什么想法都停滞了。

"不,亲爱的。"埃德温娜说,"日本人对这种事情从来不动感情,不会留下目击证人。我想,他们可能会让她生下孩子,然后,我就不知道了。"

"多米尼克呢?"

埃德温娜摇摇头。

"这个人,无论如何不会有好下场。他自己都不知道自己想干什么。每个人都利用他。维克托把他安置在一个公司里,叫澳门物资。所有的法律文件全是多米尼克的名字,把自己洗得干干净净。不过,后来,我猜想,多米尼克越来越贪心,开始瞒报,日本人发现了。也没人知道到底发生了什么事儿,不过,至少有尸体。他出现在贫民区的一条河里,手指全都被砍掉了。哦不,留下一根手指。他有十一根手指,显然是天生的缺陷。"

"哦……"克莱尔慢慢地长吐一口气,要接受这一切太困难了,"后来呢,皇冠藏品到底怎么样了?"

"没法不说维克托是个聪明人。他感觉到秘密会泄露出去,可能是我,也可能是阿伯加斯特,所以他把东西转移了,藏在别处。然后他明确告诉大坪,他发现阿伯加斯特知道。他一个人在操纵局势。他让大坪欠了他一个人情,阿伯加斯特永远也不会知道。他们只砍掉了他的手,已经很走运了。阿伯加斯特崩溃了，大部分人在这种……监禁中，也都会崩溃的。大坪派人去的时候，东西已经不在了。阿伯加斯特为此也吃了不少苦头。维克托什么事儿也没有。阿伯加斯特从来不知道是不是自己的过错。我想，这比拷打可能更糟糕吧。"埃德温娜若有所思，"思想对人的作用，真是古怪。战后，他的发展很好，帮助了许多不幸的人，可是他自己从来都不高兴，他觉得他背叛了他的祖国。他就是那种人，一直把国家看得很重要。"

"后来，维克托觉察到大势已变，觉得把东西还给中国更有好处，以便在那头积累一些政治资本。所以他把藏品装上火车，送到中国去了。一个忠诚公民的礼物。这事儿我是后来才知道的。"

"这是故事的结局……你告诉过别人吗？"

"没有。维克托清楚地让我知道了，保持沉默对我更好。"埃德温娜说。

克莱尔立刻联想到埃德温娜舒适的生活，她在新界的大片房产。这一切，表面上，都是由一个女校长的退休金支付的。

"都有谁知道呢？"

"我不清楚，亲爱的。维克托所有的牌都在自己的心里。"

"威尔知道多少呢？"

埃德温娜微微一笑。

"这你得问他了，你会问吗？"

"你为什么要告诉我？我和这事儿毫无关系。"克莱尔问。

"你和威尔……很近，对吧？"埃德温娜问。

"我认识他。"克莱尔说。

"他会听你的吗?"

"一点儿也不会。"这话是真的。

"嗯,我想你可能会大吃一惊。这么长时间,你是威尔愿意相处的第一个人。我想,他需要一点动力做正确的事情。女人总是知道该说什么的。这是我们的本能。"

"我不确定我是不是明白你的意思。"克莱尔故意装作不明白。

埃德温娜的手拍在桌子上。

"那个人,那个男人。"她叫道,"维克托·陈,在香港大摇大摆,好像这里是他的地盘。他和所有的重要人物关系亲密——你知道吗?玛格丽特女王来的时候,让他来办酒会。他是谁?一个穿萨维尔大街西装的中国男人!一个投机主义者,一个通敌叛国者!"她的唾沫几乎都喷了出来,"他装得比所有人都强,甚至比英国人要强!令人作呕!"

她突如其来的感情爆发,和身后厚厚的缎子窗帘,很不协调。

"那个星期,他在城里故意怠慢玛丽。他太急着往上爬,已经把老朋友都忘了。他得学着点儿。"她看看克莱尔,"他是个非常恶劣的人,他不配拥有这一切。"

"谁配谁不配,生活中是很难说清楚的。"克莱尔觉得自己,仿佛正在试图安抚一只肥硕的暴怒的猛兽。

"他以为过去的事情过去了,但总有办法一再浮出水面的。"

"孩子呢?特露迪的孩子呢?"克莱尔问。这孩子是最无辜的。

"我不知道,亲爱的。我想有人照顾吧。"她犹豫不决地说,"就是这样,故事结束了。那个下午,最后和特露迪在一起的下午,我想了很多回。她态度那么冷淡,好像和自己根本没关系。威尔抛弃她之后,她已经不在乎自己是活着还是死了。我总是想,威尔伤了她的心。怎么会这样呢?谁会知道,卓尔不群的特露迪·梁,还有一颗会被伤害的心呢?"

第三十三章
一九五三年七月五日

"好吧,现在,我们怎么办?"克莱尔问。

她和威尔的沉默,时间已经不短了。他们看着远处的海港,一艘艘船只静悄悄地流过港口,优雅地擦身而过,如同孩子们放在浴缸里的玩具船。天上落下了星星点点的雨水。他们谁也没动。

"你不需要我。"他说,"我以前就说过。现在更是这样。现在我身背债务,谁知道会发生什么事儿?"

她的第一反应是:自动撤退。然后她意识到,他已经和他的秘密在一起生活得太久了,现在这些秘密被一泄而空,他的身体好像也跟着空了。

"我不需要你。"她重复了一遍。他身上仿佛漏洞百出,一次次轻松地逃离她的掌握。就算是他们最亲密的时刻,他也不曾完全属于她。现在,她知道为什么了。他一直和另一个女人在一起。她仍然无法控制自己。她想要他,和他在一起。需要,和想要,是多么的不同。

她回忆起来,当她躺在他身下时,威尔就掀起她的发束,让金黄的头发顺滑地穿过他的手指,他的面孔离她越来越远。"金色,"他说过,"我爱这金属般的发色:金色、青铜色,甚至银白色。金色和青铜色终会变成银白色,是吧?"这是他曾对她说过的最接近"爱"的一句话。这忽然刺激了她。她扭过脸,把脸藏在阴影中。在床上,她总是羞怯地抱着他,生怕会说出什么让自己追悔的话来。

"你可以过更好的生活,你心里清楚。"她回答,"你不用永远在后悔中生活。"

"你想表达你的善意,不过你并不明白。"他说。

"你老是告诉我,要强大,不过你自己从来都不强大。"克莱尔说,"我们刚认识的时候,你告诉我要抓住机会,超越被赋予的命运,改变它。其实你自己也做不到。你自己陷在过去的泥潭里,所以注定不可能快乐。"

以前,她不可能看得这么清楚,现在怒火反而让她变得明晰了。"你不能这样下去,你就快沉下去了。而且,你还假装自己很强大!"她有种感觉,自己一直被他的伪装愚弄。她爱的这个男人,只是一个空壳,只是她自己的想象。

"我叫你走开,别来烦我。"他也生气了。现在他只想一个人待着,但是她是不会丢下他一个人的。

"你为什么来找我?"她问,"你改变了我的生活。你不喜欢我，你说过。是这样吗？现在你烦了吗？"她最后的指责，像刺向他的箭。

他想解释："你太纯洁了，你不像别人。你有你的偏执和傻念头。但你的内心是开放的，愿意改变的。其实我一个人过惯了，无所谓……但是你出现了……"

"哦哦哦，是你替我开启了双眼，这个智慧的……"

"你这么说不公平。"他回答说，"不要贬低你自己。在你出现之前，我从来没有正眼看过别的女人。但是……这种感觉真糟糕，好像我在背叛特露迪。我已经背叛她太多次了。"

"你就是在浪费你的生命。"她说。她的头发被雨水打湿了，一缕缕地挂在额头上。他没有帮她擦脸上滑落的雨水，他看上去是那么筋疲力尽。

最后，她残忍地说："你这个懦夫。"

这个男人，到底是怎么改变了她的生活？似乎不可思议。

"而且，你简单，天真。"他用力说，"想想，你可以轻易地甩掉过去，就像关门一样轻松。"

她叫了起来："你连看都不看我一眼！你就连一眼都不打算给我！你吝啬，一点点注意力都舍不得给别人。"她低下头看看自己。早上出门，她是精心穿戴过的，她小心翼翼地想给他留下美好的印象。安静，不苛求，自信。这样的形象，她穿了一件海军蓝棉布裙来表达。扣子一颗也看不见，全都盖住了，只留下几道精美的褶皱。剪裁讲究，但又不夸张，头发也用海军蓝的缎带扎在后头了。一个词不断地浮出脑海，而她不断地与之搏斗：傻瓜，傻瓜。

"我想告诉你,不需要这样子。"她说。突然她仿佛听见了妈妈的话:"追着男人跑?你,可耻!"尽管这只是她自己的想象,但她的脸还是突然涨得通红。她自己都没意识到自己在拼命地摆手,想摆脱妈妈的影响。

他烦躁地问:"你明白吗?你明白这种感觉吗?你的生命都被瓦解了,是因为你自己的原因!"他站了起来,"时时刻刻都只有这件事儿了,别的什么都没有了。"

她压低声音,说:"那么你放手吧。"

"有时是这样的。"他回答,"但人对自己的生活并没有那么多选择。你最好还是在我说出什么今后会后悔的话之前,什么也别说了。"

"你早就应该知道,就是后悔把你的生活害成这样的。"她回答说。

现在,他们还是坐着,心情激动。愤怒如同一枚溶解剂在他们全身上下游走,清除了他们短暂的过去,把一切都擦得干干净净。

他站起来,走了。她没有跟上去。

第三十四章
一九五三年七月十二日

之后的那个礼拜,克莱尔去辞职。她是在平时的上课时间去的。她被带到了休息室,梅洛迪一个人在那儿。

"你还好吧?"她问。

这个中国女人极为安静地端坐在沙发的一角,面前摆了一杯冷却的茶。

"不好。有些事情太糟糕了。这是误会。每个人都被误导了。"

"我恐怕……"

"他们冷落我。"梅洛迪面露病容,"我一进格洛斯特饭店的茶室,所有人都立刻不说话了,没有一个人叫我,就连莉齐也不叫我,我和她是小学同学,我们曾经是最好的朋友。她还把水痘传染给我!她装作根本没看见我!"

"我想你误会了。"克莱尔说。

"不,没有。"梅洛迪轻轻地说,"人都很无情的,你知道。在这个世界上,大家都是非常残酷的。"

伪善是这个女人压倒一切的突出品质。梅洛迪一看见她脸上的矛盾,立刻说:"哦,你不会明白……你还好吧?"又出其不意地补一句,"我猜你的生活现在也大为不同了。"

"我和马丁收拾东西的时候,在梅尔妇女会得到一间房。我已经给父母拍过电报了。我可能得回家了。"

"一塌糊涂,不是吗?"梅洛迪说,"你们英国人是这么说的吗?你多少也牵涉进来了,我打赌你从没想到会碰到这种事。"

"没想过。这些事和我没关系。"

梅洛迪点点头,站了起来。"我告诉小锁你到了。"

克莱尔想解释,但梅洛迪打断了她。

"他们说我是从特露迪那儿把她抱来的。其实不是的,是特露迪把她给了我。"

克莱尔张开嘴,没说出来一句话。

"她知道要出事儿了。她知道自己活不长了。她知道我的孩子一生下来就死了。她让我收养她的孩子。这是我们表姐妹之间的礼物。很多人不明白,但是在中国,常常有这样的事情。把孩子送给亲戚。我们是一个大家族。她希望这么做。她知道小锁会有一个好家庭。我想维克托也觉得小锁是不错的保险。她有一半日本血统,你知道吗?一半日本,四分之一中国,四分之一葡萄牙。不过从她脸上,你是看不出来的。没看出来,对吗？我们爱她，就像爱自己的孩子。这对大家都好。"

她闭了嘴，表情有点困惑。

"医生说我再也不能生了。生产会要了我的命。所以，我也没别的选择……我去找小锁。"

她慢慢走出房间。

克莱尔坐在突然寂静下来的房间里。钟的滴滴答答声额外响亮。漫长的几分钟之后，小锁进了休息室。

"我在音乐房等你来着。"她说，"我等了又等，然后林告诉我你在这里。你和妈妈在一起吗？"

克莱尔以一种新的目光打量这个女孩。她是特露迪的孩子。这个孩子从来不知道谁是她的亲生母亲。她是暴力、欺骗和绝望的孩子。可是，在她平静的脸上，一点这样的痕迹也没有。她的历史，她的过去，就这么轻易地被埋葬了。

"小锁。"她开口了，"我来，是为了告诉你一些事情。你能不能过来，坐到我旁边来？"

小锁坐了下来。"你想吃饼干吗？我有点饿了。"她用广东话叫来了用人，说了几句话。现在克莱尔已经能分出几种方言了，广东话、普通话和上海话。在小锁这种家庭，这三种语言常常是混用的，也会用英语和法语。

"喝点什么，彭德尔顿太太？"

她和用人的关系，她处理家事儿的自信，突然让克莱尔觉得自己像是看见了一个微型的梅洛迪。她眨眨眼睛，用人已经拿来了果酱饼干和牛奶。小锁毕竟只不过是个孩子，她立刻把东西全往嘴里塞。

"小锁，我是来告诉你，我不能再教你了。"克莱尔说。

"嗯嗯嗯嗯嗯。"小锁满嘴的饼干，只能发出这种声音。

"尽管你不爱练琴，但是，我是真的很喜欢教你。"

"哦，对不起，彭德尔顿太太。"

"没关系的，我只是想告诉你，你是个好姑娘。你能做很多了不起的事儿。你心地善良，性格可爱。你的纯真真的很特别。"

小锁连连点头，一脸的困惑。

"我知道你不知道我在说什么，小锁，不过我还是想告诉你，你是个好人。保持你的样子，相信你的直觉。我真的希望你一生都好好的。"克莱尔知道自己说的一切都毫无意义，但是仍然继续说了下去。她不顾一切地希望给小锁留下一些什么东西，一些能够记住的东西。但其实，真的能让小锁记住的，能留下难以磨灭的印象的，她又绝对不能说。她负不了这样的责任。

"彭德尔顿太太，你的样子，就像我快死了……还是出了什么事儿？"

"我只是想让你知道……"她的声音低了下来，"知道，而已。"她站了起来，吻了吻小锁光滑的头发，"再见。"

她走了，留下吃饼干的小锁一脸困惑地待在休息室。她的腹部有种奇怪的混乱的感觉。

第三十五章
一九五三年

在他的梦里,她回到了他身边。在她的梦里,她原谅了他。

"我一直在找一个圣人。"特露迪说,她的双手交织,搁在他的脑后,她的眼睛直勾勾地看着他的眼睛,"我想你就是。"

"真对不起,我从来没有假装我是圣人。"

"噢,我觉得你是呀。"她平静地说,"你的头顶永远有圣人的光环。大家总是指望你的引导。"

他摸摸她的头发,光滑精致的头发。

"因为你,我从来不锁门。我想,只要有一点儿机会,你还活着……更离奇的事情都有过。有可能的。我不能锁门。我一想到万一你来找我,我恰好出门,你走了,我就再没有机会了。我哪里也不能去,大家都奇怪我为什么待在那儿,活在过去。"

"当然了,我一定会来找你。"她的声音像铃声一样清脆,"你忘记啦,我一向足智多谋。"

"你让我变成了最坏的男人。如果我有了家庭,我会因为你离开他们。你想要什么,我都可以偷来给你。要是你想让我杀人,我很可能照办。没有我不能为你做的事儿,这就是世界上最糟糕的事儿。所以我不得不逃跑,我不得不离开你,为了保存我自己。"

她被逗笑了。"嗯,我不知道这是我听到过的最漂亮的话,还是最卑鄙的话。"

她一直告诉他,她不是个可靠的人。她会随时离开他。她不值得信任。但是他只要看看她的眼睛,就知道她在撒谎。

"我会想,这一切什么时候才能结束呢。"她说,"到时候,我每顿饭都吃冰淇淋,喝香槟,用蜂蜜和红酒洗澡。我肆意挥霍,你一点办法都没有!我要生活得彻头彻尾像个女继承人,一切都只要铺张——只用法国的香皂,每天晚上床头摆的都是外国的鲜花。节制就像要谋杀我。战争时期我变成一个阴森森的保姆了。我要洗刷掉这个讨厌的保姆留下的所有痕迹,时候一到……"但是她不知道,什么时候能够结束战争。

他咬她,他想咬她的脸蛋,用力咬,把肉撕下来,血沿着脸颊淌下来。他想撕裂她,把她囫囵吞下去。他想让她感觉到他的痛苦。还有,他带给她的痛苦。

他离开了梦境,她消失在梦的深处。他想起另一个人了,还活着的人。但是,他又一次回到了过去。过去的力量如此强大。

战争结束的时候,特露迪已经消失了很久。

那些日子的回忆。坐在他薄薄的床上,无穷无尽的、千篇一自律的回忆,让他一次次感觉无助、侮辱、愤怒。他很少注意别人——他们是否得到了公平的配给;还有,自从美国人被遣返之后,有人悄悄地搬进了无人居住的空房间。哦,是的,美国人离开的那一天。美国政府处理交换战俘这件事,非常有效率。看着运送美国人的卡车走远,他有种难以形容的百感交集。卡车上,挤满了邋遢的家伙,他们兴高采烈,口袋里塞满了那些仍然被关在里面的人发给世界各地亲朋好友的信。他们答应把信寄出去。心地善良的人们把自己的毯子,多余的衣服,一些生活用品,甚至钱都留下来了。不过也有少数人,什么废物都带走了,似乎打算全带回家去。一个人的精神力量,在这样的地方也会显现出来。几个美国人站在车后,他们是天主教的牧师,他们放弃了回家的机会,以便照顾那些仍然留在牢中的、不同国籍的信徒。是的,世界上,有好人的。

日子过得太慢了。日子过得太快了。时间是模糊的东西。

另一段记忆甚至更为久远:集中营的第一个圣诞节,大概是他们被关了一年,或者近一年的时候。他还记得院子里的草坪上垂死的草,孩子们奔跑时扬起的灰尘,孩子们破破烂烂的短裤和兴奋的尖叫——一切都带给他一种不合时宜的温暖感受。

女人们撑起了桌子，放上了鲜嫩的柠檬和圣诞饼干，这些食物都是还在外头的人送进来的。油印了的节目单发给大家。他们还想办法弄了一把小装饰品挂在周围的树上，于是树也跟着闪闪发亮了。犯人们进来围坐下来，开始聊天、喝水，一台老式留声机在播放圣诞颂歌。他们悄悄地传一个火药筒。比尔·肖特搞到了一套圣诞老人的行头，肚子底下塞了个枕头出来，这让孩子们很高兴。他分发了一堆杂乱的礼物，但也惹得到处都是尖叫。一把闪亮的扣子，一个塞了干草的破玩具，一个用树叶做成的圣诞拼贴画。妈妈们都忙死了。

日本士兵在一边看得很茫然。他们之前已经给了孩子们几袋糖果。

蕾吉娜·阿伯加斯特突然跑到了他面前，脖子上裹了一条夸张的红围巾。她还是那么有创造天赋。

"威尔，圣诞快乐。"她说。她丈夫就站在她身边。这是在酷刑之前几个月的事儿。威尔朝这对夫妻举了举杯子。

"时间过得真快，是吧？今年和去年，真是天壤之别啊。"

"我们还活着哪。"雷吉回答。

"你的假期过得怎么样？"蕾吉娜问。威尔能够休假这件事儿，引发了一堆的忌妒和猜疑，尽管他总是带东西回来，每个人其实都沾到了好处。

"称之为享受总是种挺奇怪的说法吧。"威尔回答。

"特露迪和现在的统治者关系很密切。"蕾吉娜话说了一半似的，有点挑衅的味道。

"你这是陈述句，还是疑问句？"威尔好脾气地问。

"你关在这里,你怎么会知道这些事儿?"雷吉不耐烦地对太太说,"你的假想有点过分了。"

"哦,这不是我说的,每个人都这么说。"蕾吉娜眨眨眼睛,"不过么,威尔,你知道得越少,越好,是不是?"

雷吉一脸抱歉的表情,眼珠直转。

"行了,合唱团就要唱歌了。"他坚决地拉住蕾吉娜的胳膊,把她拖到准备登台表演的孩子和女人中间去了。

威尔记得这一切。回忆的时候,他仿佛有种病态的感伤。这一切怎么会结束的呢?他们怎么会经历过这样的一切,而这一切竟然结束得这么真实?

1945年,头顶上又一次响起了飞机的声音。然后,是炸弹飞蹿的嗖嗖声,巨大的轰鸣声。情况反常,他们无法想象。死伤难以计数。每天借着送蔬菜的机会,传进来只言片语的消息。突然,菠菜是用英文报纸包着送进来的了。

看守似乎怯懦了,友好了,给了他们更多的权利,每天的食物配给也多了。

特露迪,他每天都会想到她。但是,越来越模糊。他的信石沉大海。来探视的人也都说从没见过她。再也没有休假了。她仿佛突然蒸发了。就像她妈妈一样。他把这个想法清除出脑海。战争中,人们只会死亡。

然后就是解放,回到外面的勇敢新世界。仍然要警惕日本人,失败也是他们的危险之处。一些人在最后的时刻拼死杀人。大部分人还是清楚地知道战胜和战败的界线,这是不需要明确规定的区别。

就像一台叽叽嘎嘎作响的老机器，摇回了正常的运行轨道。香港轰隆隆地开始生活，公交车和电车有条不紊地按日常时间表运行，商店开始进货，价格也渐渐回跌到正常水平。人们在街头碰见，立刻激动地抓住对方，很高兴大家都活着，还能再见面。即使是对不喜欢的人也一样。大家都会习惯常态的生活的。

大坪被遣返回日本。后来，他们听说，他在巢鸭拘置所上吊死了。听到这个消息，他们的痛苦也没能减轻。

第一次晚宴的奇妙感觉——人们刚开始都是小心翼翼进场的。不一会儿，大家都放松了，适应得如此之快，几乎可以说是不合时宜。他们抱怨供应短缺，抱怨没有好的用人，然后抱怨弄不到好酒，最后抱怨所有的一切。已经快被遗忘的舒适、慰藉，实在是太大的诱惑了。他们如此之快，就变回自己了。

一个女人，怎么就失踪了呢？一个活生生的人，怎么就不见了呢？

之后的寻找，他的嘴里有一种空洞的味道，后悔的味道。奇怪的是，自从解放之后，他总感觉口渴。他有一辆车，他在空洞的道路上开车，他开着车走遍了全岛——去了她以前的公寓，去了安吉莉娜的大宅，去了她父亲在新界的房子，所有的地方都空无一人，被毁坏了，充斥着霉味以及种种其他荒凉的味道。这是一趟荒芜的旅行。显然，战时，她的父亲死在了澳门，原因不明。这是另外一个悲伤的故事。

没有特露迪的轻盈把他托浮在空中，他变得低沉、乖僻、阴郁。他把自己藏在香港某些个不固定的角落里，或者只是待在家里，身边陪伴的只有一个水杯，一个碟子，一个光秃秃的电灯泡。谁都不请他去了。"他太古怪了。"所有人都这么悄悄议论他。没有了特露迪，他也认不出自己来了。

他沉浸在匿名的隐居生活之中，直到有一天，他看见维克托和梅洛迪下车，就在他们铜锣湾的房子前，还有他们的女儿。他们的女儿和他们一点也不像。他听说过梅洛迪在美国的事情。一个悲剧。但是只流传了一段时间，就再没人提了。他开始想，然后给维克托打电话，讲了一个不幸的故事，要求一份工作。他知道这人很愿意雇一个英国人做仆人的工作。他神出鬼没，想见小锁。但是他们有另一个司机送她上学放学。他想在她脸上找什么呢？是的，想找特露迪的印记。但是，这个名字，连他自己也不敢再提了。

维克托喜欢拿他炫耀给还不熟悉的商务伙伴看，特别是那些刚从欧洲美国来的人。威尔停下车，下车去开门，维克托的客人们钻进车厢的时候，都瞪大了眼睛，明显是惊呆了。一个英国人当司机，即使是给陈家这样的人当司机，也是前所未闻的。特别还是这个战前在上流社会进进出出的人。不过，大部分人有自己要关心的事情。很多人在战后的改变也非常大。一位荷兰银行家，出赤柱的时候已经精神分裂了，如今就住在上环的小巷弄里，带着一个藤条篮子出来乞讨，原本灿烂的金发早已经黯然失色了。米勒家的女孩原来是和经营船只的何家订了婚，但是等她出来的时候已经不知道被糟蹋了多少遍了，如今住在旺角，据说在酒吧当了舞女。威尔不过是战争中的一个牺牲品，也不是最糟糕的一个。大家开始还说说，很快这种英国人做司机的事情，也就变成了香港诡异生活的一个例子而已。

他神出鬼没，总是想看看小锁，但是陈家让另一个司机接送小锁。不过，他要看小锁，又想找到什么呢？特露迪？是吧。但是就连在自己的脑海里，他都不想提到这个名字。

有一天，维克托上了车，叫威尔去太平山。走到半路，他似乎火了，在后座乱翻报纸。

"犯错误了。"他突然说，语焉不详。

威尔一句话也没说，这让维克托更加不安了。

"你知道我在说什么吗？"他问威尔。

"不知道。"

"战争时期，很多决定，很多事情，都是匆匆忙忙做的，没有慎重考虑过。"

"对。先生。"威尔回答。他的顺从比说任何话都更像是威胁。他从后视镜里看见了维克托的脸。维克托的汗滴个不停。

"我得到消息……"维克托开口了。

"是，先生。"他说。

维克托犹豫了，然后，像是又控制好了情绪。

"不管怎么样，威尔，战争改变了我们所有人。现在，我们都是一起的。"

威尔沉默。

"我改变主意了，威尔，现在送我回家吧。"

威尔把车掉了头,送维克托回家。回去的路上,他们都没有说话。他的薪水突然翻了倍。威尔一直不知道是什么事儿把维克托吓成这样。不过之后,他们两个人,谁也没提过这次谈话。

他在等待什么事情发生。他还记得。

特露迪和多米尼克的命运被锁在了一起。拥抱的姿态很不舒服。

奇怪的是,经过漫长的时日以后再看,许多事情都是不可避免的。在一个夏天,把性情接近的一个男孩和一个女孩放到一起,看看会发生什么?通常是爱情。两个朋友,一切都大体相当,一个人的境遇突然好了很多,往往结果就是友谊不复存在。这就是真相。特露迪和多米尼克,一切都顺利的时候,就像一个豆荚里的两粒豌豆。情况恶化的时候,每个人都会变。特露迪本质是好的,多米尼克只是个动物。背叛,显然的。

但他自己呢?更糟,他知道。

"我原谅你。我明白。"她说。

他痴迷于此。听她说,一遍又一遍。

现在,他怎么能离开她?

尾 声

  一个女人坐在窗口读书。手边的茶已经凉了。外头，薄薄的暮色正在累积，渐渐就看不清楚了。她拧开了灯，房间陡然亮起来。

  现在，她独自住在湾仔的一间公寓里，就在当地人聚集区和湿货市场之间，家具很简单，一张铁床，薄薄的床垫。一个橘色的柳条箱用来当床头柜，灯是在天祥百货假日促销时买的。她有一把舒服的阅读椅。她的生活相当节俭，在一家船运公司当秘书维持生活。她发现自己不太可能像当地人那样过一穷二白的生活，什么都讨价还价，从灯泡到抹布。她一次买一个橘子，或者两根胡萝卜，或者一只刚杀的鸡，这就足够她吃三天了。她在街边路摊吃饭，面条、粥、烤肉，或者其他的菜，而这些东西，仅仅在一年之前，还让她觉得反胃。她现在用筷子的熟练程度，不比任何人差了。有时候，她身边就坐着一个出租车司机，或者杂货摊老板，她听着，发现自己听明白他们在说什么了。刚开始，他们对她很好奇，但现在，他们看见她的次数太多了，已经视而不见了。她的广东话，基本会话一直有所提高。现在，她在大排档点餐，他们不会用英语反问她了，而是咕噜一声，直接就把面条扔进了肉汤里。

在家的时候，她通常穿黑色的长裤和白色的束腰外衣——阿妈的制服——当睡衣穿，确实非常舒服。这种衣服是由一种很轻的棉布做成的，价格低廉得出奇。店主以为她是为她的阿妈买的，一直追问她多高，手来回比画。克莱尔把衣服贴在自己身上比画，冲店主点点头。

现在，她也熟悉了这里的街道。庄士敦道、夏悫道、干诺道，以及怎么用广东话说出来。这些道路，如同从中环放射出来的脉络，抵达浅水湾、太平山、中半山……这些地方，现在她都很少去。那儿全都是英国人，全是英国人的生活。她不时会碰到认识的人，他们会问她过得怎么样，语气充满探询和好奇。她只是点头，说自己很好，很喜欢这座城市。你不回家吗？他们问。她说目前还没有计划回家。

和她说话的人越来越少。她变成了一段陈旧历史的一部分，很快就会湮没在人们的记忆之中。这非常适合她。

有的时候，她觉得寂寞。不过她常常去图书馆，一次借三到四本书。有那么多的东西要学，有那么多的事情不知道。她读了拿破仑、中国稻米耕作、英国首相的传记。对她来说，发现世界上有读不完的书，是个莫大的安慰。公司里有一架钢琴，女经理告诉她，只要她提前预约，工作结束后就可以弹琴。她时常傍晚去弹，那时候天气不太热了，弹一个小时左右。同事们在她身边纷纷收拾东西准备下班。

据她所知，马丁还在香港。她自己找房子的那段时间，还和他在一起住了几天。那天酒会之后，他回到家里，面如死灰。她向他提出了这个请求，他没有同意，但也没有拒绝。她明白他真的已经是非常有雅量了。她倒了两杯不掺冰的威士忌，他们两个就在沉默中各自喝酒。到现在，她还记得他的坐姿。他靠在桌子上，身体沉重，一小口一小口地喝酒，手指拨弄着杯垫。玉玲兴奋地在厨房门口打转，想偷听他们的动静。在他们回家之前，她早已经接过电话，从眼明心亮的阿妈们嘴里听到了丑闻。

他没有心情提问，他希望她自己能主动说出来。但是她却没法让自己跟他说话。刚开始的几天，她对他一回家就冰冷的态度倒是心存感激。要是他打算和她谈话，并且表示理解，她反而会受不了。她晚上就睡在客厅的沙发上，每天都努力在玉玲起床之前起来，把枕头和毯子放回原处。但是经常还是在醒来的时候，看见阿妈用一种好奇的眼神打量她。她觉得，在玉玲的世界里，大概这种事情应该用斧头解决，而她和马丁竟然没有流血冲突，这让玉玲非常奇怪。

那天的事件之后，马丁对她说的第一句话是："你不快乐吗？"当时她在看书，马丁从卧室到客厅来找她。

她又能说什么呢？她放下书，想说点什么。她觉得这个问题很无聊。她都要恨她自己了。

"我想相信,生命还有更多的东西。"她回答得非常简单。奇思怪想遭遇正统价值观,她自己都意识到了是这样的。

"你去哪儿了?"这是他的第二个问题。他在餐厅桌子旁边坐了下来,离她远远的,揉自己的眼睛。

她解释说,她离开了陈家,天气很热,她又没有车,所以她沿着梅道走,走的是山边狭窄的巷道,一条迂回通风的小巷,然后就到了花园道,去了中环。那会儿她热得受不了,就到了一家蛋糕店,喝了一杯冰茶。她的脑袋里充满了白茫茫的噪声,像晕倒在陈家门外的那一天一样。她也不知道自己要去哪里,所以继续随便走,结果走到了湾仔。她觉得骚动和喧嚣有镇定作用,因为路过这么多乱七八糟的事儿,内心的狂野也就渐渐平静下来了。她也看了,想了,将来要住在哪里。

"那天的酒会之后,我想我在这个世界里,活得太公开了一点。我想过一种稍微隐蔽点的生活。"她对马丁说,"有那么多的事情……我竟然不知道我为什么和这些事情有关系。但确实有关系。我想,这也是你的感受。我要向你道歉。"

马丁盯着她看。他自己从英国带来的这个不谙世事的女人,他竟然认不出来是谁了。

于是,她尽早搬走了。在他上班的时候,她装好了行李,叫了一辆出租车。她还拥抱了玉玲,感觉到了这个女人瘦小的骨架。她还感觉到一种没有料想到的悲伤——她要离开这个女人,离开这里的生活了。但是现在,她觉得,人们终归能得到的,都是自己想要的生活。马丁从来没有想过要寻找爱情,所以他没得到,当然这对他来说不是问题。她不会是他生命中的重大创伤,也不是他的悲剧。他会有其他灾难。想到自己甚至没有这个义务去了解到底会是什么灾难的时候,她感觉如释重负。她还不知道自己需要什么样的生活,到现在也不知道。她的生活,仍然,只是一段寻找的过程。

她想,她会变成一个琐碎的女人,一个过本地人生活的女人,一个逃避自己种族的女人。阿米莉娅,她的老熟人,来公寓里看过她了。阿米莉娅没能掩饰自己对克莱尔居住环境的震惊,她在狭窄的空间里转来转去,给了克莱尔一瓶草莓酱和几块肥皂,从此之后再没出现过。克莱尔估计她为了自己的故事,已经出去吃了好几次饭了。不过,她不会在乎了。

上个礼拜,她把昂贵的珠宝、丝巾、装饰品都装进包里,送给了当地的慈善机构。接待她的那个女人困惑不已,不知道拿这些东西怎么办。那儿都是遍布灰尘的、廉价的运动衣和用过的瓶瓶罐罐。克莱尔把问题丢给她,自己走了。

她放下书,看着窗外繁忙的街景。汽车穿过街道,红色的出租车在巷子里钻来钻去,双层有轨电车小心翼翼地寻找自己的轨道。几个骑自行车的男人。蓝色的天空,被低矮的建筑、屋顶上的天线、晾衣绳,勾勒出了种种的形状。马路上散发的霉烂味道弥漫开来,飘进了她的窗户。她不在乎。只是两年之前,她从没想到过这一番景象。

自始至终支持她的,只是这样一个简单的信念。只要她走出去,走上大街,她就会融入其中,跟上它的节奏。她会轻松地、毋庸置疑地,成为世界的一部分。

THE PIANO TEACHER
by JANICE LEE
© 2008 by Janice Lee
Simplified Chinese edition copyright © 2013 New Star Press
All rights reserved
著作权登记图字：01-2008-9886

图书在版编目（CIP）数据

情人 1942/（美）李允卿著；张小意译. — 2 版. — 北京：新星出版社，2013.5
ISBN 978-7-5133-1131-1
Ⅰ.①情… Ⅱ.①李… ②张… Ⅲ.①长篇小说－美国－现代 Ⅳ.①I712.45
中国版本图书馆 CIP 数据核字（2013）第 050212 号

情人 1942

（美）李允卿 著　张小意 译

策划编辑：于九涛
责任编辑：程　鹃
责任印制：韦　舰
装帧设计：九　一

出版发行：新星出版社
出 版 人：谢　刚
社　　址：北京市西城区车公庄大街丙 3 号楼　100044
网　　址：www.newstarpress.com
电　　话：010-88310888
传　　真：010-65270449
法律顾问：北京市大成律师事务所
读者服务：010-88310811　service@newstarpress.com
邮购地址：北京市西城区车公庄大街丙 3 号楼　100044

印　　刷：北京汇林印务有限公司
开　　本：890mm×1230mm　1/32
印　　张：12
字　　数：260 千字
版　　次：2013 年 5 月第一版　2013 年 5 月第一次印刷
书　　号：ISBN 978-7-5133-1131-1
定　　价：35.00 元

版权专有，侵权必究；如有质量问题，请与印刷厂联系更换。